我和你的大城小镇

踏歌　著

人民文学出版社

图书在版编目（CIP）数据

我和你的大城小镇 / 踏歌著 . -- 北京 : 人民文学
出版社 , 2020

ISBN 978-7-02-012429-9

Ⅰ . ①我… Ⅱ . ①踏… Ⅲ . ①长篇小说－中国－当代
Ⅳ . ① I247.5

中国版本图书馆 CIP 数据核字 (2020) 第 054390 号

责任编辑　甘　慧　张玉贞

出版发行　**人民文学出版社**
社　　址　北京市朝内大街 166 号
邮政编码　100705
网　　址　http://www.rw-cn.com

印　　刷　山东德州新华印务有限责任公司
经　　销　全国新华书店等

开　　本　890 毫米 ×1240 毫米　1/32
印　　张　9.25
字　　数　240 千字
版　　次　2020 年 8 月北京第 1 版
印　　次　2020 年 8 月第 1 次印刷

书　　号　978-7-02-012429-9
定　　价　49.00 元

如有印装质量问题，请与本社图书销售中心调换。电话：010-65233595

目 录

序 章

拎着行李箱走出舱门，第一口新鲜的空气是桂花味儿的。

上海的秋天，夜风很凉。凌晨抵达的旅客都身心俱疲，一个个沉默地走完长长的接驳流程，似乎跟机场宁静的夜晚融为了一体。

杨溪也没有什么不同。在匆匆的人流里，她同样就是个拖着尽可能轻便的登机箱、包里背着电脑、眼角的妆容有点儿花的普通白领——可以被无限复制、粘贴的那一个。唯一令人感到安慰的，可能就是她所在的这家古老的欧洲企业福利还不错，不论航班延误到多晚，都有固定的商务车司机等着接送，不用她再排队打出租。

"这么晚的航班，杨小姐工作真是辛苦啊。"司机带上车门，回头客套了一句。

杨溪把包往旁边座上一扔，终于可以好好喘一口气了。

"还好。"她随口应了句，仰头靠上后座。伸手按开车窗，桂花味儿的秋风一下子灌进来，让她不由得又深吸了口气。

"你们公司也是的，国庆节还搞得你们加班。你说你一个小姑娘家的，回家那么晚，朋友都要发脾气了吧？"司机继续念叨，"我女儿也开始找工作了，今年刚刚大四。哦哟！我可不能让她找个你们公司这样的，太吃力了。"

杨溪皱起眉，"嗯"了一声。司机见她实在累得不想聊，又念了几句"放假了要好好休息"，也就闭了嘴专心开车。

这专车是公司行政签的固定服务商，杨溪差旅多，经常用，跟几个轮班的司机师傅都很熟，也不用再特别交代路线。车很快开上延安路高架，这条上海最早一批建成的高架路横穿上海最繁华的几大中心，从虹桥到静安寺，再到外滩陆家嘴，一路都是灯火辉煌的地标。杨溪靠在窗户边半梦半醒地看，心里偶然又发出感叹——入夜之后，这座城市真像琉璃做的。

美是挺美，但好像，跟她的关系也不大。

她今天的航班延误了四个小时，到上海已经是凌晨一点，难为师傅一直等着。杨溪也有些歉疚，可这一天折腾下来，除了几句"不好意思让您久等"，她实在没力气再多说别的话了。

"叮——"手机突然响了一声，进来一条微信。杨溪这才反应过来手机还捏在手里，赶忙滑开来看。

是条语音。

"我的美女杨总啊，这个季度数字我给你保住了，但库存真的堆到天花板了啊！下个月，除了喝酒，你可啥事儿都别找我了！"

听完，杨溪叹了口气，默默翻了个白眼，拽过提包把手机甩了进去。

最近经济形势不太好，客户牙科门诊客流量明显下降，连带着他们的产品销量也下去了。今天是第三季度的最后一天，经销商老吴被她从早上逼到晚上，终于打完了单吃进了货，把她大区的目标销售数字完成了。但是，从下个月起，他们大量的工作怕是都得放在帮经销商消耗库存上，想再出新的销售数字，就难了。

"叮——"包里的手机又震了。

杨溪轻轻暗骂了一声。

已经一点半了，该算是十月一日，国庆放假了。

法定假日啊！到底有没有王法，能让她休息一下呢？

今天这一早，先是全国连锁大客户CEO高峰论坛，茶歇期间穿插开了好几个团队会和项目会，再是陪亚太区的营销副总裁拜访北京总部高层的重要客户，而后被顶头上司销售总监老罗紧急叫回公司开经理会核对第三季度数字，后面又差点儿迟到了晚上的客户晚宴。

晚上两小时的商务餐期间，她一边要给亚太副总裁做翻译、介绍客户情况，一边在桌子下面给经销商老吴发微信催订货，除了频频举杯，几乎就没吃几口菜。

要不是航班延误，她说不定还真赶不回上海了。

现在，想着手机上那条未读的微信，杨溪强烈地觉得那可能是压垮她的最后一根稻草。

"叮——"

稻草竟然应声又掉下来一根。

杨溪真的骂出来了，恶狠狠地扯过包把手机又掏了出来。

看到发件人名字的时候，她却愣住了——

不是老吴，也不是老板，而是好久没联系的高中时候的班长，邹武。

"刚拍的。"

邹武发了三个字，后面接着一张照片，昏暗模糊。

杨溪的心突然重重揪了一下。

照片上，是在昏暗的医院走廊里，远远有一个拎着热水瓶的瘦高男人的背影。

"今天下午得到消息，陆老师查出来肺癌晚期，住院了。"

邹武继续发消息过来。

"我下班晚，才过来看，正好碰到陶源了。随便聊了几句，他爸情况好像也不太好。"

杨溪攥着手机，想回一句什么，却打不出字。

"我准备明天在群里说一下，把同学们喊回来，一起去看看陆老师。你也回吧？"邹武又发了一条来。

杨溪咬住了牙关。好久没回楚安了，连去年过年，她都推说公司法国总部培训没回去，然后自己偷偷找了个国外的海岛躺了七天。

在这样的时候，倒是应该回去看看。很有可能，这就是跟班主任陆老师——也许还有许多其他人——这辈子能见的最后一面了。

杨溪深吸了口气，回了一个"好"字。

"这么晚了你还没睡啊。"邹武又回过来，消息变成了一串语音。

"能回来就好，我们高中毕业十一年了，每次聚会你都不来。

"陆老师跟陶源他爸住同一个医院，到时候我把他喊过来，你们见见。

"他微信我再推你一次，试试看能不能加上吧。"

信息发完，对话框里推进来一张微信名片，ID 是一个简单的姓氏拼音 Tao。

杨溪看着觉得眼睛一痛，心又揪了一下。

这张名片她很熟悉。这么多年了，他的头像都没有换过，朋友圈里空空如也。

头像是一张旧课桌的照片，桌上书堆得乱七八糟，顶上露出一截前座女生的乌黑发尾——她的。

杨溪的手指在添加到通信录的界面上悬停了一会儿，还是没有点下去。

算了。又不是没加过，也不是第二次。

何必呢？回去再说吧——如果真能见到的话。

她按灭手机，发出"咔嗒"一声锁屏的脆响。

没来由地，她觉得这声脆响，像极了她十一年前离开楚安时，火车车厢关门的声音。

4

1

再见红着眼，也红着脸

"喂，老陆来了！"

凳子被后面的人一端，杨溪赶紧把小说藏回抽屉里。

"你能不能搞本薄的看？目标这么大，有没有想过给你放哨的难度啊？"一下自习，笔杆子就如期地戳在了后背上，又痒又疼。

"看得正精彩呢！"她摆摆手懒得理会，又把那本《卡拉马佐夫兄弟》搬了出来。

"我真是欣赏不来你这个品位……"陶源无奈地摇头，然后从课本下把刚看完的《科幻世界》抽出来，从杨溪肩头扔了过去，"这本也放你家藏着，别弄丢了啊！高考完我都要拿回来的。"

"喂！多少本了！我床底下都塞不进了啊！"杨溪气得直拍桌子，"到时候你自己来我家搬！"

邹武把聚会的时间放在了十月二号的下午。

杨溪睡醒后查了查，发现正好有人退了一张一号晚上的直达车票，就果断抢了下来。她简单吃了午饭，收拾了几件衣服，马上往火车站赶去。

　　直到上车坐定之后，她才深呼吸了几次，拿出手机给老妈发了条微信："我明天上午九点左右到家，不用接。"

　　不出所料，微信发过去五秒钟之后，老妈的电话就打了过来。

　　"你明天回来这时候才说？早干什么去了？我们明天早上出发去旅游，谁在家等你啊？你有钥匙吗？这么大人了，还不知道把事情提早安排好！"

　　咆哮的声音把对面床铺的乘客都吓了一跳。

　　杨溪早早就把手机拿得远远的，等老妈把该发的火都发完了，才把手机贴在耳朵上，说："这不临时被叫回来的嘛，高中班主任陆老师住院了。你们该去哪儿去哪儿，不用管我，我住酒店也行。"

　　"住什么酒店啊，钱多烧的啊？"老妈声音往上飘，"嫌家里破了，供不起你这尊大佛了？"

　　杨溪的情绪一下子沉了下去，一句"妈你能不能好好说话"冲到嘴边，又被她死死扣住，咽了回去。

　　这句话一说，又要吵得没完没了了。

　　反正明天也不用见面，忍过去算了。

　　"算了算了，不跟你计较。"谁知反倒是老妈先"原谅"了她，"你大姑家有钥匙，自己去找她拿。去之前先打个电话，带点儿水果过去，别空着手。我一会儿叫你爸也先打个招呼。"

　　"哎别别别！"杨溪吓了一跳，赶忙连声拦着，"我回去了自己说！现在还不确定怎么安排时间呢，别搞得他们老等我。"

　　"我看你就是不想去是吧？"老妈一句就戳穿了她，"家里人怎么着你了？就这么躲着？你嫌弃谁呢？我怎么就养了你这么个白眼儿狼啊？基本礼貌都不懂。"

"妈！行了啊！"杨溪终于忍不住声调高了起来，"我说不去了吗？"

"你那点儿心思我还不……"

"好了好了，我火车上信号不好，你们明天不要旅游吗，早点儿休息去吧！我挂了。"

杨溪劈手掐断了电话，神清气爽。

但也只爽了一秒。

"你这孩子怎么这样啊？爸妈欠你的是不是？"听筒里的咆哮声比方才更大了几分，"脾气大的嘞，还挂我电话？"

杨溪实在是无奈了，连按了几下侧边的音量键把声音调低，然后把手机扔到床铺上不管了，翻出包里的书来看。过了几分钟，不知是信号自己断了，还是老妈终于放弃，通话结束。

世界安静下来的瞬间，杨溪忽然觉得有点儿恍惚。

她有点儿记不清楚，这样的情况已经持续多久了——好像是从她大学毕业留在上海工作开始，又像是……从她一出生，就是这样了。

妈妈始终不能明白，让她的宝贝女儿不肯回家的，并不是一颗不孝顺的心，更不是什么对"小地方"的嫌弃。

无非就是因为那些平常的言语——有意的，无意的，互不理解，无法沟通——让他们仿佛生活在不同的世界。

"孩子大了，总是不中留的，别指望她。"

"做父母的，这辈子就是欠孩子的，你有什么办法？还能让她还吗？"

"别置那气，气坏了身子，小溪工作那么忙，也不可能回来伺候你啊！还是想开点儿，别给她添麻烦就不错了！"

"没关系，小溪不在家，我让冉冉多到你那儿去。真是，挣那么多钱，有什么意思？"

这些在家宴上来自各路亲戚的风凉话，尽管她极力忽视，却还是在她脑海里留下了不愉快的痕迹。

但是，有什么办法呢？他们是一家人。

想到这些，杨溪苦笑了一下，摇摇头，在铺位上躺下继续看书，不再想了。

她很清楚，人生在世，有些事情就是没法解决的，根本就不值得她花精力。反正她的生活不在此处，以往不欠他们，以后也不仰赖他们。

火车在夜色中飞驰，铁轨发出有节奏的响声，像是沉夜的心跳。

杨溪的手按在书页上，头顶的阅读灯在她细长的指头边缘绣上一圈阴影。

指尖指着的，恰好是这么一段话——

"当人们在世界中寻找自己的位置的时候，他们本能地感觉到，他们要对抗的力量从爱的变幻莫测到死的不可避免，无穷无尽，势不可挡。当我们面对生活中的一切不如意的时候，所有人都或多或少，时不时感觉自己是个失败者，无一例外。"

杨溪感觉自己的心脏冷不丁被重击了一下，然后想了想，忽然笑了起来。

大家都一样，也挺好。

来一遭人世，就是来受难的。

降低期待，停止幻想，就能减少不少无谓的失落感。

像她这次回去，有探望陆老师这个由头。就算陶源还是没有出现，她也不算傻不拉几地白跑一趟。

下午三点半，杨溪从酒店打车到了位于老城区的楚安市中心医院。

早上下火车之后，她提着行李跑了一趟大姑家。但在楼下转了几圈之后，还是果断离开，决定去住酒店。一进酒店房间，她就觉得自己做出了正确的决定——这是她所熟悉的差旅的感觉。有时候，陌生的环境和陌生的人，反倒能给她更多的安全感。

楚安市不大，打着出租车从一头跑到另一头，不过是在上海的一个起步费。这座灰扑扑的小城只有两百万人口，市中心最繁华的地方门对门开着两家商场，一家底下开了肯德基，另一家开了必胜客。而整座城市，一家星巴克都没有。

杨溪在医院门口下车，走的时候，她感觉司机在后视镜里看自己的眼神有些说不出的怪异。等走进医院大厅，见到围成一圈叽叽喳喳聊天的老同学回头向她看来，那种怪异终于有了些许解释。

"哟！那不杨溪嘛！"戏谑的招呼声在人群中响起，"真难得啊！衣锦还乡啊这是！"

杨溪没顾上分辨那些个老同学都是谁，下意识地先低头看了一眼自己的衣着。

穿的就是日常最习惯的商务休闲高腰直筒裤加衬衫，外面披了件不便宜的风衣，高跟鞋，几千块的手提包，正正经经，并不夸张。

这一会儿，一个身材肥胖、在篮球服外面套了个长袖外套的男人走到了她面前，后面高高矮矮八九个人都跟了上来。

"你是……朱越？"杨溪定睛一看，不由得惊叹，"你怎么胖成这个球样了？"

"咳咳——"胖子脸上有些挂不住，"过得滋润呗！哪像我们杨总日理万机。"

杨溪还沉浸在震惊中，满脸的不可置信。朱越以前可是又高又瘦，五官棱角分明的帅哥一枚，还跟她坐过一小段时间同桌，关系算不错的。没想到许久没见，竟然会发福成这样。

"嗨，杨溪。"

"杨溪。"

"终于回了啊。"

朱越被他看得不好意思，往后让了让。后面几个同学也上前来跟她打招呼，都是高中一个班的，十分眼熟，但好几个人的名字她竟然都不太记得了。

"哎哎，你们好啊，好久不见！"杨溪点头应着，目光快速扫了一圈，没发现她想找的那个人。

一瞬间，有点儿失落，又有点儿心安。

她还真没准备好这样猝然跟陶源见面，等等也好。

"那什么，邹武先上去了，叫我们在这儿等一下，还有孟娇、刘舜儿他们几个要来，马上就到了。"朱越解释。

"嗯。陆老师怎么样了？你们也都第一次来？"

"刚住院没几天，但是三个月前就已经确诊了，现在估计……快了。"

朱越这句话说完，大家都沉默了，气氛一时有些压抑。但没过一会儿，他立刻就转了话题："哎，杨溪？听说你在上海都买房了？年薪好几十万啊？啧，这一身行头，就得好几万吧？"

杨溪眉头一皱，有些不爽，立刻怼了回去："关你屁事儿？说这个干吗？"

"这不随便聊天儿嘛！"朱越也有点儿怒意，"这么多年没见了，还这么浑？"

杨溪努了下嘴，刚想再怼回去，忽然眼角一瞥，发现药房前面的过道处有个眼熟的背影一闪而过。

"陶源？"她脸色陡然变了，不自觉轻声喊了出来，撇开朱越往那个方向追了两步。

瘦高的背影很快消失，杨溪也猛地顿住脚步，望着通道发怔。

她喊的声音不大，也很犹豫，那人可能没听见，一点儿反应都没有，径直走了。

"陶源？"朱越走了上来，望了望杨溪看的方向，然后伸手在杨溪眼前晃了晃，"认错人了吧，他今天不来。我跟他一个单位的，他今天值班。"

"嗞——"

办公室里灯光很是昏暗。陈旧的桌面上，碎掉了一个角的手机屏幕亮了一下，进来了一条微信语音。

陶源瞥了一眼，叹了口气，关掉了电脑上的扫雷。

今天是法定假日，所里只有他和门卫在，没有人来，也没接到报警电话，实在没什么事做。他上午看了半天的《鼠疫》，越看越觉得抑郁。那种要撕开文字的间隔冲出来的呼啸声，几乎像在掐着他的脖子告诉他，你看嘛，这人世本就无药可治。

但又能怎么样呢？视频网站一开全是甜宠虐恋的狗血剧，不合逻辑的矛盾，毫无缘由的爱情，比简笔画还虚假的人物，让这"现实"的世界仿佛比二十世纪的欧洲离他还要遥远。

这日子过得真是没意思。

点开微信，朱越的声音传了出来。背景音很空旷，像是在医院里。

"今晚上六点'楚安人家'啊兄弟，888包房，过来吃饭哈！就聚个餐，很快的！不耽误你晚上陪床。"

陶源皱了皱眉，点开回复框，准备找个理由拒绝。

"今天你必须来哈，有百年难见的神秘嘉宾！"没等他回过去，朱越又发来了一条。

陶源的手腕猛然抖了一下，僵了片刻，然后删掉了刚打的字。

神秘嘉宾？还是他必须见的？

他揉了揉太阳穴，然后万分确定——

是她回来了。

电脑屏幕暗了下去，进入了休眠状态。陶源抬头，看见对着灯光的黑色屏幕上倒映出了自己的脸。

一张胡子拉碴、眼眶深陷的脸。不至于说瘦得过分，但显然是不丰裕的。

已经十一年了。那个曾经名声鼎盛、风靡全校的校篮球队队长陶源，已经消失好久了。

有时他无聊怀旧，翻出以前照片看到自己的时候，竟会觉得有些意外的纳罕——那个修长健壮、浑身洋溢着荷尔蒙气息的大男孩，真的是他吗？为什么他能笑得那么快乐？连欺负杨溪的时候，好像看着都不招人讨厌？

真的恍如隔世。

从高中毕业，他们就再也没见过了。连有几次暑假，杨溪跑去他爸妈病房等着，他都硬拖着没有露面，直到她失望地走了，自己才灰溜溜地回去。倘若如今再见，她发现他早已不是记忆里的那个人……

徒增遗憾罢了。

"今晚有事，就不去了。你们好好玩。"

陶源回了信息，扔下手机深深叹了口气，感到心里说不出的堵。

确实，没什么必要再见了。近几年她也没再联系他了，说不定这次是带着男朋友回来的，已经结婚了也有可能。他怎么能在所有同学的面前，让她看到他这些年混得有多么惨？

可是——他要是不去聚会，晚上到了病房，会不会碰见她等在那里？他父母在哪里，还是有不少同学知道的。那就是他跑不了的"庙"，这辈子都别想离开。她要是真想见他，总还是有办法的。

这思量一过，陶源只觉心里拥堵的烦躁一下子炸开了。

不行，他得走。

他拿起手机，在通信录里翻出上级黄所的电话，拨了过去。看看表，离下班还有一个小时，可以把事情安排好。

"喂？黄所，我陶源。"电话一通，他就赶紧说道，"还没去火车站吧？"

"没有。怎么了？"对面传来了若有若无的麻将声，有些没好气。

"长沙那趟差，要不我去吧。我看应该还有票。"他一边说，一边点亮了电脑开始查。

"欸？行吗？你爸妈怎么办？"黄所的口气一下变了，变得有些欣喜。

"我请人帮忙看几天，不要紧。"

"行，那你赶快，让小郑帮你订票。订好了告诉我一声，上我家来取资料。回来了我给你换休，多换休几天。"

黄所高兴地挂了电话。陶源叹了口气，又拨通了表婶的手机，连连道歉说明了情况，又千恩万谢地请她帮忙临时找个靠谱的护工过来，最好是上次那个耐心的沈姐。

忙活停当，把事情都安排好，他终于觉得心里舒坦了，站起身准备回家收拾行李。

夕阳透过西面的窗玻璃照进来，显得室内的光线更加昏暗，只有那一方窗户是亮的。

然而，他万万没想到的是，当他站起来，透过那明亮的窗户看出去，却发现他想尽办法要躲开的人，正穿过保安亭檐下的阴影，走进了小院的阳光里。

橘黄色的阳光在她的长发上披了层纱，像是要遮住她本来的光芒。

可是，她身上的光芒，又有什么能遮得住？

多年以来，杨溪怎么也想不到，会在这样的情景下和陶源重逢。

半个小时之前，她跟着同学们一起上楼去看陆老师，一边走一边听到朱越给陶源发微信语音。

听他说到"神秘嘉宾"，杨溪不知怎么的就觉得要坏事——陶源一定知道是她，所以一定不会出现了。

于是，她相当没礼貌没素质地停了下来，跟朱越问到了他们派出所的地址，转头就撂下同学们扬长而去。路上又给邹武打了个电话，说她有急事先走，晚上再自己来看陆老师。

十月的楚安已经有一点儿凉了，天暗得很快，风从炒粉店门口透明塑料帘的边缘簌簌地往里灌，吹得她膝盖生疼。

此时陶源正低头吃着炒粉，睫毛在雾气里模糊地翕动，消瘦的脸和髭须落拓的嘴角都看不清楚，只能看见依旧浓密的黑发中间，竟夹着几缕灰白。

杨溪握着筷子，一直没有动，也没有说话。她只怕一开口，眼泪就要绷不住掉下来。

这是什么事儿！不过二十八岁而已。

那个记忆里骄傲到欠揍的少年，怎么会沦落成现在这个鬼样子？

"你不吃吗？"陶源忽然抬起头，眉心微微皱着，眼下的阴影很浓。下班之后他换了便装，一件不知道穿了多少年的棕色夹克，一条洗得发白的牛仔裤，比从前读书时还不讲究。

"我……不太饿。"杨溪有些赧然，第一次觉得自己这一身光鲜的名牌衣服包包确实有些恶意的刺眼。

这家派出所旁边的炒粉店破旧昏暗，到处都油腻腻的，像是永远都擦不干净。只有六张长条小桌子，劣质的贴面上印着恶俗的花。食客大多是附近的小商贩或底层的小市民，穿着打扮跟陶源一样潦草，一碗八块钱的炒河粉就打发了一顿饭。而杨溪，穿着考究的风衣，坐在短了一条腿摇摇晃晃的三角圆凳上，就像个不合时宜的笑话。

"哦。那我吃了，你喝点儿汤吧。"陶源的表情却没有怎么变——还是如同刚才在门口见到时那样，木木的。

他把杨溪面前一盘没动的炒饭端过去，加了两勺辣酱，拌了拌继续吃。面汤的热气散去，显现出他淡褐色的手背上几道从前没有的疤，像是被人抓的。

杨溪不由得想叹气。

哪怕她早已在心里做了千万种假设，也着实没有想到，当陶源推开办公室的门走下台阶，向她迎面走来的时候，她竟然没有认出来——

14

反倒是陶源，在自己面前停下，淡淡说了声："杨溪，好久不见。"

"你在上海，工作什么的，都挺好的是吧？"陶源忽然开口，眼睛却看着盘子里被拌来拌去的饭。

杨溪叹了口气，装得浑不在意："还行吧。在一家外企做销售。"

"邹武没事儿就在那儿吹，说你一个月挣三万，房子买了老大。我们同学里，就你最……"

"别听他胡说，跟真的似的。"杨溪截口打断。

陶源耸了下肩，没有再提这个话题，也没再说别的，低头吃饭。

杨溪又有点儿后悔。

她知道陶源现在过得很不如意，不想用自己的光鲜刺激到他。可是，老同学多年未见，不说这些近况，又有什么别的可说呢？

说当年他们约好一起考交大去上海，陶源却失了约没去？

都十一年了，陶源为什么没去，杨溪难道还没弄明白吗？

"你爸妈……情况好些了吗？"杨溪拿起小塑料勺，舀了一勺面汤吹着喝。

陶源点了点头。

"需不需要钱？"杨溪没抬眼。

"嗯？"陶源像没太听清一样，突然抬头，眉毛皱着。

"我说，你周转得过来吗？"杨溪放下小勺，一字字地解释，"我有个朋友，可以做医疗贷款。手续不麻烦，你需要的话，我帮你问问。"

陶源皱着眉，半晌没出声。

杨溪就等着。

"你哪来那么多朋友？"好半天，陶源才半酸不酸地来了这么一句，眉眼里掠过一抹复杂的苦味，"是你自己要借我吧？"

杨溪冷不防被他噎了一下，有点儿怒，又有点儿想发笑："那你可太抬举我了。知道我一个月房贷多少钱吗？"

陶源愣了一下，又不说话了，低头继续去扒那盘炒饭。

"哎，对不起，我不是那个意思。"杨溪猛然觉得自己太过分，语气马上软了下来，"你就别跟我膈应了吧？这生老病死的大事，又不是你能控制的。你一个人硬扛这么久，已经很了不起了啊！有困难的话……"

"我爸马上可以出院了。"陶源突然截口打断，语速很快，"一切都好，没什么困难。谢谢你那朋友了。"

杨溪尬住，然后了然地耸了下肩，没再说下去。

果不其然。

"还吃吗？不吃我就买单了，还得去赶火车。"陶源神色冷冷的，对那盘炒饭也失去了兴趣。

"走吧。"杨溪叹了口气，放下小塑料勺。刚才陶源已经跟她说了，他今晚要去湖南出差，节后才会回来。他们俩，只有这一顿饭的时间叙旧。

然而，也没说成什么。

陶源起身去买单，杨溪没有抢，只看着他过分瘦削的背影有一点儿心疼。

这顿饭吃了三十七块钱，对于月工资三千多的陶源也不算很贵。但若算上他父母两个人的医疗费和护理花销，就有些奢侈了。

可即便如此，杨溪也不能抢着买单——那是陶源仅存的自尊了吧。高中时候，他每天给她带早饭，两块五的肉丝炒河粉。她要给他钱，他却死也不肯要，只要求她，下次数学考试多考 2.5 分。

"这点儿小钱也跟我算？有啥好算的，以后我的钱都是你的。"当年的陶源说话豪气干云掷地有声，浑不知杨溪接连好多天做梦都在傻笑。

那时，他们都以为，等上了大学之后，就可以大大方方、水到渠成地谈恋爱了。虽然没有直白说过在一起，但班里的所有人也都认为他们是铁打的一对儿，没人能拆开。

陶源长得好看，成绩也好，个子一米八五，挺拔又结实；杨溪五官标致，身材好得出奇，语文英语成绩逆天，年级排名也不比陶源差。两个人一直坐前后桌，关系好得不得了。都想去上海，约好一起考交大。

出分的那天，杨溪陪老妈在外地旅游，打电话查了分，轻松过线。她还记得当时的自己从来没有体验过那种极致的狂喜，给陶源打电话的时候脚一直在蹦，笑得嘴咧得都闭不住。

但是，陶源接了电话之后，听她尖叫着报了自己的分，沉默了一瞬，就一声不吭地挂了。

杨溪以为是信号问题，接二连三打了好多次，却再也没有接通。从那开始，她就再也联系不上陶源了。

一直到了九月快要入学，杨溪才从邹武那儿得到了确认的消息：陶源不会来了。

原来，就在高考最后一门考试开始前的半个小时，陶源接到医院的电话，爸爸突然胃出血入院抢救，情况不太乐观，问他是否要赶去见最后一面。

他去了。

值得庆幸的是，爸爸挺过来了。但那时单位的领导才告诉他，其实他爸爸这次的体检结果非常不好，怕耽误他高考，一直没有告诉他。而在这之前不久，他妈妈在上班路上出了场车祸，脊椎受了伤，一直在住院康复。

好轻易，一个家就塌了。

在许久之后，杨溪才知道，正是在高考出分的那天，陶源在医生那儿拿到了爸爸的确诊报告：胃癌进展期，部分转移，可以马上进行姑息性手术治疗，五年生存率百分之七十。

所以，当他接到她那通欢天喜地的电话时，心里是怎样的感受呢？

她的梦想实现了。而他，却可能再也够不到那个梦想了。

他们，本来说好要一起的。

一转眼，十一年了。陶源终究没有选择复读，只报了个本地的警校，毕业出来做了基层小民警。白天上班，晚上陪夜，请假很多，职位也没升上去，就这样泯然众人地混着。而杨溪，一年只有十几天没法休完的年假，工作忙得气都透不了一口。

杨溪明白，从高考那个分岔口开始，他们就已经是两个世界的人了。

一个在光怪陆离机会无限的大都市上海，一个在灰头土脸封闭局限的小城市楚安。

一个月薪三万，房贷两万；一个月薪三千，生活费五百。

叫他们怎么聊天呢？

能够再见一面，坐在一起喝一碗难喝的汤，都是极致的运气了吧。

"走吧。"陶源结好账，冲杨溪偏了下头，指向门外。

杨溪站起身，短脚的凳子一滑，绊到高跟鞋跟，惊得她"啊"地一个趔趄。

陶源眼疾手快，一下抓住了她手腕，脱口而出："怎么还这么二？"

杨溪也习惯地爆出那句："要你管。"

一瞬间，两人都呆了呆。

紧接着陶源就松开手，头也不回地快步走了出去。

夕阳落山之后，气温就像俯冲一样往下掉，但小镇的夜生活还是开始了。

街上的灯渐渐亮起来了，小吃摊开始张罗生意，懒得在家做饭的人们也都陆续出来，走进大大小小的餐馆，开开心心地点菜，打着电话呼朋唤友。早早吃完晚饭的老年人们也牵着狗出来散步了，三五个老姐妹一起，一边转悠一边瞎聊，到处都是闲适的气味。

陶源深吸了口气，走到路边抬手拦了辆出租车。

这一切，跟他都没什么关系。今晚十点的火车，在这之前，他得回家收拾一下行李，去黄所家取要带走的资料，然后到医院跟表姐请的护工见面交代好大小事情，跟爸妈道别。

他准备先送杨溪回家，然后再去做自己的事。还是像原来计划的那样，就当什么事都没发生过。他们见的这一面，也什么意义都没有。

可是，当他坐上车，万分自然地报出杨溪家地址的时候，一种揪心的疼痛还是忽然袭来，把他生生封住的情绪挑破了。

原来他什么都没忘。

原来，哪怕已经过去太久，要说服自己完全放下，也是难的。

"不不，我没在家住，还是先去你家吧。"杨溪却没发现他眼睛红了，径自倾身向前座的司机说，"师傅，到云霞路环山小区。"

陶源感到眼睛又被刺了一下，连忙转头去看车窗外。

杨溪也记得呢。而且，还像原来一样，并不肯轻易听他的安排。

他记得那时她妈妈还是发现了她床底堆成山的杂志，于是他不得不提前去拿，还分了好几趟。最后一趟时他叫她帮忙一起拿，骑车载着她去他家。她坐在自行车后座上抱着纸箱，进小区过门槛的时候差点儿颠得掉下来，拧着他后背叫了半天。

清晰得像昨天似的。

"你还要去医院的吧？我跟你一道走吧，反正我也没啥别的事儿。我去看看陆老师，还有你爸妈。"

陶源没有吭声，抽了下鼻子，把泛起来的情绪压了下去。

"其实假期这几天，你不请护工也可以的，我可以帮你去陪床……"杨溪又说，但这句声音有点儿发怯，明显是怕他拒绝。

"那怎么行。"他苦笑了一下，还是立刻摇了摇头。

杨溪耸了下肩，竟也就妥协了："也是，我也不太会照顾人。但你别担心吧，我这几天一直在，叔叔阿姨有什么事，随时找我就好。"

陶源点了点头。

出租车在夜色中穿行，很快就要到家了。

他想着一会儿是该请杨溪上去坐坐，还是让她在楼下等着。家里好几天没收拾挺乱的，但楼下也没地方坐，楼道口的垃圾桶也很脏臭，把她一个人撂那儿也不好。

离去火车站只有三个小时了，后面这一路，就算杨溪一直跟着他，他们也就只有三个小时的时间在一块儿了。在此之后呢，说不好，这辈子都不会再见面了。

"你想什么呢？这么没话说吗？"杨溪半是询问，半是自嘲。

陶源摇摇头，苦笑了一下。

"最近在看什么书？"他想了想，问出这句。

"看书啊……"没想到杨溪一下子有些羞赧，"我已经很久没看书了。实在没时间。"

陶源有些讶异，然后心情怅然失落了下去。

她已经不同了。现在的杨溪，喜欢的、追寻的，都跟他所知道的不同了。而他慌慌忙忙地，努力去理解和靠近的，却还是十一年前的那个影子。

真的，没什么意义吧。

"你男朋友上海人？打算什么时候结婚？"陶源深吸了口气，改变了话题。

"啊？"没想到话音刚落，杨溪上半身一下子从椅背上弹起来，扭过来惊讶地看着他问，"谁说我有男朋友？"

陶源指了一下她的左手。中指上有一圈浅浅的戒印，刚才在炒粉店一坐下他就发现了。

"不是，这个……"杨溪脸一下子红了，想解释，一时间却有些口拙。

就在这时，陶源裤兜里的手机震了起来。拿出来看，邹武来电。

六点二十，估计是喊他去聚会。

陶源叹了口气，按掉了。

"那是戴着防骚扰的。"杨溪想清楚了怎么说，又自嘲地笑，"我哪有空谈恋爱？工作累都累死了。"

20

没想到刚说完，杨溪的手机又响了起来。

"喂？邹武？咋了？"她接了起来。

"陶源跟你在一块儿吗？让他接电话！"

杨溪皱起眉，把手机递给他。

"快点儿来医院，我在你爸这儿，医生找你。"邹武声音很急，"工作都推了吧。"

2

人到中年，能有多惨？

　　"喂，陶源，看到没？"走在篮球场边，朱越用胳膊肘顶了一下旁边正撩起衣服下摆擦汗的人，指向前面场地，"那个正上篮的，就是陆老师的儿子。"

　　球没进，打到篮下对手的身上，滚出了底线。

　　"嘿！这么衰？"陶源放下衣服，"这水平杨溪应该看不上吧？"

　　"听说是个才子哦。"朱越贼兮兮地说，"杨溪跟他搭档参加朗诵比赛，老是一块儿排练。我看见他们路上一起走好几次了，你自己琢磨吧！"

　　陶源皱着眉头想了想，然后跑几步冲了上去，把那滚出来的篮球一脚踩住。一转身，正对上过来捡球的陆凌峰。

　　"啊，多谢！"陆凌峰向他伸手要球。

　　陶源却没给，用足尖把篮球挑起来，另一手又撩起衣服擦了把汗，露出隐隐的腹肌。

　　"学长有空吗？单挑一局？"

从医生办公室出来时，陶源无比后悔自己没事找事要去出差。

昏暗的病房走廊里漫溢着熟悉的消毒水味，尽头的窗户开着，被风吹得吱嘎作响。杨溪站在那扇窗前打电话，听到他的脚步声转过身来，对着听筒里说了声"拜托了啊"，然后就挂了。

"医生怎么说？"她皱着眉，迎过来问他。微卷的发尾被窗口进来的逆风吹起来，飘落在胸前。

陶源叹口气，摇了摇头："说体征不太稳定，今晚要是再发烧的话，明天可能要转院去武汉。"

"那——今晚我来陪夜。"杨溪口气很决断，并不是同他商量。

陶源看着她乌黑的眼睛，本能地想拒绝，却说不出话。

他还没想好应该怎么办。那趟差，虽说不是非他去不可，但毕竟是他主动要求的，已经说好了。

他因为家里的特殊状况，已经很受单位优待了。欠领导和同事的人情几十年都难还清，每次开口都让他负疚难耐，背负的压力比不开口还要大。

现在临出发只有两个小时了，这时跟黄所说他去不了了要换别人，几乎就是在砸自己的饭碗，把所有的情面都要耗光了。然而，在楚安这样的地方工作，责任能力都不是最重要的——重要的正是他这十一年来不断损毁的"情面"二字。

"杨溪，我……"看着那双既熟悉又陌生的眼睛，他搜肠刮肚，想说些有用的话，却还是尴尬地停在了这里。

幸好兜里的手机忽然震动，来了一个电话。

竟然是朱越。

"喂？你退票吧！"他上来就说，"我买着了，正去黄所家取资料，你别来了啊。"

"什么？"陶源有些发愣。

“长沙我替你去，你放心在医院守着吧！”朱越干脆利落地挂掉了电话。

放下手机，看着杨溪脸上渐渐露出笑容，陶源才明白过来发生了什么事。

“你……怎么做到的……”

朱越虽然是他同学，但在单位也很少帮他。也可能因为太熟，每回他不得已开口跟他换班，都少不了得受他两句风凉话。

“哦。”杨溪扭过了头，转身向病房方向走去，轻飘飘地道，“我看他在朋友圈拼团买游戏本，就直接下单送了他一个。”

陶源的父母就住在尽头的三人间。

这房间在阴面，窗户朝西，不太通风，医院总是最后安排病人住这间房，所以本该住不同科室的陶源父母才能两个人都住在这儿，另一张空床位偶尔还能让陶源睡，算是特殊照顾。

杨溪和陶源进去的时候，邹武正给刚睡着的老爷子盖上被子，轻手轻脚地准备出来。

看到两个人，他挥了挥手，示意“出去说话”。

邹武个子不高，微胖，厚嘴唇，戴着高度数的眼镜。人看着很普通，但做事做人都很靠谱，这么多年也还尽力维持着同学群的关系，大家嘴上不说，心里也都挺感谢他，什么事都愿意听他安排。

他大学读了师范，毕业就回了楚高当老师。据说带着一个尖子奥赛班，还小有成绩，就是苦，难有假期。

“他们给我打了十几个电话，我还是得去。”出了病房后，邹武一边拿手机出来看，一边跟两人说，“你俩在这儿好好陪着吧，叔还是有点儿低烧。聚餐不去就算了，那帮小子也就是喝酒吹牛。”

“嗯，多谢你了。”杨溪点头。

“那我走了啊！”邹武回完消息，把手机往兜里一揣，抬头看着陶源，"你就少矫情了，把握机会哦！"

他也不等陶源反应，说完就走。倒是杨溪一把拉住他："等会儿！"

"你等我拿包，我跟你一起下去。"杨溪噌噌回病房把提包拿了过来，"我去买点儿花和水果，上去看陆老师。"

她没看陶源，推着邹武就快步走了，像是怕他追上来跟她掰扯送朱越电脑的事。

陶源站在走廊中间，怔怔看着两个人的背影，终于只叹了口气，抬起手揉了揉太阳穴，转身进病房去了。

"杨溪你可以啊！终于还是把这小子逮住了。"

楼道里，邹武一边下楼梯，一边给杨溪竖大拇指。

"哎，真是！他真准备跑的！"杨溪气鼓鼓的，"我有这么可怕么？跟看见妖精似的。"

"嘿嘿，你可不就是个妖孽吗？"邹武回头瞥她一眼，"朱越都跟我投诉你了，那么多老同学在，一点儿面子都不给他。"

杨溪咧了咧嘴，没吱声。

"哎，不过，你这次回来，是准备把陶源拿下吗？"

"什么拿下？"

"装个屁的装。"邹武又白了她一眼，"我跟你说，三个月内，他保准要谈个对象。"

"啊？为什么？"杨溪的表情猛然紧张了一下。

"他爸，最多就三个月了。现在这个状况，随时可能走。"邹武叹了口气，"你也知道，他跟他爸妈，感情真的很好。"

这句话说完，两个人都沉默了下来。

楼道里只有嗒嗒下楼梯的声音，那声音很快也就到底了，散进了冷清清的夜色里。

抱着大捧的鲜花和水果上楼，杨溪一路都在迷迷糊糊地出神，来来回回想着邹武那句"陶源三个月内保准要谈对象"。后来甚至弄不清陆老师住哪个病房了，狼狈地在走廊里把东西扔了一地，翻包找手机，又问了邹武一次。

蹲在走廊墙边等邹武回消息的时候，杨溪听到有个病房的门开了，坚硬的男士皮鞋的声音响起，忽然顿了一下，然后朝她背后慢慢走过来。

"杨溪？"一个斯文而温和的男声问道。

杨溪惊得霍然站起来，转身去看——白衬衫黑夹克，正经的黑框眼镜，身材不胖不瘦，五官端正，鼻子肉肉的。

竟是陆老师的儿子陆凌峰。

"哎呀！陆师兄！你在啊！"杨溪叫了起来，有些高兴。原来她并没跑错楼层。

她赶紧弯下腰去把地上的花和水果一一捡起来，陆凌峰一边搭手去接，一边听她解释，白天本来就要跟同学们一起来的，不巧碰上点儿急事赶去处理，这么晚才来真是打扰了。

陆凌峰一直温和地笑，感谢她特意跑回来。

多年不见，陆凌峰的衣着打扮比以前成熟得多了，越来越像陆老师。他比杨溪他们高一级，以前经常会在陆老师办公室碰见，老早就认识。当年有许多学生活动跟她一起参加，还搭档代表学校去上过市里的朗诵比赛，算是熟的。不过，毕业后他们没在一个地方读大学，偶尔联系过一两次，没什么话说，也就断了。几年前听邹武说他结婚了，媳妇是北京人，长得相当漂亮，家里条件也不错，一切都挺好的。

进了病房，看见挂着吊针半躺着、已经瘦得有些嶙峋的陆老师，杨溪还没说几句话，眼睛就红了。

"没事儿的，我在这儿挺好。医生护士都很负责任，家里人照顾得也好。"反倒是陆老师来安慰她，"谁不是这样呢？到岁数了，都是没办法的事。有这么多学生三天两头来看我，好多还是大老远回来的，这辈子啊，已经值得啦！你们都放宽心！"

杨溪"嗯嗯"应着，眼睛里始终映着陆老师枯瘦的手背上一个挨着一个的红黄针孔，还有衣领里锁骨下面贴着的吗啡止痛贴，只觉得什么言语都是过场——在疾病和死亡面前毫无意义，却又不得不继续说下去，免得被悲伤钻了空子。

"我记得杨溪你是上了交大吧？读的是什么专业？"

"材料学，不过只读到本科，现在也没做本行。"

"做什么呢？单位好吗？"

"还行吧！在做牙科器械销售，一家法国公司。"

"噢，挺好挺好，外企工资高。你一直在上海吧？听小邹说你已经买房定居了？没打算回来吗？"

"回楚安我也找不到工作啊，应该就在那边了吧。"

"大城市好，大城市好。凌峰也离上海挺近的，他在苏州，也有六七年了。"

"哦，是吗？"杨溪有些惊讶，转头看陆凌峰，却见他没注意这边在聊什么，正在低头看手机。

"凌峰在研究院做工程师，工作也挺稳定。你有时间了，可以去他那儿玩玩。他媳妇烧菜可好吃了。孩子也大了，马上上小学，一家人都挺好，挺让人放心的。唉，唯一一点就是，你们都是独生子女，跟父母距离远了，年轻时候还好，这年纪一上去，有点啥事儿真不太方便。"

陆老师说着，眼睛里的光就暗下来了。

"我寻思啊，以后还是得让他妈妈到苏州去，到他身边，我才放心。他妈妈身体也不太好，高血压、糖尿病，还是得有人照顾。但是……唉！过去的话，又担心打扰他们小年轻，本身住得也不宽敞，婆媳之间也怕会不习惯。"

"爸，跟杨溪说这干吗？没事儿的，会好的，我都安排着呢！等出院了，你俩一起去我那儿。"陆凌峰终于插进话来，把手机揣回兜里了。

听到这句，陆老师的眼睛里突然闪过一抹悲哀，但立刻又被他压下去了。

"好好，听你的。"他笑了笑，没再多分辩什么，接着也就找不到话头，沉默了下来。

杨溪觉得眼睛又被那笑容刺了一下，赶忙转过脸去，以免不小心掉下眼泪被看到。

陆老师明知道不会有什么以后，也没可能出院了。但在和儿子最后这么一点点的最珍贵的时间里，任何的不愉快，都不应该。

"那，陆老师您先休息吧，今天太晚了。"杨溪站起身来，把提包从病床角落拎起，"我这几天都在楚安，明天再来看您。"

陆老师客气地连连应了，陆凌峰也起身送她，跟她一直慢慢走到刚才在走廊里放花的位置，才停下来。

"回去吧，今天就你一个人陪夜？"杨溪问，又补了句，"你也注意休息啊。"

"嗯。本来应该送你回家的，实在抱歉了。"

"噢，我不回家，今天晚上我就在楼下，帮我……同学陪个床。"

"同学？"陆凌峰问，"哪个同学？我认识吗？"

"陶源。"杨溪说了，突然有些发窘。

"我记得。"陆凌峰果然想起来，笑了笑，"当年他误会我追你来着，在球场上把我好一顿虐。"

杨溪"呵呵"笑着，脸瞬间红透了。

"那……你现在有时间？"陆凌峰又问，微微挑了下眉。

"还好吧。怎么了？"

"陪我下去走走吧，有点儿事，想找个人说说。"

过了九点，气温就低得让人走在外面有些缩手缩脚了。

陆凌峰没注意到杨溪冻得时不时搓手，还隔一会儿就走神往楼上看，只顾快步朝前走着，绕着医院的大楼兜圈子。

把无关紧要的事翻来覆去扯了快十分钟，陆凌峰才切入了正题。

"我要离婚了。"

杨溪先是吃了一惊，然后又有些了然。

现在是国庆假期，陆老师重病住院，已经是最后的相处机会。而陆凌峰只一个人回来，老婆孩子都没来，除了感情出了问题，也没别的理由了。

"我跟她，在一起也很多年了。她是北京人，跟我是大学同学。"陆凌峰自顾自地开始说，"我们研究生毕业没多久就结婚了，她怀了孕，我校招进了苏州核工院，她就跟我一起过去了。生了孩子之后，她就一直在家。"

"啊？她一个人带孩子？"

"嗯，很辛苦。"陆凌峰点了点头，又叹了口气，"但是没办法，我爸妈身体不好，没法过来帮我们带。她妈妈……三天两头往国外跑，一待个把月，到处旅游。"

"哦……"

"本来想也就头两年辛苦，等孩子上托班了，她就能出来找工作了，经济上也能减轻一点儿我的压力。但托班和幼儿园放学都早，接送也很花时间，只能在家附近找工作。她找了几个月，就放弃了，实在没有合适的。"

"你不能接送吗？"

"我工作很忙，加班很多。全家就靠我的工资，还要还房贷，我确实得拼命干才行，不然怎么养家？"

"嗯，理解。"

"但是，眼看孩子要上小学了，应该轻松一些了，她却不肯跟我过了。"陆凌峰顿了顿，又长叹了口气，"就上个月，她过了三十岁生日。

本来好好的，吃蛋糕的时候，吃着吃着情绪就崩溃了。"

杨溪完全沉默了。

陆凌峰读的是南开大学，他妻子曾经也是优秀的人才，前途无量。

杨溪完全理解他妻子的心情，因为过不了多久，她也要三十岁了。

30 岁是女人最害怕的一个生日。往前，你是年轻姑娘；而往后，你就是中年妇女。抗议无效，没的商量。而在一个女人最好的十年里，陆凌峰的妻子，却被"爱和家庭"，捆绑得那么绝望。

"我知道她怎么想，我也知道……挺对不起她的。"陆凌峰说，"可是……我也没有办法，真的没有。我不可能辞职换她出去工作的，她没有工作经验，负担不起我们的房贷。"

杨溪听了，也只得跟着长长叹了口气。

是啊，身在其中，能怎么办呢？陆凌峰不是渣男，看陆老师就知道，他从小受着很好的教育，尊重母亲，尊重女性，也对家庭认真负责。

但生活就是这么困难，就是这么让人没办法应对。

"那离婚之后，孩子怎么办？她会回北京去？"

"孩子……她要我选，跟她还是跟我。"

"你怎么想呢？"

"我，还没想好。"陆凌峰顿住，"别误会，我不是那种人，把孩子当包袱。我只是……在想怎么对孩子更好。"陆凌峰解释，"我们离婚的话，苏州房子得卖掉，会影响孩子入学。跟我的话，只能去换个偏远的小房，让我妈过去照顾。"

杨溪点了点头。

"跟她的话，可能……能跟她去北京吧。"陆凌峰摇摇头，突然哽咽了，"但那样……我就很难……见到……"

话没说完，他突然转过脸去，抬起右手把嘴捂住，胳膊肘支在抱胸的左臂上，把肩膀缩了起来。

杨溪一下子也难过了，伸手拍了拍陆凌峰的背脊。

这真是太残酷了。

人到中年，本以为的工作稳定、家庭幸福，竟是这么薄脆如纸。只一转眼，婚姻破碎，孩子远离，父亲病危——这对谁来说，一下子都难以承受吧。

"那，你们为什么不一起去北京呢？"杨溪问了出来，"又不是真的夫妻感情破裂，无法弥补。"

陆凌峰摇了摇头："我不能去。"

"为什么？"

陆凌峰咬了咬嘴唇，还是答了："她父母，不接受我。"

"啊？"

"当初……我们要结婚，她父母就反对。"陆凌峰咬住了牙关，"差一点儿，就要逼她堕胎，跟我分手。"

"为什么？"杨溪叫了起来，"因为你……家里没钱？"

"不仅是没钱。"陆凌峰摇摇头，"没钱可以挣，但我们小地方出来的，跟他们的起点就不一样，没法融合。"他顿了顿，"就说房子，我靠自己工资，多少年才能在北京买房落户？而没房子，就没学位，怎么给孩子好的教育？"

"这……"

"我现在想想，也真是后悔。"陆凌峰又叹了口气，"当时年轻，不服气，觉得他们狗眼看人低，自我优越感爆棚。可是现在，我们头破血流地拼了一回，才知道那真的不是什么偏见和狭隘——那就是现实，血淋淋的现实。"

"好的爱情和婚姻，就该门当户对。"

最后，陆凌峰用了这么一句话，来总结今晚他忍耐不住的情绪宣泄。

快十点了，医院里有些病房都关了灯，准备休息了。杨溪抬起头，只看见无星的天空深邃又广阔。一轮弯月翘在楼顶，冷漠地照着，什么话也不说。

我和你的大城小镇　31

3

勇敢的小警察，祝你幸福

"给你看个东西。"陶源站起来一伸手，把一个粉色的信封塞进了杨溪挂在椅背上的书包里。

"什么啊？"杨溪背过手去书包里摸。

"情书。"

杨溪的脸唰地红了，手指正拈住了那封信。硬硬的，还挺厚。

"你……写这个干吗？"她压低了声音，回头去埋怨他，却不敢抬眼去看。

"又不是给你的。"陶源拿笔敲了一下她的脑袋。

杨溪一口气差点儿没上来，反手把那信封从书包里抽出来，回过身去抽屉底下看。

信封上写了几个字，十分娟秀。封口好好的，还没拆过。

"源 亲启。"

杨溪觉得一口老血要喷出来。

竟然是别的女生写给陶源的，他却拿来向她嘚瑟！

"谁呀？"她没敢拆，转回身去问他。

"我怎么知道。"陶源却耸了耸肩，"隔壁班的吧。反正……就一挺清秀的小姑娘，眼睛比你大，但胸比你小。"

"你找死是吗！"杨溪抄起他桌上的语文书，一下子呼了过去。

"哎！别打！"陶源抬起胳膊挡住脸，号叫了起来，"别打！我发誓！我喜欢胸大的！"

十点半，杨溪回到了陶源父母的病房。陶叔已经睡了，陶母把电视声音调得很小，半靠在床头看。陶源在旁边就着台灯的光剥橘子。

进门看到这样的画面，杨溪一下觉得心口涌上来一股暖意。不过，上前跟陶母打了个招呼之后，她却忽然发觉今天的气氛有些不对。

陶母笑得很勉强，看她的眼神很复杂，有些欲言又止。说了句"这么晚还过来"，马上飞快地瞥了一眼陶源，然后不再说话。而陶源却始终没吱声，也没看杨溪，还是继续低头剥橘子，手背上的疤在台灯光照下微微泛白。

杨溪心里猛然紧张了一下。

陶源家虽然历经劫难，但家人之间的关系和气氛，一直好得让她羡慕不已。陶叔直爽逗趣，陶母温柔随和，对陶源也素来是像朋友一般平等宽容，一家三口极少红脸斗气。

但今天她的出现，却好像把这平静打破了。

"呃……是不是要去借个……"杨溪站在过道上，感觉有些尴尬。

"我送你回去。"陶源忽然噌地站起来，截口打断，快速拨弄掉手指上粘的橘皮碎屑，不容置疑地向她走来，一把抓住了她的右手腕。

"啊？"杨溪吃了一惊。

陶源扯着她的手腕转身往门外走，力气大得惊人，几步就把她从病房带了出去。

"喂！松手！你干吗？"杨溪又惊又气，"说好了今晚我陪的！"

陶源脸色很阴沉，根本不管杨溪说了什么，只管扯着她走向楼道。

"陶源你干什么？给我松手！疼！"杨溪手上加力，脚下拼命停住，使劲挣脱了被钳制的手腕。

一听她喊疼，陶源马上松开了手指，停下来转身看她——但是，皱着眉头，一脸不耐烦。

"你到底啥毛病？医院有什么好待的？不怕沾了晦气？"他语气很冲，站在走廊的吸顶灯下，脸上阴影横斜。

杨溪气得一时间找不到话，背过脸去。

缓了一瞬，她才转回头看着陶源的眼睛。

"你觉得，我们俩这样子，这辈子还能见几面？"

她话说得不激烈，嗓音却微微有些颤抖。陶源听着，眼神里的光猛地缩了一下。

"受这事儿折磨的，不止你一个。"杨溪扔下一句，丢下陶源转头向走廊另一头走去，"我也有权做点儿什么，让自己好受一点儿。"

陶源怔住了，老半天才抬起头，用眼神去追杨溪的背影。

"你干吗去？"他喊了一声。

"借折叠床！"杨溪回道。

十一点一刻，陶母还在安静地看着电视剧，没有要睡的意思。

杨溪搬了折叠床回来之后，陶源终于不再跟她啰唆让她回家的事了。但两人许久未见，也没什么话题好聊的。简单说了说近几年工作上的事，发现全然没有共同点，慢慢也就各自看看手机，沉默了下来。

杨溪觉得有些难过。

陶母虽然不说话，但拖着不睡，明显是想让陶源和她多聊几句。而陶源之所以跟她没话说，也很明显因为，他没有再和她修复关系的意愿了。

刚才在走廊上的一番争执虽然让陶源妥协了不赶她走，但在内心深处，他对她的存在，还是抵触的。

这种单方面的闭锁，在这分开的十一年里，杨溪已经了解得很清楚了。只是，在面对面地看清楚之前，她心里总还存着点儿侥幸——也许他只是一时没想通，等见到她了，自然会情不自禁地把心里想的一切都告诉她。

可今天，这份侥幸终于碎掉了。

多明显，他就是不再喜欢她，不想跟她多说什么了。

杨溪坐在床边的椅子上，眼角余光止不住地飘到陶源那淡褐色的、瘦骨嶙峋的手背上。

那几道疤真的是她没见过的——非常像被指甲抓伤的，而且抓得不浅。楚安的治安一直不太好，他作为基层小民警，一定经常遇到危险吧？

那，除了这几道疤，他还受过别的伤吗？

他以前体育挺好的，读警校应该也会有专业的格斗训练，让他能够保护自己吧？

杨溪这思路一打开，背后就像悬了根刺，有点儿坐不住了。

"你手上这伤……"

"你很冷？"陶源跟她同时开口，先愣了一下，然后随着她的目光看向自己的手背，"哦，被我妈抓的。她有次摔伤了清创，比较疼。"

"噢……"杨溪松了口气，然后敏锐地发现了陶源问她是不是很冷的原因。

他也在用眼角余光看她，发现她一直在坐立不安，动来动去。

"我不冷，这儿温度还挺舒服的。"杨溪回答，嘴角忍不住偷偷上翘。

陶源"嗯"了一声，又装作不在意地去看手机，把两条腿缩回床上。

"你看啥呢？"杨溪从椅子上站起身，走过去坐到他身边，想趁机多聊几句。

可谁知就在这时，走廊上传来脚步声，病房门突然被推开，一个胖胖的女护士气势昂扬地走了进来。

"12床换药！13床量体温！"

杨溪和陶源赶忙站起身来。

胖护士姓马，是这病区的护士长，还是邹武的远房表姐。虽然关系很远，但跟邹武一样生了两片厚嘴唇，一看就很靠谱。

"哟？小陶女朋友来啦！"她看了一眼杨溪，脸上绽出好大的两个酒窝，"以前没见过嘛！刚处的？"

"不是。"谁知陶源却一口否认，脸上一瞬间有些发红，"是高中同学。"

"高中同学啊？挺好的挺好的！都在楚安，知根知底的。谈一谈就好结婚了！"马护士不知是故意的还是真没听清，越说越开心。

此时陶父已经醒了，翻过身来，脸色有些泛青，嘴角向下撇着，像是有股说不出的生气。陶母和陶源也都没接茬儿，一个个都冷着脸。

杨溪心头又掠过好大一阵尴尬，开口解释也不是，不开口也不是，只能手足无措地站着。

"马姐你听错了。"陶源稍稍愣了一会儿，然后笑了笑，走上去站在陶父的床边看马护士给老爷子测耳温，"我单身那么多年你又不是不知道。你那儿有没有漂亮小护士，介绍给我认识认识啊。"

这句话一出，杨溪突然觉得一道雷在脑袋里炸响了。

他说的声音不大，语调也很随意，一点儿都不夸张。字面上像是玩笑，但杨溪知道，他是认真的。

"陶源你个王八蛋！"杨溪攥住拳头，差一点儿就吼了出来。

但实际上，她只转头冲出了病房，"砰"的一声带上了门，什么话都没说。

"陶源你干什么呀？"

"你臭小子……瞎说什……"

责备数落的声音被关在了病房里，陶父陶母都看出来杨溪被陶源那句话伤到了。

这下，连那无关出现的护士，也知道她喜欢陶源，死皮赖脸地要留下陪着，却一点儿都不受待见了。

这算什么事儿？她才刚为发现陶源偷偷看她而窃喜，转头就被当胸扎了一刀。

走廊里的灯很昏暗，尽头的一盏还有点儿接触不良，一闪一闪的。

杨溪走到那盏灯下，把窗户打开，对着外面涌进来的清新的冷空气深深吸了一口。

陶源，你也真的是狠。

早知这样，她真不如不要回来，就此忘了。

什么爱情不爱情的——他不需要，那她也不要。

病房里很安静。陶源听到病房中间床铺上的人动了一下，从枕下摸出手机一看，凌晨一点四十三分。

果然失眠了。

从十二点到现在，他竟越躺越清醒。脑子里乱糟糟的，都是杨溪那根束得高高的马尾在晃来晃去。

不过，现在的杨溪留的是微卷的披肩长发，已经不梳马尾了。那些记忆和感受，即便历久如新，也都没了意义。

先前，他跟护士长说了那句话之后，杨溪显然是生气了。但她到底没走，一个人在外面待了一会儿之后，等护士走了，她又没事儿人一样走回来，笑着跟陶母打了个招呼，拎着毯子准备去折叠床上睡下。

他自然过去争，让她来睡空着的病床，却差点儿被她的白眼瞪死。后来她也不理他了，趁他扶老爷子去厕所，直接上去把行军床给占了，怎么拽都不起来。所以，最后只能这样，他在舒服的病床上失眠辗转，她在狭窄的行军床上睡得姿势僵硬而踏实。

我和你的大城小镇　37

这里面的阴差阳错，也真像他们两个人这十几年的缘分。明明两个都有心，却总是谁都不舒服，也谁都不甘心。

唯一不同的是，杨溪的不甘心，可以表现出来告诉所有人。而他的不甘心，只有他自己一个人知道。

"咳——"中间床铺上的老妈又动了一下，翻了个身，像是醒了。

可能是要去卫生间，陶源掀开被子准备起身。

"嗯？阿姨？"没想到，明明睡得挺沉的杨溪也一下子醒了，坐起来轻轻地问，"要去厕所吗？"

"没事，你睡。"母亲坚持自己起身。

杨溪已经兔子一样跳了起来，一个箭步就冲到床边，扶住了陶母的胳膊："我扶您，小心。"她声音压得很低，生怕吵醒旁人。也没注意到陶源醒着，已经掀开被子准备下床。

就在这时，外面的走廊里突然传来一阵响动。

陶源心里忽然一紧，生出一股不好的预感——那是楼道里传来的脚步声，来的人跑得很急很急，所以回声才会那么大。

马上，他的预感就被证实了。

"小陶！小陶！"尖厉的女性喊叫声快速地接近，"你在不在！快来！快出来！"

安静的病区一下子就被那尖叫声扯裂了。慌慌张张的脚步声砸到病房门口的时候，陶源已经穿好了衣服鞋子，一把把房门拉开。

"怎么了？"他一边问，一边对愣住的老太太和杨溪摆摆手，让她们不要慌。

"急、急诊有人闹事！"跑来的正是前面来查房的护士长，"我们已经报警了，但、但你在这儿就赶快……"

陶源没等她说完，已经一把将她拨到一边，冲了出去。中心医院本来就在他的片区里，当不当值他都得管。

在这里泡了十年，陶源早就对每条通道了如指掌。不到两分钟，他已经跑到了急诊室外，听到里面一阵砸东西的叮叮咣咣声，混杂着女人惊恐的尖叫和男人醉醺醺的吼叫声。

"都给我住手！警察！"他一脚踹开门，大声喝道，顺手抄起了门边不远的一把折椅。

急诊室里有三个男人，一个躺在手术床上，头面上满是血，不知道是死是活；一个长头发的拿着长棍发疯一样到处乱砸乱敲，明显是喝多了在撒酒疯；还有一个是个光头，竟拿着把长长的尖刀，吱哇乱叫地挥舞着，把一个身材娇小的年轻护士逼在角落里威胁："不把老子大哥救活，我杀光你全家信不信！"

陶源愣了一下。

竟然掏了刀子——这样的话，就得转交刑警队来管了，他无权自行处理。

上一次他接到一个家暴的报警，到了才发现双方在动刀。情急之下他直接上去阻拦，结果后来回去被好一顿骂。

可眼下的情况，又比先前要危急得多。拿着刀的是个醉酒的地痞，随便瞎挥几下手就可能伤了一条无辜的命。他怎么可能等？

只犹豫了短短的一瞬，陶源就一个箭步冲上去，手里的折椅直接招呼上那拿刀男人的后背。

光头男听到风声赶紧往前躲，手里的尖刀顺势回肘狠狠一砍。"当"的一声，正砍在了折椅的金属腿上，离陶源的手指只差了一寸！

角落里的小护士又发出一声惊天动地的尖叫。

陶源一股热血上涌，也骂出声来。他动作极快地把折椅往斜里一推，尖刀刀刃一滑，卡在了折椅转轴的缝隙上，被带得脱离了光头男的手。

椅子夹着刀轰然落地的瞬间，陶源已抓住了光头男来不及回缩的手臂，一个巧劲旋拧，"咔"的一声，干脆利落地卸脱了他的肘关节。

"啊——"光头男一声惨叫，脚下一个趔趄，"咚"地跪在了地上。

陶源还未舒口气，忽然感觉到脑后一阵锐风削了过来。

他站的位置靠近角落，前面还有倒地的光头男挡着，没有空间腾挪。情急之间，他只能抬起手臂转身去格挡。没想到，这一挡却没有撞上预料中的闷棍，而是撞上了尖利的刀锋！

"刺啦"一声，右上臂的衣服被划开好大一条口子，血一下子就飙了出来。

陶源痛得一个激灵。那长发男竟然扔了棍子，也掏了刀！

"疯了吗！我是警察！"陶源怒吼，额上青筋一暴。

长发男被他这一吼震慑了一下。就靠这一个喘息，他抄起旁边手术台上的止血钳，对着长发男握刀的手背狠狠砸去。

"嗷！"尖刀脱手，长发男直捂着手惨叫。

陶源一脚冲他腰眼踹去。

"啊——"长发男蹭着地飞出老远，脆弱地捂着肚子蜷成个团儿。

前后一分钟不到，两个人都已被放倒。

那跪在地上的光头男还有点儿不甘心，挣扎着想起来，被角落里的小护士走上来用脚后跟在手背上狠狠踩了一脚，又嗷嗷叫着滚开了。

"啊……你、你没事吧！"小护士轻巧地跳到陶源面前来。

陶源往后退了好几步，靠着急诊室门口的桌子站定，捂住了手臂上的伤口："问题不大。这什么情况？"

那小护士还戴着口罩，只露出一双大眼睛，睫毛翘翘的，还挂着眼泪。她随着陶源的目光扫了一眼场内，眉心一蹙又有点儿想哭。

"十五分钟之前，这俩人送那人过来，号都没挂就往里冲。"她指了下手术台上躺的人，声音有些发抖，带着明显的哭腔，"我们也没拦着，因为那人颅顶上夹着把刀，真的是不行了。"

陶源侧身探过头去一看，地上确实躺着一把染血的砍刀，木质的手柄上还有斑斑的血指纹。

"我们直接把他接进手术室来，一边准备取刀一边准备喊脑科医生过来，谁知道一检查，呼吸心跳血压都没了。"小护士继续说，一面怯怯地指了一下还在地上号叫打滚的光头男，"我们刚跟他说一句请他出去准备抢救，他就火药一样炸了，一下子把刀拿出来要砍人！"

陶源皱起眉。这时急诊室外已经围满了人，外面也响起了警笛声，越来越近。

"站得靠门口的医生护士得隙就跑出去了，就我站在里面出不来，被他堵住了。"小护士说到这儿，委屈得又红了眼睛，"然后……然后那男的也进来了，拿棍子到处乱砸……要不是你来得快，我……"

"嗯。"陶源依然皱着眉，也没看她，随口安慰，"现在没事了。"

"你的伤我先帮你看一下！"小护士低头抹了一下眼泪，快步走过来，"流那么多血，得赶紧处理。"

她不由分说抓住陶源的胳膊，把他捂着伤口的左手扳开。陶源也不反抗，忍痛抬着胳膊让她检查。

伤口挺长，但幸好不算太深。小护士皱皱眉，轻轻揪了下他的外套："要脱下来。能脱得了吗？不行就剪掉。"

陶源用左手拉开拉链，试了下弯曲胳膊脱袖子，但稍稍一动就大股涌血，疼得他"嘶"地抽了口冷气。

"啊！你别动了！我来。"她眼睛里的焦急晶莹剔透的，好似比陶源还疼，手下却很麻利，拿起剪刀几下子就把几层衣服一齐剪开了。

陶源整个右肩和臂膀都露了出来，淡褐色的皮肤和坚实的肌肉线条在灯下反着微微的光泽，还有隐隐约约能看到的胸肌，冷不丁让小护士红了脸，愣住了。

陶源尴尬地干咳了一下。

小护士如梦初醒，赶紧去拿消毒器具止血绷带过来，温温柔柔地说了声："有点儿疼啊，忍住别动。"就飞快地开始给他处理伤口。

到这时，跑出去的急诊室医护们已经回来了，七手八脚地把行凶的两个男人按住。警察停好车进来，为首的一个膀大腰圆，一眼看见陶源，胖脸上稍微露出了一点儿意外，然后很快了然，皱起的眉心涌上了一股怒气。

"黄所。"陶源想站起来，奈何胳膊被小护士按住，只侧了侧身。

"又伤着了？怎么这么不小心？有械斗？"他瞪了陶源一眼，却来不及停下脚步，直入内里去处理情况。

陶源叹了口气，摇了摇头。估计回去又要一顿掰扯。

不过，好歹老大到了，这里没他什么事儿了，精神终于可以松懈下来。这时他才回过神，想起急诊室门口几重人墙后面，刚才好像有人在喊他。

杨溪好不容易一边喊着"陶源"一边从看热闹的人墙缝隙中挤了进去，一看见陶源的背影，立刻哑了声。

离门口很近的桌边，娇俏可人的小护士正无比认真地在给陶源包扎伤口，两个脑袋凑得很近，呼吸都蹭在对方的脸上。

还真是说什么来什么。

那小护士一看就很漂亮，虽然戴着口罩，露出的大眼睛却眼泪汪汪的，甚是惹人怜惜。陶源显然也心里颇为熨帖，一点儿都没有躲开几寸避嫌的意思。

杨溪心头有些本能地泛酸。但是此情此景如此合理，她和陶源又没关系，不论怎么去想，都没什么可以去苛责的。

直到陶源突然鬼打墙一样猛地回头看她，杨溪才从那莫名的情绪里跳出来，说了一句："我的天！"

她才看见，陶源竟然伤得不轻，手臂上不知道被缠了多少圈纱布，还隐约透出点儿红色来。

"没事儿，小伤，不慌。"陶源满不在乎地扬扬眉，"别告诉我爸妈。"

"嗯。"杨溪点头，那是当然。

"你先回去吧。我这儿还没完，一会儿可能要跟着回所里了。"陶源看着她，露出个抱歉的神情，"今晚得拜托你照顾他们了。"

"我本来就是干这个来的呀。"杨溪道，"放心吧。"

这时，旁边的小护士突然睁大了眼睛看杨溪，一把摘掉了口罩，半惊半喜地叫了出来："哎呀！你是杨溪师姐？"

杨溪吓了一跳，后退了半步看她。

这小护士果然长得很漂亮，二十出头的样子，鼻尖挺翘，嘴唇上精心地涂着橘粉色的唇膏。

"我是罗芳茗，也是楚高的！你忘了吗？我跟你一起参加过市里的作文比赛！"她看看杨溪，又看看陶源，"欸？你们是……"

"高中同学。"陶源和杨溪异口同声道。一个嗓音沉静，一个带着气。

"噢！那陶警官也是我师兄啊！"小护士罗芳茗眉开眼笑，分外开心地掏出手机，"我们加个微信吧！"

十分钟之后，杨溪一个人回了病房。

老太太已经躺下了，但是一直没睡着，听到她进来的声音便翻过身。

"没什么事。"杨溪压低嗓音轻轻地道，"陶源回所里了，明天上午再来。"

老太太"嗯"了一声，翻回去睡了。

杨溪深深吸了口气，又轻轻叹出来。

罗芳茗跟她和陶源加完微信，就带陶源去打防感染的针了。杨溪没跟着，反正也不需要她做什么，还是尽快回来让老头老太放心更重要。

此时回到病房，就着窗户透进来的微光，她看着陶源睡过的床位上被子隆起的形状，忽然就掉下泪来。

这才是他的人生。

不管是窘迫、安稳，还是危险，她一点儿忙都帮不上。

哪怕只是像今晚这样沉默的陪伴，也有许多人可以做得比她更好——比如那个就在这个医院里的小护士。

过几天她就要回上海了。这短暂的重逢，又有什么意义呢？

徒增烦恼。

杨溪走到空床铺边坐下，脱鞋上床，裹上被子。

被子里早已没有陶源的体温，但这也是唯一能当作他的拥抱的东西了。

而在这一刻，她也终于下定了决心。

假如，真的能有另外一个人，比她更适合跟他在一起。

那么她愿意——

放手。

4

做一个没有感情的成年人吧

"你想好了吗，报什么专业啊？"

晚饭之后，陶源又拎着杨溪去操场上绕圈散步，两个人一前一后，有一搭没一搭地聊着。

"没研究呢。这次数学又考这么差，烦都烦死了。"

"那你以后想干什么？"陶源不依，追着问，"这总该有数吧。"

"嗯……"杨溪捻着垂到胸前的头发丝，"我就想天天宅着看书，别让我出门跑。要不……做编辑？"

陶源挑了挑眉："也行吧。"

"怎么啦？"杨溪回头看他。

"听说……不太挣钱。"陶源耸了下肩，"不过，也没关系。"

"啊？那不行，怎么没关系？上海房子很贵的。"杨溪瞪大了眼，看白痴一样看他。

"那不还有我吗？"陶源得意扬扬地笑着，伸手绕过去扯了一下她的辫子，然后越过她往前跑走了。

十月七日下午，飞机在上海虹桥机场落地。

杨溪刚把手机从飞行模式切回来，老罗的电话就进来了，震得她差点儿手滑摔了手机。

这个点儿找她，又不知道出了什么鬼事。杨溪虽然腹诽，却也不敢不接。她的顶头上司罗兴是中国区销售总监，出了名的暴脾气。三个电话没接，绝对要被威胁扣奖金，而且是认真的那种。

"老板，不好意思，我刚刚落地。"接通电话第一句，赶紧道歉。

"今晚有个商务餐，任总回来了。"老罗声音听起来情绪尚且稳定，"约了一唯的采购总监。你也一起来，七点在外滩三号黄浦会。"

"哦！好的。"杨溪老老实实答应。一唯是她的大客户，下周要开明年供货的招标会了。这时候大老板能出面约到对方的采购总监吃饭，不管谈点儿什么，对她区域的销量都肯定有好处，她必须去。

"穿漂亮点儿！"老罗嘱咐了一句，挂断了电话。

杨溪撇了撇嘴，起身拿行李下飞机。

十月初，上海还不太冷，正是最舒服的时候。摘掉围巾，感受了一下从廊桥的缝隙里钻进来的风——是她熟悉的味道。

已经来上海十一年了。这座不夜的城市已经成了她的第二故乡，有她的家，有她的工作和生活。

预约的接机司机准时打来电话，在往常的位置等她，帮她把行李放进后备厢。关上车门的瞬间，楚安灰扑扑的颜色在她身上完全消退，取而代之的是上海那琉璃般的华丽，像盔甲一般将她裹住。

什么爱情，什么遗憾，都跟假日一起见鬼去吧。

从这一刻起，她又回到了自己的职业身份里——法国齿科器械集团安蒂科最传奇、最年轻的大区经理。而她接下来要面对的，是今年第四季度几乎不可能完成的销售数字，和手下四十几号人的年终奖金问题。

是的。其实她在上海，混得比邹武、朱越他们所能想象的，还要好一些。

设在外滩三号的宴请，不刻意打扮一下，也是不太得体的。哪怕没有老罗那句话，杨溪也不可能素面朝天就去了。

她穿了身万能的商务系小黑裙，稍微搭些闪亮的配饰，就有了点儿礼服的气质。头发盘起来，露出修长的脖颈，照照镜子觉得过分妩媚了，就把妆面化得素净些，省得招惹什么误会。

当然，最重要的，还是把那颗一克拉的"黄钻"戒指戴在左手中指上。

全套行头准备完，公司的商务车也到了楼下。她背上小包，登上高跟鞋出门。

戒指自然是假的，未婚夫也自然没有。可到了这个年龄，混到了这个职位，什么都没有，反倒显得比较可疑。尤其是做销售——一个单身女人，容貌身材都不差，这么年轻就做到大区经理，随便谁都能编出点儿八卦来假定她的作风问题。

大概从三年前上马带团队开始，杨溪就把微信好友严格分了组，时不时地晒点儿虚假的约会照片，跟一个不存在的未婚夫秀秀恩爱。公司同事都对她的另一半相当好奇，每每组织活动，都撺掇她带出来见见。而她自然是把他塑造成一个常常出国际差的大忙人，绝对没有时间出来闲玩的。

如此时间长了，就有人开玩笑地怀疑她有男友的事是不是真的。于是她又加强了伪装等级，买了不少男士用品放在家里，拍照时装作不经意地露出来。偶尔大学时的哥们儿回国，也请他吃饭时客串一下，露个精英男士的手跟她碰个杯留个念。

可这终究不是能一直演下去的。

走进包厢的时候，老罗和总经理任意已经到了，正聊着天等客人。

看见杨溪，任总挑了挑眉，做出一个惯常的笑脸："哟，咱们的女将军来了。"

"任总好，这么快就回来啦！"杨溪恭恭敬敬地点头打招呼，笑容里刻意带着点儿疏离，"开完会没在法国多玩几天？"

"那不是舍不得你……们嘛！"任意的眼睛依旧盯在杨溪身上，笑得意味深长。

杨溪敷衍笑笑，找了个偏远的客位坐下，离两人远远的。

其实她这么费尽心机假装自己有男友，另一半原因也是因为任意。

他们这位中国区总经理，一个四十五岁微微谢顶、能力很强、眼睛很小的中年男士，想泡杨溪做小三之心在公司高层间早已尽人皆知。对此，杨溪觉得不胜其烦，却又没有办法。

他们公司是做齿科材料的，行业圈子非常小。六年前，任意自己创业经营的小公司被法国安蒂科公司收购，任意被任命为中国区总经理，持了一小部分股，做得很有拼劲。公司重组后，产品线急速扩张，生意连翻六倍不止。任意财务自由志得意满，渐渐开始动了些旁的心思。

据传闻，凡是被他看上的女人，没有一个不是欢天喜地飞黄腾达的。就算没多久就吹了，也至少能捞到一套房子。

杨溪可能是第一个被他看上却迟迟不肯就范的。然而巧就巧在，杨溪真的工作能力特别强，实打实地坐电梯飞黄腾达了。在外人看来，尤其是公司以外对杨溪本人不熟悉的人看来，这种神话般的升职，百分之九十九是因为跟任意有非同寻常的关系。

所以，杨溪想跳槽找一个跟现在待遇相同的工作，其实是相当难的。她要还想在这个行业里挣这份钱，那就只能受着，想办法慢慢周旋。

"听老罗说你国庆节回老家去啦？老家哪里的啊？"任意看着她笑眯眯地问。

"华中地区的一个小县城，可小了，说了任总肯定也不知道。"杨溪也笑笑。

"回去看父母啊？"

"嗯。"杨溪接过服务员递上来的气泡水，面色不变地扯谎，"带未来女婿上门。"

"哟，看来好事将近了嘛。"老罗插嘴，"那任总是不是得给包个大红包啊？哈哈哈……"

"呵呵，那是当然……"

这时，包厢门开了，一唯采购部的几位客户到了。三人赶紧起身迎接，一通客套的商务寒暄。

杨溪看了看，自己又是全桌唯一的女性，不由得暗自苦笑。

十个饭局，九个如此，她早已习惯了。

所幸的是，想把她打压成那种任凭男性权势玩弄和欺凌的花瓶女人，还没那么容易——驰骋江湖这么多年，场中男性还没一个喝得过她的。这千杯不醉的体质，简直就是她除了脑子以外，征战职场的最强武器。

一唯的采购总监韩博其实跟杨溪很熟，一看她在场，马上连连向任意讨饶："任总，咱来之前说好是假期里老友小聚的，怎么还是把小杨将军带来了？我可先说好，绝对不跟她喝！"

"韩总承让承让。"杨溪俏皮地抱抱拳，"这儿的酒太贵，我们还是给公司省省钱，留着明年多给一唯打点儿折扣吧。"

"那好那好！"众人笑哈哈地入座。

任意拉着韩博坐主位，老罗陪在另一边。杨溪级别低不往上凑，坐在最靠近上菜口的位置，熟练地点了一桌下酒菜，关照了每一位客人的偏好和忌口。

等菜期间，大家开始聊起今年一唯旗下的连锁诊所的生意情况，说到跟安蒂科产品相关的事，有任何任总不清楚的细节，杨溪有问必答，一点儿都没给他丢份儿；谈到行业的新动向，有些最近的新闻老罗还没被告知，杨溪已经拆解清楚了，话题接得滴水不漏，绝无半点儿尴尬冷场。

聊着吃着，公事谈完，转谈些业内八卦，气氛就热烈起来了。酒还是加了上来，一百四十元一杯的墨林酒庄马贡维纳斯白葡萄酒一杯一杯连续不断地往席上送，杨溪该敬的、该喝的一杯不差，酒到杯干，礼数氛围都照顾周到，也就没有谁刻意上去灌她。

"欸，你们有没有听说，有个网红大咖要回国了？"还剩最后几口酒的时候，韩博突然问道。

"谁啊？"老罗不明就里，转过头来看杨溪。

这个杨溪倒不清楚，耸肩摇了摇头。

"江酌。"韩博说，"北医的博士，宾大博后，颌面外科顶尖大牛。你们记不记得两三年前有个家暴的新闻？超级骇人听闻。那女的脸上被砍了六刀，整个下颌骨都碎得不行，一颗牙都没了。那台手术就是江酌做的，特别成功。当时新闻炒得贼热，好多公众号发稿。江酌本人长得又特别帅，一下子爆红了，现在微博粉丝有大几百万！"

"噢！我有印象了。"杨溪道。

她记得有次拜访客户，正逢午休时间，诊所里一堆医护小姑娘都聚在一起看手机，叽叽喳喳地八卦。她凑上去跟她们聊，看了好多好多那江医生的帅照。

真的是长得挺好——戴眼镜，年轻，清瘦，鼻梁高挺，斯文禁欲，连名字都贼有总裁气，方方面面戳少女心。

"听说他有打算回国来工作。"韩博继续道，"不知道是会找个医院还是自己创业。唉，希望他还是能找个好点儿的公立医院待着。这种级别的大牛，我们估计也请不起。但他自己创业的话，我们又要多个强劲的竞争对手。"

"是吗？他回来的话，会在哪里？"老罗问。

"他好像是上海人，估计，多半会在上海吧。"韩博愁眉苦脸地抿了口酒，"反正对你们来说都一样，我们就惨咯！"

"那就是小杨的区域了啊。"任意意味深长地看了杨溪一眼。

"嗯嗯，收到收到。"杨溪举起高脚杯，朝任意遥遥敬了一下。

"要是你们跟他接洽上，有条件的话也引荐给我们认识一下。"韩博继续说，"我们老板啊，肯定还是想试把他招进一唯来的。有戏没戏另说。"

几个人连声答应了。

又扯了几句别的，一看已经快十点，几个客户便说要回去了。杨溪赶紧结账，然后帮他们叫专车，一一送上去，道别。

全都安排好之后，杨溪松了口气，站在路边点开打车软件给自己也叫了一辆。这时才发现，微信里有条未读消息，发件人的头像是个美女，很眼生。

"杨溪！"

杨溪刚戳开那条消息，老罗突然从门口出来，一边喊她一边大步走近。

"嗯？"杨溪按灭屏幕，转头看他，"老板，你怎么回？要给你叫车吗？"

"没事，我叫代驾了。"老罗摆了摆手，"那个江医生的事儿，你上点儿心，很关键。"

"嗯，我知道。"杨溪点头。

她当然知道。

影响力这么大的医生要回国，盯着的器械厂商绝对不止他们安蒂科一个。万一被哪个竞争对手抢先攻下，即便不签什么排他性的合同，让他在微博上说句话，整个市场风向说不定都要变动。

"我的要求是，不论用什么手段，都要跟他把关系做到位。"老罗严肃地盯着杨溪，"我知道你在专业度上没问题，但在有些事上，你得胆子更大一点儿。"

"哦……"杨溪遽然无语。

老罗自认为话已说到点子上，摆摆手转身就走了。

我和你的大城小镇

杨溪站在路边，感觉风吹得有些冷，不由得裹紧了风衣跺了跺脚。

低头按亮手机，微信界面上，一条未读消息静静躺着。

"杨溪学姐，我是芳茗。我想问问，陶源师兄他人怎么样？"

竟然是那个小护士。

杨溪心里暗自嘀嚷——陶源人怎么样，自己不会看吗？需要来发微信问她？

想了一想，杨溪还是觉得自己得礼貌点儿，回了过去："挺好的。怎么？"

对面几乎是毫无间隙地秒回了——"他在追我。"

十一点，病房走廊的大灯已经熄了，只剩护士站和沿着墙角的两条灯带还发着冷色的光。

罗芳茗趴在值班台的桌子上，盯着面前屏幕亮着却一动不动的手机，有些气恼。

杨溪不回她的微信，陶源也不回。也不知道这两个人到底关系好不好，会不会直接戳穿她刚才一激动撒的小谎。

陶源怎么会追她呢？那个酷酷的帅哥师兄，一天等到晚才会有时间回她一两句话，内容空洞得一看就是敷衍了事。

他到底在想什么呢？怎么会对她的示好一点儿反应都没有呢？

他年纪也不大，一直都没有女朋友。她前几天还跟马姐打听到，他是说过要马姐给他介绍个漂亮小护士的。

她就是漂亮小护士。他们俩，怎么想怎么看，都很般配。

可到底出了什么问题呢？这么多年，她对自己的外表和魅力很了解，只要她稍稍示点儿好，撒撒娇，几乎没有男生会对她无动于衷的。

"唉……"罗芳茗又叹了一口气，揉了揉发疼的太阳穴。

而就在这时，走廊传来了熟悉的、轻轻的脚步声。

罗芳茗的神经"嗖"的一下绷紧了，身子控制不住地想从椅子上弹起来，但又死死压住。

她不能表示得太明显。要矜持，要矜持。

果然，过了好一会儿，渐渐清晰的脚步声在护士站不远处停了下来。

"你又值夜班？"有点儿嘶哑的男声说道。

罗芳茗抬起头，站了起来。

"唉，是啊。"她笑了笑，看着那个身形挺拔、容貌却有些憔悴的师兄，眼睛流露出软和的光彩，"你又这么晚下班？晚饭吃了吗？"

陶源微微皱了下眉。

"吃过了。"他好像犹豫了一下，然后转过脸朝他父母病房的方向偏了下头，想说，"我先过去了。"

"我还没吃呢。"罗芳茗赶紧截断了他的话，从台面上探身出去，"我叫个外卖，你陪我一起吃点儿？"

陶源愣了愣。

"哎，就陪我吧！"罗芳茗伸手过去，拽着他袖子摇了摇，然后拿出手机，"你喜欢吃什么？我来叫。"

"可是……我吃过了呀。"陶源抬起手，挠了下头，脸上有些尴尬。

"都这么晚了，吃个夜宵嘛！你那么瘦，没关系的！"罗芳茗继续追击，打开外卖软件开始找她早就看好的烧烤店。

"那……好吧。"陶源终于不好再拒绝，"你先点吧，我先回屋看看。等会儿到了你叫我，我来付钱。"

"好！"罗芳茗开心得快要跳起来，嗓音也因为没控制住喜悦而显得有点儿高。

陶源没太在意，点了下头，转身就走了。

罗芳茗一边点外卖，一边偷偷看着他高高瘦瘦的背影，觉得心脏怦怦地跳得好快。

这个奋不顾身救了她一命的小警察，长得真是好看。虽然眼下有些颓废，但那颓废也没掩住他本身的俊挺，以及浓浓的男子气概。

他为她受了伤，回去还挨了领导的骂，却一句抱怨的话都没有，反而还安慰她说那只是分内的小事，不必在意。

他为照顾父母，十年如一日地守在病房里，牺牲全部的业余时间，甚至整个青春都没好好谈场恋爱。可这里整层楼的病人和家属都认识他，所有的医生护士都对他赞不绝口。

勇敢谦逊，有情有义——这样的男人，现在已经很少了吧。至少，她以前从没见过，身边也绝不会有第二个。

那，就好好把握机会，努力追一次吧！

如果，她能把他的心结打开，让他不再那么沉郁和寡言，那该多好呢！

这样想着，罗芳茗感觉自己的苹果肌都快笑得僵掉了，赶紧揉了揉，飞快地把外卖点好。

坐立不安的四十分钟后，罗芳茗终于接到电话，飞快地奔到楼下拿到了外卖又奔上来。

回到值班室把菜摊在桌子上放好，她深深吸了口气，轻手轻脚地走到陶源父母的病房外，用指尖叩了叩门。

屋里没什么反应，好像都睡了。

她想了想，透过玻璃向里面望了望，然后轻轻推门进去。

走廊的光一下子照进来，门轴吱嘎一响，把靠在窗边看手机的陶源吓了一跳。

"来啦！"罗芳茗招招手，叫陶源出来。微弱的光线下，她看见陶源好像又皱了皱眉，随即轻轻叹了口气。

他还挺不情愿的。罗芳茗噘了噘嘴，敏感地觉察到了。

但陶源终究没说什么，只按灭了手机，拔掉连在墙上的电源线，两手在兜里一揣，随她走了出来。

"饿不饿啊？你上班是不是挺累的？"罗芳茗笑嘻嘻地道。

"还好。"陶源又敷衍地应了一声。

很快走到值班室，陶源看到桌上摆得满满的各种烧烤，不由得又皱起眉，惊叹了句："点这么多？吃得完吗？"

"没关系！我请客。"罗芳茗又笑，拉着他的袖子让他过去坐下，拿了一罐易拉罐装的啤酒放在他面前，"来！"

"我不喝酒。"没想到陶源直接把啤酒拿开，放到很远的桌角，"也吃不了多少，你快吃吧。"

"哦……好。"罗芳茗只能应了，伸手去拿了两串鸡翅，硬塞了一串到陶源手里。

烤鸡翅的味道很好，可惜有一点儿凉了。

两个人并排坐在办公桌前吃着，不找点儿什么话说，也有些尴尬。

"你为什么每天都夜班？"

"你今天咋又这么晚？"

突然，两个人同时开口，声音都交叠在了一起。紧接着，罗芳茗就感觉到一种从未有过的欣喜从心里涌上来。

"哇，你竟然知道我的排班啊！"她的笑容禁不住从眼角往外露。

"呃……没有，只是觉得……好像连续好几天都见到你值班。"陶源却又皱起了眉。

罗芳茗的眼角垂了下来："那……你怎么又这么晚？正常不是应该六点下班吗？"

"今天下班前又接到报警了。"陶源低下头，继续吃那串鸡翅。

"什么事啊，你说说嘛！"罗芳茗央他，"我不会说出去的。就听着好玩儿。"

陶源沉吟了一下，还是说了："也没什么。就是家庭矛盾，调解了半天。老夫妻磕磕绊绊大半辈子了，还因为打碎了个碗吵架打架，闹到报警。"

"啊？这么奇葩……"罗芳茗震惊了。

陶源点了点头，一副不想继续细说的样子。

"那……你是怎么解决的？"

"哪解决得了。"陶源摇摇头，叹了口气，"无非是拦着不让打人，费尽口舌，两边劝解。再威胁几句打人要拷回去，让左右邻居看见了多丢份儿之类。"

罗芳茗咬着竹扦点了点头："怪不得你嗓子都哑了。"

陶源"嗯"了一声，又不吱声了，自己另拿了一串烤土豆吃。

"你们连这种事都要出警啊？那也太……太……"罗芳茗一时没找到合适的词，心里想的是一句"太低级了"，却不敢说。

"八九成都是这种事吧。"陶源说着，苦笑了下，"什么楼上的狗叫扰民啊，车位被别的车占了啊，夫妻吵架一方要跳楼啊，饭店服务员态度不好吵起来了啊……其实每件事都解决不了，只是你必须出现，然后让所有人满意。"

"哇……"罗芳茗吐了吐舌头，"那也太难了。"

陶源点了下头，然后想起了什么似的看了罗芳茗一眼，道："所以，我下班之后，真是一句话都不想再说了。"他顿了顿，"并不是针对你。"

"嗯嗯！我知道的。"罗芳茗马上应道，心里又有些雀跃。

他还是很顾忌她的感受的，专门来对她解释。

"没事没事，你不想说就不说，好好休息。再吃点儿再吃点儿！"她站起来，又拿起来好几串烤肉，塞到陶源手里。

陶源也不拒绝，接着慢慢吃了，挺直的肩背渐渐松弛了下来。他不再说话，就由罗芳茗来找话题，讲她工作上生活上遇到的各种人和事。陶源听着，偶尔笑笑，应上两句，气氛逐渐和谐。

一顿夜宵吃了半个多钟头，竟把一大桌东西也吃了个七七八八。之后罗芳茗起来收拾，不肯让陶源插手帮忙。扔完垃圾回来，罗芳茗看见陶源又低头坐在墙边看手机，界面像是微信朋友圈的个人主页。

"看什么呢？"她凑上去，笑嘻嘻地问，"好玩儿吗？给我看看！"

谁知陶源却条件反射般突然站起来，按灭手机揣进兜里："没什么。很晚了，我回去了。"

"哦……好吧。"罗芳茗有点儿讪讪的，但还是善解人意地说，"那你早点儿休息，我继续值班了。"

陶源"嗯"了一声，跟她道了个别，转身就走了。

罗芳茗目送着他的背影在病房门口消失，噘了噘嘴，也掏出手机来看微信。

两分钟前，杨溪发了条图文消息。

"口腔领域数字化高峰论坛，法国安蒂科与您相聚在十一月的上海。"

上午八点半，杨溪端着咖啡，夹着笔记本，准时走进了会议室。

"梅姐姐今天又没来啊？"

"是啊，太不给老板面子了吧。"

照常有几个人在窃窃私语。

杨溪懒得理会，走到中间正对着投影仪的位子坐下，问销售助理湛露："线上的人都到齐了吗？"

湛露是今年刚招进来的应届生，很文静，戴黑框眼镜，说话细声细气的。今天是他们华东大区的销售例会，其他省份的同事都用电话拨入，只有上海的团队进公司来开。十分钟前，湛露已经把电话拨好，记下了每一个上线报到的人名。

"还有四个人没拨入。"她推了推眼镜，"我都打电话催过了，马上上线。"

"好的。"杨溪点点头，环视了一下会议室里的人。上海的销售一共二十个，只差一个梅梅没来，也没跟她请假。

这个下属出问题已经很久了——仗着自己是销售总监老罗跳槽带过来的，也算是公司元老了，从来没把杨溪放在眼里。

不来开会也就算了，任务指标也完不成。杨溪刚开始还伤脑筋想怎么跟她谈，后来发现谈了比不谈掉得还惨，于是也就放弃了——反正每季度考核就照实给她打个 F，奖金扣光便是。

"那就开始吧。"她示意湛露在投影上把议程放出来，第一个照常是上海的小区经理沈一伦汇报。

先总结一番上个月的销售数字，哪些指标完成了，哪些没完成，没完成是什么原因；然后展示做的各种活动的照片，效果如何；最后讲讲下个月的计划，有什么特殊的需求——这是多年工作形成的习惯模板，每个人都这样汇报，便于一级一级合并和筛选信息，再向上总结。

杨溪一般在会前就会让湛露收集齐所有小区经理的 PPT 文件，先把重要的数字部分汇总统计好，跟她系统里看到的核对清楚。开会的时候，就着重听听大家提的问题，能给解决方案的就当场解决，解决不了的记下来上报给老罗决定。

杨溪做事跟她本人的性格很像，直爽简洁，说一不二，从来不会悬着个模棱两可的答案给人去猜。刚开始很多人都不习惯——销售嘛，对客户虚与委蛇是标配技能，团队里性格八面玲珑的人占大多数，免不了对自己老板也习惯性耍滑头。但三年后，经过这三十六次每人严格三十分钟不准说废话的销售例会洗礼，整个团队都被杨溪感染成了这种有话就说的耿直风格。

"上个月发生了客户和经销商互相投诉的问题。"沈一伦十分汗颜，"白龙齿科投诉经销商瑞马备货不全，送货不及时，服务态度也不好；瑞马投诉白龙货款支付逾期，导致他们现金流不够备货，利润空间也不够。"

杨溪皱皱眉："然后呢？解决了吗？"

白龙齿科是他们的连锁大客户，对方的集团集采价格很低，事情又多，经销商都不太愿意接他们的生意。年初谈的时候就有很多掰扯，连杨溪都搞不定，后来是老罗靠着一张老脸半请求半命令地让瑞马接盘的。

"还没谈拢,现在双方都很不高兴,老马已经想找罗总谈解约了。"沈一伦相当郁闷,"我听说创慕和诺朴都有意向跟老马签约,返利给得很大方。"

杨溪又皱了皱眉。创慕和诺朴是他们安蒂科重要的竞争对手,产品功能、质量和价格差别都不是太大。渠道若是能在那边赚到更多的利润,确实没必要把资金浪费在他们这边。

杨溪想了想,很快道:"约一下,明天我跟你去一趟。"

"好的!"沈一伦马上道,"谢老板!"

"少说废话,继续。"杨溪毫不领情。

"哦,对,还有一件事。梅梅提出转职。"沈一伦顿了顿,语气稍有点儿迟疑,"她说……已经跟老罗说过了。"

杨溪没吭声。这么嚣张的越级汇报,梅梅也做得出来,算她厉害。

在座众人面面相觑,继而一个胆子大的说了声:"恭喜老板,大快人心啊!"

这一句一出,会议室一下子轰地炸了,连湛露都笑得捂住了嘴。

杨溪无奈地耸耸肩,苦笑了一下。梅梅占着人头不干活,业绩还拖整个区域的后腿,大家早就看她不爽了。在公司做人做到这个份儿上,也是让人叹为观止。

"她转哪儿啊?"议论声中,杨溪问了句。

"呃……市场部……产品经理。"沈一伦垂头丧气地道。

会议室陡然鸦雀无声。

完蛋了。

产品经理要负责整条产品线从开发到上市到促销战略的所有事情,落实到销售上,还要负责产品每个月的备货和各级别经销的定价等极其关键的问题。这活儿可不是谁都能干的,真让一个既不专业又没责任心的人去做,祸害的可就不是一个小小的上海区域了。

所以梅梅转职这件事，还真不是个小事，怪不得沈一伦要提到月会上来说。梅梅仗着跟销售总监的私人关系，几乎已经把事情敲定——一般来说，下属总不会反抗自己老板的决定。老罗都同意了，杨溪总不好不同意吧。可任谁都知道这事儿是做不得的，冲在前线打仗的，总不能自己给自己挖坑吧？

　　唯一的解决办法，就是在他们手里掐掉她的申请。

　　等了半天，看杨溪没表态，沈一伦又追问了一句："老板，你看我还提上来吗？"梅梅是他的直属下级，转职申请要他先批，然后才到杨溪那里。这里面又有一层关系：是他去 reject（拒绝），还是杨溪 reject？谁拒谁背锅，这是肯定的。

　　"批不批是你的事，自己决定。"杨溪冷冷一句怼了回去，"到我这儿批不批，跟你没关系。"

　　"哦，知道了。"沈一伦灰溜溜地点点头。杨溪的意思很明白：让他根据事实，凭着良心和脑子做决定。至于谁来背锅，无所谓，不勉强。

　　"还有别的事吗？"

　　"没了。"

　　"那我先插一句。"杨溪喝了口咖啡，清了下嗓子，"我听到消息，有一个叫江酌的大咖医生要回国了——江河的江，酌酒的酌——很可能会在上海落脚。背景信息，大家自己去搜。近期开始密切关注，都发动一下手头的资源，若能联络上，马上告诉我。"

　　会议的节奏很快，短短一上午，四个区域所有的汇报都搞定。合上笔记本，杨溪看了一眼静音掉的手机，照例有十几个未接来电和数不清的微信消息。

　　她深呼吸了一下，准备一会儿边吃午饭边读消息，一眼扫过去，又发现一条来自罗芳茗的消息。

　　"杨溪师姐，工作很忙吧？冒昧打扰了。"

这怎么回？杨溪有点儿炸毛。

在昨天那条"他在追我"发来之后，杨溪就没再回她了，站在夜风中忍了半天才没把她拉黑。

也不知道这小姑娘是几个意思。试探？挑衅？还是真的智商有点儿问题？

"在吗？"

刚巧，罗芳茗又开始发消息过来追问。

"我想问问，陶源是喜欢卡尔维诺，还是博尔赫斯？"

哈？杨溪瞠目结舌。

"怎么了？溪姐？"对面，湛露看见杨溪见了鬼一样的表情，好奇地凑了过来。

杨溪把手机转过去给她看。

"嗯？陶源是谁？"

"我一高中同学。"杨溪翻了个白眼，补道，"男的。"

"哦。"湛露点了点头，继续收拾会议桌上的资料，语气波澜不惊，"你可以回她说，他喜欢郭敬明。"

会议室里安静了一秒。

"哈哈哈——"杨溪爆笑出来，把对面的湛露吓了一跳，"你可以啊小妞！"

湛露弯弯嘴角，也笑了起来，眼睛里闪现出调皮的光。

"走！一起出去吃饭，今天辛苦了。请你吃牛排！"杨溪把笔记本从桌上抄起来往胳肢窝下一夹，拍着湛露的肩往门外走。

走到电梯厅时，杨溪点开了罗芳茗的微信，回了过去。

"你跟陶源怎么样，我没意见。好自为之。"

5

爱情可以失踪，工作怎能失态？

"你以后……我是说，很久很久以后，想在哪儿住？"

"什么哪儿住？家住呗？还能住洞里啊？"陶源打开泡沫餐盒，把炒河粉里的肉丝都挑出来，一根根往杨溪的碗里丢。

"哎呀，什么呀！"杨溪有点儿发急，伸手到抽屉里翻她今天看过的一本杂志，但半天都没找到，"我今天看到一张图，心脏一下子就被击中了。"

陶源挑挑眉，还在慢慢挑肉丝扔给她。

"哎找不到了！"杨溪放弃了，"我跟你说。那是个别墅，山里的，有很大的落地窗，边上是好大的书架。金灿灿的阳光洒在木地板上，外面草木葱茏，感觉特棒！"

"哦。"陶源点了点头，低头吃河粉。

"你不觉得很棒吗！理想生活啊！"杨溪挥舞着筷子。

"好啊。等会儿我给你算算，过上这种生活，得挣多少钱才够。"陶源说。

"嗯嗯嗯！"杨溪使劲点头。

两分钟后，陶源清光了餐盒，扣上了盖子。

"算好了。"他打了个嗝，顺手拿起杨溪的杯子喝了一口水。

"喂，你又用我杯子！"杨溪端着饭盒满嘴河粉，只能含混不清地甩他几记眼刀。

"你需要——数学考149分！"陶源宣布道。

杨溪眼睛一翻，什么跟什么啊？就是说她没戏喽？

"或者——"陶源话锋一转，伸手把刚发的卷子从自己桌上拿过来，在杨溪面前哗啦哗啦地抖着，"找一个数学考了149分的老公！"

秋天来的速度比所有其他的季节都快。一场雨后，穿着单裤在外面走，就有点儿瑟瑟不安了。

中午下班后，陶源买了两份饭，拎着湿乎乎的雨伞，慢慢走去医院。刚进一楼大厅，兜里的手机就震了起来。

"到了没？饿死啦！"女孩儿的声音奇怪得又脆又黏，让他没由来地觉得背脊后面有些不舒服。

"到楼下了。"他简单说了几句，便挂了电话。

自从在那次医闹事件里认识了罗芳茗，他在医院这边的事情一下子轻松了好多。

罗芳茗比他们小三届，上学上得早，才刚过二十五岁。楚安本地人，父母都是医生。巧的是，她爸爸罗阳生还正是中心医院的副院长。

得知女儿被陶源救了一命后，罗院长亲自带着礼物过来探视，安排他们一家转到干部病房，里里外外都打好了招呼，对陶家任何需要都有求必应。

陶源觉得挺感激的，在爸爸人生最后的一段日子里，可以稍微过得舒服一点儿。这是原来凭他自己绝对做不到的事。

但随之而来的，他也有了许多说不清道不明的"苦恼"。

这个漂亮的小护士罗芳茗，真的看上他了。

而且，特别自然地，好像就跟他处上了对象，拉上了他的手。

"哇！原来下雨了？怪不得这么慢呢！"刚走出楼道口，穿着粉红色护士服的小姑娘就小鹿一样朝他飞奔了过来。

"嗯。"陶源把其中一个塑料袋递给她，"可能有点儿凉了，微波炉再转一下吧。"

"来跟我一起吃！"罗芳茗却把他手里所有东西都抢了过去，然后拉着他的手往护士站走。

陶源拗不过，也就顺着她，一块儿过去了。

外面买的午饭调料一般都下得比较重，不像食堂做得那么清淡。罗芳茗喜欢吃辣，也不挑食，陶源买什么吃什么，从来不给他出难题。偶尔嘴馋了会央着陶源跑腿买个奶茶，请全科室的小姑娘们喝。陶源也就答应，像个标准合格的男朋友，大大方方掏钱，全盘服务到位。

对于这样一段突如其来却又水到渠成的关系，陶源觉得自己似乎有些故意地反应迟钝——就像片枯黄的叶子被雨从树上打下来，翻卷着贴到某片玻璃窗上，然后，就这么算了。

粘在那儿也行，再来一场雨把它浇下来也行。落到哪里，都无所谓。

反正已经枯了。

陶源没觉得自己在恋爱，好像也没有说过什么表白的话，郑重其事地跟罗芳茗确定关系。但看着这个有点儿活泼也有点儿漂亮的小姑娘在面前叽叽喳喳，到处跟别人介绍这是她男朋友，他只觉得——也行，就这样吧。

"这周末不下雨哎！我们去逛逛街？"罗芳茗一边刷手机，一边吃着饭。

"嗯。"陶源答应了。

"你不问我想买什么吗？"罗芳茗咬着筷子尖，抬头看了一眼陶源。

"买什么都行啊。"陶源淡淡地回道。

罗芳茗微微噘了噘嘴。

陶源没看见，低头收拾面前吃完的饭盒。

"中南街新开了家咖啡书吧。"罗芳茗声音很平稳，"我们去看看书吧！听说……你喜欢郭敬明？"

"咔"的一声，陶源在一次性饭盒上扣出了个洞。

"听谁说的？"

"嘻嘻。"罗芳茗娇笑了一声，"不告诉你。"

陶源突然觉得心口上狠狠痛了一下，像被一榔头砸了个钉子。

还能有谁。

国庆假期的重逢，他们终于加上了微信。从那之后，他就像控制不住了一样，每隔几分钟就想去看看她在做什么，有没有发什么新的朋友圈动态。

但后来，他知道自己不能这样下去了。这样是没有意义的。

他不能不负责任地去追她回来，然后再伤害她，毁掉她本来可以轻易得到的幸福。

他必须忘了她，朝前走。跟罗芳茗，或者随便谁，在一起，走下去。

"对了，今天我妈跟我说，我们家洛城路的房子租约到期了。"罗芳茗扔下了筷子，"我跟她说别租给别人了，我想去住。"

"哦。"陶源应了一声。

"哦什么哦。"罗芳茗笑着伸手在他头上敲了一下，"晚上下班陪我去看看。要是太脏太乱了，还得重新装修一下。"

陶源微微皱起了眉。

"没事！又不远。你爸妈我让小柳帮忙看着，有事打你电话呗！"

陶源抿了下嘴，轻嘘了口气，终于还是点了点头。

罗芳茗家的房子在市中心最繁华的商业街背后，紧临着楚安最好的小学。

多年来，这套房一直出租给一家带孩子在这儿读书的一家三口，从二年级一直读到毕业，终于搬了。

房子是三室一厅，十分宽敞。其实装修得还不错，保持得也比较干净，除了墙上有些粘贴奖状留下的胶印，陶源觉得也没什么特别需要处理的地方。

但罗芳茗不太忍得了，坚持要请人设计设计，好好弄一下。

"你觉得我们装个地中海风格，怎么样？"她兴致勃勃地在屋里乱转，一边翻着存在手机里的样板图片，一边各处比对着，看能不能实现。

"你觉得行就行呗。"陶源没什么兴致，靠在门边上耸了耸肩。

"你参与一下呀！又不是我一个人住！"罗芳茗娇嗔了一下，过来拉他的胳膊，叫他过去看卧室的布局。

陶源皱了皱眉，任她拉自己过去，但没说话。

看她意思，像是想要他也一起住过来。

可这怎么行？他们才刚在一起。他也没钱帮她装修，或者付她租金。

"你平时不陪床的时候，喜欢干什么呢？就是看书？"罗芳茗叽叽喳喳的，"那这间房我们做书房好不好？我想要一面墙的书柜！那边放个沙发，再放个阅读灯。这里摆个茶几，不，要不直接弄成榻榻米好了。我们周末的时候啊，就在这儿喝茶看书，看到累了，就在榻榻米上……嘿嘿嘿……"她说着，回头就看着陶源贼兮兮地笑。

陶源吓了一跳，往后躲了一躲。

现在的小姑娘，这么开放的吗？

"你干吗？装什么装啊？"罗芳茗又娇嗔着向他扑过来，"这儿就我们两个人，你还这么正经。"

她说完，张开手臂就往陶源怀里一钻，把脸贴在他胸膛上，两手绕到后面抱住了他的腰。

陶源一下子尴尬了，两条胳膊顿时不知道该放在哪儿。

确实，这还是他们俩第一次私下里单独相处。以往在医院，他们最多也只是拉一下手，抱都没抱过。

此时，陶源感觉到罗芳茗的身体像个热水袋一样贴在他身上，散发着有点儿烫人的威力。头发的清香缭绕在他鼻子下面，痒痒的。

“你，不想亲亲我吗？”罗芳茗慢慢扬起头，把尖尖的小下巴搁在他胸骨上，微微噘起嘴，像是有点儿生气。

陶源不知道说什么好。

罗芳茗嘴唇上涂了淡粉色的唇蜜，亮亮的，跟果冻似的。他本能地觉得，那东西……应该有毒吧……

“我数三个数，你再不亲我，我可就亲你了！”罗芳茗伸出三个手指，“1——2——”

陶源深吸了口气，低头在她唇上飞快地啄了一下。

罗芳茗蒙了一下，然后兴奋地尖叫，跳起来搂住了他的脖子。

“我好开心啊啊啊——”她挂在陶源的脖子上转了一圈，“我要赶快装修好！早点儿跟你一起住！我们下去逛街吧！这里好热闹的！”

从白龙齿科总部办公室出来，杨溪长长地嘘了口气，从包里拿出矿泉水瓶猛灌了一口。

在她身后，沈一伦客客气气地跟经销商瑞马的老板老马握手，致谢，告别，再次强调了一下下周三上午九点过来送合同，一定要准点。

花了两个多小时，杨溪终于把互相投诉的终端客户和经销商情绪安抚好，事情讲明白。双方都仗着自己的生意体量大，想多占点儿利益。而对于最下游的厂商安蒂科来说，这两尊佛爷都得罪不起——表面看起来像是双方掐架找安蒂科仲裁，实际到了谈判桌上，立马就变成沆瀣一气压安蒂科的进货价了。在他们的逻辑里，只要厂商降价，经销商利润够了，自然能保证给终端用户的服务质量——皆大欢喜。

但杨溪当然不能这么玩。

别说她没有降价的权限，就算是有，就算老罗主动来要求她降，她也不会选择走这条容易但必死的路。

卖掉货，且守住利润，是生意的生命线。而平衡一个生意里每一方的利益和尊严，正是一个销售最重要的价值所在。

沈一伦之前没有做好，所以出了问题。反映到杨溪这儿，她便来从头至尾梳理梳理。

今天来白龙齿科之前，杨溪先一个人去找老马喝了个咖啡，好好听他把槽都吐出来。

"你不知道白龙那帮小子有多可气！他们用量多吗？多的全是低端线，高端的一个月能卖出去几颗啊？平均下来我利润百分之十三，常备库存五百多万，账期九十天都不够他拖！就这种破生意，还嫌我服务不好？拿什么钱去给他做服务？

"今年下半年生意是真的难做！经济真的是不好，你也知道，第三季度你华东的数字没到，我也是帮了忙的。老罗跟我多少年交情了？我也不想让他脸上难看。但是白龙这个样子，还老对我们管物流的小姑娘出言不逊，我就是看不惯，忍不了！

"说实话，我第四季度已经没钱备货了。库存不消化到百分之八十，我一分钱货都不会进。白龙缺型号就缺着，让他们自己想办法从别家调吧！"

杨溪听着，一条一条把他的不满和难处记下来。然后拿电脑出来打开数据系统，当场跟他核对了一下高库存的型号和白龙的缺货清单，很快就找到了出现问题的原因。

瑞马因为想把利润率拉起来，年初跟安蒂科签了挺大的一个高端产品线的打包合同。为了冲返利，囤了好多的高端产品库存。而白龙齿科因为连锁门诊扩张得太快，高水平高资质的医生不够撑门面，客单价整体开始往中低端走，高端产品越来越卖不动了。

了解这个原因之后，杨溪想了想，直接开出了方案：

第一，许诺正在开发的几家新客户交给老马做，全力帮他消化库存和提高利润；

第二，安蒂科马上组织全方位的培训，教白龙怎么卖高端产品，出市场预算支持白龙促销活动；

第三，要求老马适当降低高端线的价，并且承诺保证今后的服务质量。

老马自己盘算了一下，觉得这也是目前看来最好的解决办法了，只能接受，相信杨溪可以把事情摆平。

于是，在白龙齿科一刻不停地谈判了一个下午之后，杨溪终于安抚了双方，然后把接下来一个月的工作都扎扎实实地安排满了。

"老板，你后面去哪儿？顺路的话我送你？"沈一伦拿出车钥匙，朝停车场的方向指了指。

"不用了，我回趟公司，还有个会。"杨溪拿出手机准备叫车。

"这个点还有会啊？"沈一伦把双肩包背好，摆了摆手，"那我先走了，九院有个研讨会，约了老武晚宴之后碰个面。"

杨溪点点头，自己往路边走。过了一会儿，就看见沈一伦把车开出来，闪了一下灯，右拐走了。

杨溪深深地吸了口气。

黄昏了，街上早已开始了晚高峰的拥堵，到处都是下班的人潮。夕阳被高架桥挡住，只剩上下两半黄色的光芒，被高楼分割成一段一段的。

正常的生活，正常的忙碌，正常地遇到难题再一一解决，正常地把日历上的工作计划堆满，时间规划得严丝合缝。

虽然累，但也没什么不好。

忙起来了，她就不会再去想那个离她太远的小城，和城里那个人的名字。

"嘀——嘀嘀——"

突然，杨溪回过神来，发现不远处的停车场入口边上停了辆很眼熟的车，正使劲按着喇叭。

一低头，捏在手里的手机也疯狂地震了起来。

沈一伦来电。杨溪这才发现，原来那是沈一伦开了一圈之后，又绕了回来。

"老板！快过来！上车跟我走！"他打开车门下了车，遥遥冲着杨溪拼命招手。

"干啥？"杨溪惊愕了。

"我客户跟我说，在研讨会上看见江酌了！"

杨溪原本是要回公司接着开会的，今天的会很重要，是关于集团总部计划开新业务单元的中国区市场讨论会。不过老罗听说杨溪要去拦截江酌，立刻批准她不参会，全力去把大咖搞定。

在车上翻了一通资料，杨溪才发现这个几个月前就发布宣传的国际牙科研讨会曾经邀请过江酌，但后来发布的资料里又把他的名字给删了，似乎是最终没能邀请成功。杨溪当时太忙，就没放在心上，研讨会的日期也没记住。

此时匆忙上阵，她什么资料也没准备，浑身上下有安蒂科标志的只有名片，去的晚宴还不一定能让她进，说不好只能像个最初级的新手销售，在门口干等着碰碰运气了。

"唉，我也没想到，这么个小研讨会他竟然还来了。"沈一伦也连连懊悔，"我之前搜到过这个信息的，所以让老武帮我留意。但这个会规模真的不大，一两百人而已，讲的议题也不新，参加的大都是些资历轻的小医生，怎么看也不值得他专门飞回来参加。"

"嗯。"杨溪点头，"那说明，他真的准备回国来了。而且，百分之九十是会自己创业。"

"来招揽部下？"

"有可能。"

"他这个条件，确实该自己当老板。"沈一伦顺着往下分析，"公立体系那么森严，赚得又没民营多，去了也没啥意思。一唯、白龙这些民营大连锁表面看着繁盛，实际也扯淡得很，里面也派系林立的，他空降过来也没什么好地方落。"

"今天估计很多竞争对手都在。"杨溪叹了口气，揉了揉太阳穴，"他多半也没时间一个个单聊，但名片应该会收。"

"嗯嗯。"沈一伦点头，"我反正先让老武试试能不能搭桥介绍，时机到了我们赶紧上去打招呼。不管怎么样先联系上，回头你给我多批点儿产品试用，让他先用起来。"

杨溪听着，又叹了口气。

常规的方法，人人都在用。

甚至不那么上得了台面的手段，也有人排着队往上送。

安蒂科产品不差，牌子也全球知名，可在这个发展迅速、竞争又激烈的行业，光凭这两点，保住现有份额已不容易，更别说开拓新的。

到底凭什么去吸引江酌的注意，杨溪这么多天一直都没想通。而更让她没想到的是，弹药没备好，就得上战场了——跟找死也没有什么区别。

"唉，据说江酌在美国时，还是用美国产品比较多，欧系的很少用。"沈一伦继续表达着丧气，"我们还是别抱太大希望吧！习惯这个东西，真不是那么容易能改过来的。"

杨溪没有吭声。

"第四季度真的太难了，我这边缺口快到百分之二十了，真不知道上哪儿找客户去。"沈一伦啰啰唆唆，"要是江酌这里能用上，或者就帮忙说句话推一下就好了……唉唉，还是别做那梦了，上帝保佑他别推别人的就不错了……"

一个小时的堵堵停停之后，天已经全黑了。车缓缓开进酒店停车场，杨溪深吸了口气，开门下来。

不管怎么说，尽力就好。混迹职场这么多年，她应该早已清楚，百分之九十的努力不会有回报，而剩下的百分之十里，回报能不能达到预期，多半还是要看运气。

"都快十点了，还不结束啊……"

站在会场外的走廊里，沈一伦频频看表，抻长脖子往宴会厅里望，希望看见老武情报里的那个穿"深灰色西装蓝金领带个子瘦高文质彬彬"的著名网红医生的身影出现在门口。

杨溪已经懒得望了，找了个地方放包，靠在墙边上打开电脑蹲着杀邮件，一直从满电杀到了低电量报警。

"我说这江医生的肾还真好，喝这么多酒，厕所都不出来上一个……"旁边不知哪家厂商的销售代表也等得不耐烦了，凑在一起嘀嘀咕咕道。

杨溪听着差点儿扑哧一声笑出来。而就在下一秒，宴会厅的门突然开了，站在外面等着的人都嗡的一下围了上去。

终于出来了。

杨溪愣了一下，大脑陡然有些当机，在写的邮件还没写完就手一抖发了出去。

抬头看去，那个形象上佳的精英男士被高高矮矮十几个人围着，脸色有些潮红，微笑却很专业，跟众人一一握手，郑重地收下名片。

"老板，你等啥呢！快点儿过来啊！"沈一伦朝她喊着，拼命挥手让她过来一起往包围圈里冲。

他这一声喊得有点儿大，走廊里的人都听见了。杨溪忙不迭地站起，突然脑供血不足眼前一黑，手里的电脑没抓住飞了出去，咣的一下重重磕在了大理石地板上。

"嘶——"

包括江酽在内，所有人都转头，对着那台电脑倒抽了口凉气。

"啊……不好意思。"杨溪缓过神来，扶着墙站住了。低头看了一眼屏幕都摔歪了的电脑，又蹲下把它翻过来，合上了。然后双手合十，对它拜了一拜。

"江医生您好！我是法国安蒂科的沈一伦。"沈一伦当机立断，趁着大家愣神的工夫，冲上去插进人缝，向江酽递上了名片，"那位是我们华东大区经理杨溪。"

话音落，杨溪也扔下电脑冲了上去，适时地向江酽伸出一只手，非常熟练地露出职业的笑容。

跟江酽对视的瞬间，杨溪又一次愣了一下。

这位医生真人比照片看着还要年轻些，脸颊上还有些痘痕，但眼睛里血丝很重，看起来平素工作确实很辛苦。

"您好。"江酽力道诚恳地跟她握了握手，从沈一伦手里接过名片看了看，然后抬头又对杨溪笑了一下，"大区经理？很年轻啊。"

"没有没有。"杨溪不好意思地一笑，"做这行也有七八年了。江医生有空的话，欢迎来我们公司坐坐。"

这话出来，江酽挑了一下眉。

周围其他竞争对手显然有些发急，外围几个耐不住性子的已经"江老师，江老师"地叫了起来。

"这次回来时间比较少。"江酽稍稍收了笑容，环视了一下众人，"名片我都收好了，感谢各位这么热情。晚些时候时间充裕了，我再联系各位。"

他这么说着，一面将手里的一沓名片放进了西装口袋，然后点头向大家道别，跟着助理排开的路往前走了。

杨溪也侧身让路，目光跟江酽又擦了一下，互相露出点儿对于对方辛苦的处境表示理解的意味。再接着，就跟生活里无数意义寡淡的会面一样，错开了。

等待三小时，摔坏一台电脑，递了两张名片，握了一次手。

杨溪耸了耸肩，看着那个被簇拥着的背影越走越远，无奈地叹息了一声，拍了拍垂头丧气的沈一伦的肩膀，以示安慰。

至少大家都没得到特殊的交谈机会，和他的联系方式。

回头他会联系谁，就全看厂商的品牌口碑，和他自己的固有偏好了。

——而那些都已是命中注定，他们这会儿再怎么努力，也都没用。

6

讨厌意外，哪怕意外的礼物

"喂。"陶源跨到杨溪前座的位子上倒着坐，用胳膊垫着下巴挤到她面前，"快到你生日了哎。想要什么？"

"还没想好。"杨溪用手指把他脑门推开，不让他挡住照在她书上的光。

"那我随便买了哦！"陶源直起身道。

"不行！"杨溪马上抬头冲他嚷嚷，"我要自己选！我最讨厌意外了，你又不是不知道！"

"哎哟，我知道我知道！"陶源无奈地耸肩，"所有未经计划的事都会让你浑身难受不知所措瑟瑟发抖，我说你这强迫症也太极端了吧？以后被求婚怎么办？"

杨溪狠狠白了他一眼："敢不提前说好就求婚，看我不弄死你！"

陶源忍不住按着鼻子哧哧地笑出来。

杨溪反应了一下，才知道自己刚才说了什么，霎时羞得满脸通红。

“喂！我不是说——”

“好了好了，求婚的事等你长大再说！个小丫头片子，
一天到晚在想什么？赶紧想要什么礼物！”

杨溪噎住了，看了他三秒，终于泄了口气，趴在桌子上
投降。

她把下巴搁在桌上，右手立起来，伸出一根食指。

“我想要只熊。”

回家的路上落起了雨。饶是出租车开到了楼底下，奔进楼道里的
一小段路还是让杨溪湿了头发和鞋子。

进屋扔下包，把摔变形的电脑拿出来按了又按，确定彻底没救了
之后，杨溪瘫坐地板上，觉得心情糟透了。

之前从酒店出来，还没打上车，老板老罗的电话就轰了过来。

那封没写完就发出去的邮件还挺重要的，抄送了中国区各个部门
的老大和 GM 任意，没头没尾地断在当中，确实很可笑。

但这也就算了，工作中出点儿小错误，大家都能理解。可后面她
告诉老罗没能拿到江酌的联系方式，直接点燃了老罗的怒火。

“这么简单的事情也做不好？杨溪你第一天出来混？

“三季度你完成得就那么勉强，第四季度还想保全年百分之二十
的增长？增长个鬼啊！你到哪儿去给我找增长？

“华东这么好的区，这么多大客户，交给你我压力多大你不知道？
老任一天到晚盯着我问问问，我怎么回答？”

“江酌这个客户你要是拿不下来，明年我保证你会有很大的麻
烦！”

那时候，杨溪单肩背着电脑，在路口的冷风中一边听电话一边伸
手拦车。可能是因为黑色套裙在晚上太不明显，好几辆空车都眼睁睁
地在她面前开过去了——越发让她感到绝望。

究竟为了什么呢？要过得这么苦。

她还年轻，还没结婚，没有孩子，除了房贷也没有什么别的压力。这么些年一路拼上来，虽然过后看来是很顺利，但中间每一天的辛苦和煎熬，她都深深记得，也不能忽视。

此时到了家，一切都安静了下来，唯有窗外的雨打在玻璃上，跳动得那么无辜。墙上的时钟已经指向十二点，过不多时，新一天的奔忙又要开始了。

杨溪低下头，看到左手中指上戴的假钻戒，突然生气地一把将它撸了下来，"当"的一声丢到了茶几上。

都是假的。

都没有意义。

这么一场找不到敌人的战斗，胜负成败都抵不过老娘睡觉。

杨溪从地上爬起来，到卧室拿了睡衣，准备去洗澡。路过客厅的时候，她突然发现放在茶几上的手机亮了一下。

是个微信上添加新朋友的请求。

杨溪点开来看，呼吸突然之间被攫住了。

"我是江酌。"

杨溪万万没有想到，她昏头昏脑地摔了个电脑竟然让江酌记住了自己。更没想到的是，江酌联系上她之后，一开口就说自己明天下午有空，可以去安蒂科公司看看，谈一谈合作。

于是，杨溪连续几个电话把老罗从床上薅起来，联系任意秘书申请调整任总行程，通知湛露明天一早找IT给她配备电脑并准备资料，安排沈一伦和经销商老马空出下午时间候场待命，以备当场就能确定采购意向。

折腾了一个钟头，终于把时间和人员安排给理顺了。接下去，就是明天早点儿到公司，换台电脑用一上午的时间把演示用的PPT做好。

洗完澡躺在床上，杨溪发现自己累得一根指头都挪不动，但怎么都没法静下来入睡。

她想起在酒店会场外跟江酌那次短暂的握手和对视，好短的一个瞬间，却让她清楚地记得他手上的温度和眼睛里的光彩。

不知道是不是错觉，此时回想起来，她觉得那个眼神里好像存在着些许不一般。

不止是对于她年轻的惊讶，还有一点点的复杂，好像有什么欲语还休的意味。

她仔细回忆了一下自己从网上找到的江酌的简介：1984 年生，上海人，北大医学院毕业后工作了两年，然后赴美读博士后，八篇 SCI，四本译著，两本原创中英文科普国内外出版，微博粉丝二百多万……出众到无语，绝对不可能跟她有过任何交集。

那么，那种意味是哪儿来的呢？是她除了摔了电脑之外，还做了什么蠢事吗？

想了半天，杨溪实在没有任何头绪。大约磨到两点，终于迷迷糊糊睡了过去。

然后，好像只有短短的一瞬，天就又亮了。

连灌了一杯拿铁和一杯美式之后，杨溪在办公室工位上坐下，打开湛露给她准备好的备用电脑，开始改 PPT。

原先常用的标准公司介绍和产品介绍是不够的。江酌是资深医生，安蒂科也不是新品牌，要谈的肯定不是他们的产品哪里好，怎么用。更有可能的，是谈合作的模式和打包的价格。

杨溪在系统里拉出几个大客户的方案又做了一轮横向对比，打开 excel 算了四五个价格梯度，仔细考虑后挑了三个出来，整理清楚做成图表放到 PPT 里，截图发给老罗确认。

前后花了三个小时，材料全部准备完毕。会议室和展厅也都收拾好了，该拿来的样品都已经拿来摆好，就等江酌的消息过来，派商务车过去接。

没想到的是，当杨溪看着时间差不多了，打电话过去问，对方稍稍沉默了一下，然后万分抱歉地说："杨经理，实在对不起，行程有些改变，今天没法赶去你们公司了。"

杨溪默默翻了个白眼，然后定了定神，还是努力把友好的笑意通过嗓音传过去："没关系啊！理解理解，这次确实太匆忙了。"

"不过，我半小时后从酒店出发去机场，路上也要将近两个小时。"江酌的语气里满怀歉意，"不知道杨经理介不介意，我们可以在车上聊一聊。"

"啊，当然可以！"杨溪一下子又看到了希望，一口答应，"我现在就出发，一会儿在您酒店门口见面。"

五分钟，所有资料打印成纸质版装袋，电子版存进平板电脑和U盘。

十分钟，商务车开到门口，上车出发。

三十分钟，到达酒店门口，正碰见江酌拖着行李箱走出来。

"实在抱歉！"一见杨溪，江酌马上上前，跟她真诚地握手，垂下眉毛表达歉意。

他今天穿着休闲的薄毛衫和风衣，头发也不像昨天晚宴时梳得那么整齐。看到杨溪被酒店门口的穿堂风吹起的头发在嘴唇上粘了几丝，他眼神又愣了一下，脸色竟有些不好意思似的红润起来。

"没事没事，非常理解的，江老师辛苦。"杨溪笑着，开门请江酌上了后座。看酒店门童已经帮忙把行李放置好，一切就绪，自己也走到另一侧开门上车，坐到了江酌身边。

车子发动，江酌顺手递给杨溪一瓶水，神色又恢复如常。

"杨经理是哪一年的？"

没想到，江酌一开口，问的竟然是这个。

杨溪哑了一下，心中有些犹豫。她一般会回避向客户透露自己的年龄——对于一个大区经理来说，二十八岁实在太年轻了，会引出许多不必要的怀疑和联想。

但江酌问得实在太直接，跟他又不熟悉，很难找到个什么自然的话题混过去……

"我听人说，您毕业就在安蒂科，好像有六七年了。"江酌意识到了她的尴尬，侧过脸笑笑，语气换得婉转了些，"所以是还不到三十岁吧？"

"嗯……也差不多。"杨溪赶紧点头，回身去拿资料，准备谈正事。

商务车后座还比较宽敞。杨溪打开笔记本放在腿上，侧过去把屏幕对着江酌，觉得有点儿远，又往前挪了挪。恰好地上有沟坎儿，车猛地震动了一下，杨溪的膝盖就蹭到了江酌的大腿侧面。

"不好意思……"杨溪冷不丁又尴尬了一下，慌忙往后躲。

"没事。"江酌笑了笑，"杨经理不用紧张，我们就随便聊聊。安蒂科的产品我很了解，也不需要看什么资料。"

"行。"听他这么说，杨溪也就不折腾，合上电脑，把资料都放到了一边，直入主题，"听说江老师准备回国了，是准备自己开诊所吗？"

"是。"江酌也很直接，点了点头。

"新开，还是收购？"

"我有两个合伙人，已经谈好了诊所的转让和重新装修，手续已经基本办好了，下个月就可以开业。"

"这么快！"杨溪有点儿惊讶，"那您下个月就正式回国了？会坐诊吗？"

"一周会有两到三天。"江酌说完，顿了顿，"其实，你们消息有些滞后了，我们入院招标基本已经结束了。"

"啊！是吗……"杨溪的心一下子沉了下来。但立刻又有些兴奋——真是这样的话，江酌为什么答应见她？

绝对有戏。

"但我一直知道安蒂科产品是不错的，特别是高端线，有几项专利非常有竞争力。"果然，江酌话锋一转，"如果给的价格合适，我们也不是不可以追加一个品牌。"

谈判套路。

杨溪一下子有了底。江酌就是压价来了——还特意选这样一个紧张的时间段、临时更改的行程、密闭的环境、出其不意的语言，一点点向她施压。

"这样的话，那也好办。"杨溪笑了笑，直接把材料打开，翻到报价方案那一页，"这是我们仔细算过能够给到您的最有诚意的合作方案。您这边已经招过标了，肯定多少知道我们给其他客户的标准价格。这个价格我们实在是动不了，会影响我们在中国整个市场上的价格体系。一句话，我今天来见您，除了价格，其他都好谈。"

江酌翻着资料，挑了挑眉，没有接话。

杨溪看他不答，也就沉默了下来，等他考虑，不显露出着急。

车很快开上了机场高速，变得平稳多了。杨溪看着江酌低头认真看资料的侧脸，发现这个网红医生，确实长得很不错。

倾斜的阳光从车窗照进来，落在他脸颊上，恰好勾勒出挺直的鼻梁和秀气的喉结。拿着资料的手指节修长，肤质细腻，一看就很灵巧。

高颜值精英，难怪这么多迷妹。

"这个价格是不是底价，我清楚，杨经理更清楚。"江酌看完，抬手推了一下眼镜，转头把资料还给杨溪，嘴角勾出个意味悠长的笑容，"但第一次合作，我也不希望把价格压到底。毕竟，耗材的价格再高，在我整体的成本里，也是小头。甚至，我可以在价格上，再多给你们一点儿，让你完成第四季度的指标。"

"啊？真的？"杨溪惊讶了，眼睛倏然睁大，流露出难掩的欣喜。

江酌看到她一瞬间的情绪外露，突然笑了起来，好像很开心："你还是挺像个小姑娘的。"

这句一出，杨溪陡然发现了自己的失态，脸唰的一下红了。

"不好意思，让江老师见笑了。"她赶忙垂下眼睛，心中无比懊悔和尴尬。

她可是个大区经理！平素她多么专业和强悍，怎么会面对江酌的不按常理出牌反应这么大呢？难道一个人的外表对谈判的影响，竟会这么显著？她到底在想什么？

"其实，我觉得你不必这么紧张。"江酌又温柔地笑了笑，眼睛里的光几乎是在轻轻地抚慰，"女孩子就该有女孩子的样子，特别是年轻的时候，好好享受生活，工作轻松稳定，别让自己有那么大的压力，钱够用就好了。"

"嗯？"杨溪突然觉得有点儿迷。

这话题是怎么转过去的？江酌到底是什么意思？

"其实……昨天一见你，就觉得很眼熟。"江酌说着，移开了目光，竟轻轻叹了口气，"让我想起以前的一个朋友。"

杨溪恍然。怪不得他能记住她。

"可能你自己都没发现，或者，不想承认——你很疲惫，缺乏休息。"江酌继续道，"我看着你的样子，就觉得……有点儿心疼。"

杨溪彻底不知道该说什么好了。

刚不是在谈价格？那个"但是"，他到底说还是不说？

"可能你以为我今天临时改变行程什么的，是要弄谈判手段，想压你的价。"江酌顿了顿，终于说了，"但其实，我并不是那个意思。"

"那……江老师是想要什么？"杨溪皱起了眉头。

江酌一下子没有接话，抿住了嘴，也微微蹙起了眉。

"没关系的，我们在商言商，江老师可以直接一点儿。"杨溪追道。

听到这儿，江酌摇了摇头，又苦笑着叹了口气。

"我这么说，可能会让杨经理觉得……有点儿受冒犯。"他声音有些迟疑。

"不会的！"杨溪立刻保证，就差没拍胸脯。

"说实话，我并没有什么想要的。"江酌抬起了眼睛，转头望向另一侧的车窗外，"我已经拿到了很大的投资，自己也算功成名就，在行业里有些分量。我回来开诊所，也并不需要跟你的那些其他大客户在同一个维度上竞争，耗材的价格高点儿低点儿，真的无所谓。"

"那……"

"你可能不信，我只是单纯地想帮帮你。"

"啊？"杨溪再一次惊讶得没能控制住表情。

这是哪一出？就因为昨天见的一面，他就……突然对她同情心泛滥，豪爽地献起了爱心？

她……真的……看起来……有那么惨？

"我那位和你有些相像的朋友，因为工作原因，两年前去世了。"江酌淡淡地道，"我不想你和她一样。"

从车上下来，杨溪拎着原封不动的资料回到办公室，脑袋一直是蒙的。

江酌答应了她出价最高的方案，下个月一开业就开始订货，并且会单独为他们安蒂科产品做两次专场会销活动。向她提出的唯一要求就是内部培训让她亲自来，一周至少一次现场辅导咨询洽谈，每次都得待个半天。

杨溪当然答应，脑袋上一路顶着大大的"这也能行"往回飘，怎么也不敢相信自己竟然有这样的运气。

入行快七年，第一次碰见这么奇葩的客户。回去老罗问她是怎么谈的，她都没法给出一个正常的解释。

而这种没法解释，味道怎么看怎么怪——

女销售，男客户；最高价格，亲自服务。

谁都别问。问就是妥妥钱色交易，她百口莫辩。

所幸的是，回去之后，老罗一听她谈下来了，万事妥当，就高高兴兴忙别的去了。总经理任意正准备出发去机场，跟杨溪在电梯口碰上，只来得及听她汇报个成果，比了个大拇指就匆匆走了。

此时，杨溪坐在窗边的工位上，看着一轮红色的夕阳映在对面高楼的玻璃幕墙上，光芒波浪一样散开来，像张糖纸似的。她想到许多事情，以前的以后的，心中百味翻涌。

一场意外的大生意，就这么毫无逻辑、来势汹汹地砸到了她头上。第四季度本来几乎没可能完成的任务，立刻就轻松地解决了。

真像个意外的礼物。

只是，这么多年过去，即便她已经成熟到不再害怕意外的发生，可还是一样讨厌意外而至的礼物。

因为，她真的不知道，这礼物拆到最后，里面会有什么。

7

小姑娘，你能容忍他有一个白月光吗？

"我们要是没考到一个学校怎么办？"杨溪揪着小熊圣诞帽顶上的小球，站在走廊的栏杆边往楼下望。

"那怕啥？不在就不在呗。"陶源背靠着栏杆，有点儿心不在焉。

"可是……"杨溪噘了噘嘴，没有说下去。

"我反正三个志愿都填的上海的学校。"陶源说，"就算实在不行，只要想去，毕业之后总能去，也不差这四年。"

"哦……"杨溪点了点头。

"你就带着它呗。"陶源伸手摸了一把杨溪怀里戴着圣诞帽的白色小熊，"就把它当成我。"

杨溪退了一步，侧过头像看傻子一样看他。

"要天天抱着它睡觉哦。"

"滚！"

"哎哟，发什么呆？还在想你的小女朋友呢？"朱越端着保温杯第三次从陶源的办公桌前路过，满脸诡笑地伸手拍了一下他的肩。

"哪有。"陶源缓过神来，皱起眉头否认。

"得了吧！我这儿悄悄观察你一上午了，动都没动过。"朱越从旁边把自己的椅子拖过来，在陶源旁边坐下，小心翼翼地拧开杯盖，"想啥呢！今儿晚上有啥好节目？提前分享分享？"

陶源别过脸去，也喝了一口手边陶瓷杯底的茶，早已冷得像冰。

"哎，我说你——到底是不是在谈恋爱啊？怎么感觉状态这么不对劲儿呢？"朱越看他不理，眉头也拧了起来，语气有些沉痛，"有谁谈着恋爱还一天到晚一张臭脸的？你们这是咋了？经常吵架？还是性生活不和谐？"

"你胡扯些什么呀！"陶源一下子有些愠怒，心里的不耐烦都爆发了出来，"关你啥事儿？好好上班！"

"哎呀！这不是圣诞节吗！老大又不在。"朱越并不买账，反倒又凑近了一点儿，"听说你那小女朋友是我们学妹？还是那一届的级花？啥时候带出来一起吃个饭认识一下呀！你别怕，我带我媳妇儿一起，再叫上邹武两口子。"

陶源哑然失笑，无奈地摇了摇头，敷衍道："再说吧。"

"再说什么再说啊？好歹这些年帮你顶过不少班儿吧？你小子谈了恋爱总要请个客吧！"朱越不依不饶，"杨溪不在，我们几个怎么也得给你把把关吧？"

这个名字一出，陶源的神情一下子僵了，心口像被什么重物砸了一下。

朱越显然也捕捉到了他情绪的变化，脸上立刻显现出了说错话的一丝歉疚。

"呃……不是……唉！"他挠了挠头，"我就随口那么一说。也没啥好把关的，那姑娘的品相家室在楚安已经算很好的了，听说之前寰球商贸老总的二公子还追过她来着。再说了，你一个大龄无产剩男，又不是啥香饽饽，有姑娘愿意跟你已经很好了！听哥一句！好好的！别再挑肥拣瘦了。"

陶源的眉头越拧越紧，心情也不可挽回地坠落下去。

这些关于罗芳茗的事，朱越比他知道的还要多，了解的兴趣还要大。

当真是别扭到了极点。

"我知道，别念叨了。"他叹了口气，"行吧，下个月找天请你吃饭。上次长沙出差的事，帮我大忙了。"

"嗨，那个有什么！"朱越说，"那是小事儿，你这个才是大事儿！你们到底啥进展了啊？听说在装修房子？要同居了？"

陶源一下子挑起眉："你连她在装修房子都知道？"

"哎呀，她到处说嘛！想不知道也挺难的。我表妹在中心医院药房啊。"

"哦。"陶源了然，继而又叹了口气。

"到底是不是要同居了呀？"朱越扯住他袖子追问。

"同居什么啊……"陶源更加不耐烦，"我天天晚上住医院，还不嫌折腾啊！"

"哦……也是。"朱越点点头，被说服了。

"少在那儿瞎传啊！"陶源推开椅子站起来，拿起杯子准备去接点儿热水，"我没跟她睡。也没那打算。"

"哈？"朱越震惊地睁大眼，满脸写着"你是不是男人"。

"真结婚了再说。"陶源看他也不像会轻易放过这个问题的样子，皱着眉又解释了一句，"免得搞不清楚，后患无穷。"

"行，行。"朱越冲陶源抱了个拳，做了个服气的手势，向后滑开椅子放他出去。

拿着杯子走出几步，陶源听到背后朱越幽幽地叹了口气。

"我看你啊，是还放不下杨溪，奢望还有什么和好的机会吧。"

陶源感觉心脏猛地一痛——这次不像是重物锤砸，而是一下被利剑刺穿了。

是啊。瞎说什么实话。

可杨溪……远在天边的杨溪，怎么可能还有跟她和好的机会呢？

他不是早就已经说服自己了？现在跟他在一起的是罗芳茗。他们早就结束了，不可能再开始。他们都要朝前走，奔赴自己的幸福人生。

"但我说句实话，你可别生气。"朱越又说。

陶源深吸了口气，继续往前走，去门口的饮水机边接水。

"你们两个啊，现在实在不太适合在一起了。爱情这事儿，错过了就是错过了，真的没法补救。你想想，你这十一年都没理她，现在才回头，你知道她肚子里已经藏了多少委屈？真要处上对象，吵起架来，她翻旧账都能把你翻死你信不信？"

陶源盯着饮水机龙头，水流咕嘟嘟地注入茶杯，翻起来的泡泡就像一个个嘲笑的小脸。

"还有啊，你现在这情况，肯定也不可能离开楚安去上海。但是让她回来，也不太可能吧？她一个月挣多少钱？顶上我们大半年了吧！更何况，你也知道，我不是说楚安不好，这地儿，我们这些没出去见过世面的，混着也挺好的。但杨溪不一样啊！她全世界都跑过了，在上海也混得不赖，那消费档次跟咱可完全不一样。你叫她现在回来，她百分之两百待不住！打工吧工资低，创业吧她又没关系。吃喝玩乐，教育医疗，哪个能跟上海比？她回来那不是处处都嫌弃，处处都不适应？"朱越的嘴机关炮一样，说的却是实话，每一条陶源都早已想过了。

"再者啊，就算那些客观原因都不提，就单提你现在和杨溪两个人的状态……"朱越端着保温杯咂了一大口，"你要是就一直这么颓废，就算你们感情还在，也肯定过不下去。"

陶源心里又痛了一下，咬紧了牙关，还是没说话。

"我说的不单是挣钱多少的问题哦！想比杨溪挣钱多，我看你这辈子是不可能了。"朱越继续道，"我说的是状态。状态你懂吗？对生活的态度！你得乐观起来！高兴起来！奋斗起来！好好把工作做好，有时间多学点儿东西。万一哪天有机会，你真能去上海投奔她了，你也得有在大城市谋生的本事啊！"

听到这句，陶源苦笑了一下，摇了摇头。

"真的！你别不信！你要是有那生活态度，就算不是跟杨溪，跟你现在那娇滴滴的小女朋友，这辈子也能过得很好的！"

"嗯。"陶源点了点头，走回位子坐下，"我努力，行了吧！"

"你别光说啊！"

"昨晚逮的那偷儿审完了，你继续推流程吧。"

朱越有些无语："话题要不要转得那么快？太生硬了吧……"

陶源挑了下眉，没理他，点开电脑继续工作。

"也不是你要找的人？"

"不是。"

"哦。"朱越嘟嘟囔囔地也回去工作了，"到底要找谁啊？犯了啥事儿的？咋就不能说了？"

陶源没有再说话，继续做之前没做完的文件。

手边的茶杯冒着白色的热气。他眼角的余光看到，不经意偏了偏头，视线就转到了窗外。

两个月前，他从这里，看到杨溪从阳光里走了出来。

而现在——外面在下雪。

罗芳茗转动钥匙，打开了陶源家的门。

屋里的装潢很旧，窗户都关着，空气里隐隐有点儿让人不太舒服的霉味。

今天圣诞节，她休息。昨天跟陶源说好了，晚上在新家吃饭，由她掌勺。她准备了点儿红酒，想跟他两个人好好浪漫一下，晚上就在那边过夜。

当然，最后的半句她没有说出来——硬说的话，陶源保准不肯。所以她找了个理由让他交出钥匙，说来他家把冰箱里剩了好几天都没做的菜和肉拿过去，免得浪费。但实际上，她打算的却是来拿两件他换洗的衣服，让他绝对找不到理由回去。

午饭之后，罗芳茗就打着伞踩着雪，一个人走到了陶源家。

她不是第一次来，但上一次，她可没有机会这样仔仔细细地窥探陶源的生活点滴。

陶源家的东西很少，收拾得十分干净。开窗透了一会儿气之后，空气里的霉味也散尽了，变得有一丝丝的清甜。

这是个很旧的两室一厅，一间朝北的小屋是陶源的，有张单薄的单人床，另一间是他父母的，床上被褥还是夏天的，叠得十分整齐。

罗芳茗走进陶源的屋里，把手提包放在了单人床上。

屋里有一张陈旧而宽大的写字台，旁边是棕红色的木质书架，上面摆满了形状大小不一的各色书籍。

罗芳茗凑过去看了看。最下层是好大的一摞《科幻世界》杂志，往上有些高中的课本和习题集，他竟然还留着没扔掉。再往上是一整列的西方经典文学，《卡拉马佐夫兄弟》《罪与罚》《乞力马扎罗的雪》《月亮与六便士》……书都挺旧的，不知道是借的还是买的。

罗芳茗有些诧异，陶源从来没跟她说过他喜欢看西方文学。她当然不相信杨溪说的他喜欢郭敬明，但在她的感觉里，陶源应是喜欢武侠小说和科幻小说的那一类男生才对。

书架再往顶上一层，有个白色的纸质收纳盒，没有写标签。

罗芳茗皱了皱眉，突然种冲动，想把那盒子拿下来，打开看看。

她知道这样不太好，也知道，如果被陶源发现了，一定会生她的气。可在这一刻，她突然发现，自己心里像是有个魔鬼钻了出来，拼命把小手伸向那个盒子，尖叫着撺掇她去打开来看看。

纠结了十分钟之后，罗芳茗咬了咬牙，转身去拖凳子。

她知道，如果她今天没看就走了，今后一定会一直惦记着这个盒子里的东西，没完没了地琢磨怎么开口让陶源拿给她看。

而陶源，肯定是不会让她看的。

踩着凳子上去之后，罗芳茗两手稳稳地端着盒子，生怕里面是什么易碎的东西，或是被她不慎晃了晃，打乱了顺序。但出乎意料的是，那盒子竟然很轻，仿佛根本没装什么东西。

一下来，她就忙不迭地放到桌上，打开来看。

里面确实没多少东西，看着也不是很稀奇。

一支用到一半的黑色中性笔，一卷透明胶带，一份地图，还有一张粉红色的火车票。

车票是去上海的，时间是七年前的圣诞节，一趟 K 字头慢车的硬座。油墨字迹已经很淡了，但票面很完整，没有检过的痕迹。

地图也是上海的，折边的地方都磨白了，好像常常被人打开查阅。

罗芳茗忽然觉得眼睛被刺了一下。

她一下就明白了，这些东西与谁有关。

可能，那支没用完的中性笔和那卷胶带，都是她的吧。

他们是同班同学，文具借来借去，最后忘了还，就被他好好地珍藏了起来。

然后呢？这些年，他虽然不能离开楚安，但还向往着上海。

他买过票，想去找她一起过节，却最终因为这样那样的原因，没有成行。

怪不得他一直都不恋爱。也怪不得，他对她，始终都没有什么恋爱的热情和激动。

这样，不行吧。

罗芳茗发现自己的视线模糊了，眼泪涌了出来。

她想起来，就在一年前吧，有一次她在网上瞎逛，看到网友讨论一个话题：你能容忍男朋友心里有一个曾经求而不得的白月光吗？

那时她想也没想就答：当然不能。知道有还上去送死，那不是犯贱吗？

可现在，她才知道，感情的事，哪有那么简单分明。

她喜欢他呀。

所以，除了冒死犯贱，她又能怎么办呢？

"杨经理还没走啊？今天不是圣诞节吗？"

已经过了下班的点，江酌的助理袁昊路过咨询室，发现杨溪还在桌前对着电脑工作，拉开门探身向屋里问。

"就快了，发个邮件就走。"杨溪抬头看了他一眼，笑了笑，眼睛又回到屏幕上，"圣诞快乐啊！"

"圣诞快乐。早点儿回去吧，好像下雪了。"袁昊应了声，带上门转身走了。

这间咨询室有五六个平方，位置比较靠里，还没正式开始使用。杨溪每周来一次，几乎就成了她的固定办公室。

江酌的"江海口腔"规模不大，开在陆家嘴的一座高端商务楼里，进来还要登记刷卡。但饶是这样，诊所的名声和口碑也迅速传了出去。各类医生培训班一周两三次地开，患者预约也一直爆满无空。

其实，杨溪的所谓一周一次的现场咨询辅导并无什么必要，但问过江酌之后，得到的回答是："你就把这儿当办公室吧，咖啡点心都有。"

于是，杨溪只能按客户要求过来上班，很快把江海口腔里里外外的人都认识全了，挨个儿培训了一遍安蒂科的产品知识。

有时候江酌有空，会拿着咖啡过来跟她聊两句工作上的事。但多半两个人时间都凑不上，碰上了也就打个招呼寒暄几句。除了相互之间不再陌生，也没有发生什么的超出工作范围的交集。

仿佛是一眨眼，一个半月就过去了。桌上的台历都还没来得及翻，已经从初秋进入深冬，马上就到新的一年了。

最后两周，杨溪手下的华东大区全年的指标在江海口腔的加持下顺利完成。甚至有几个人还能拿到双倍奖金，得通知经销商踩踩刹车，以免明年的基数太大做不下来。

白龙齿科和经销商瑞马的问题谈妥了，老吴的库存也基本消耗完了，江海口腔明年的合同也敲定了。旧事新事，都劈山破浪地一桩一桩地解决掉了，唯独梅梅转职的那件事，自杨溪毫不留情地在系统里点了"拒绝"之后，就再没了声响。

不过，杨溪也没什么空去为那件没影子的事悬心。明年的增长指标已经分下来了，她计算过，得再拿下至少三个江酌这样的大客户，才能保险。而她非常确定，自己不会一直有这样的好运气。

"杨经理，在等江老师啊？"一个护士路过，又探头进来跟她打招呼。

"没有啊……江老师今天在吗？我都没看见他呢。"杨溪合上了电脑。

"在啊！刚下一台全口种植手术，用的你家的植体。"护士说着，向走廊尽头望了望，"应该一会儿就出来了。"

"噢，好的。"杨溪站起来，把电脑收进包里，"我等会儿跟他打个招呼再走。"

护士"嗯嗯"了几声，走开忙去了。杨溪拿出手机，回了几条工作的微信，就拎着包离开咨询室，走到候诊区的沙发上坐下等着。

外面真的下雪了。很冷的样子。

也不知道楚安现在的天气怎么样，是不是比上海还要冷。她跟家里很少联系，一周也就偶尔往亲戚群里转篇辟谣文，表明她还好好活着，并且十分硬气。妈妈如果打来电话，她会接，但也说不了几句就挂了，甚至都聊不到天气。

很快就要过年，她又要面对回不回去，或是找什么借口不回去的难题。以往她还要多纠结一重回去是否能见到陶源，而今年，她隐约觉得，他们肯定是见不到了。

过了快二十分钟，江酌还没有出来。杨溪实在无聊，拿出手机开始翻朋友圈，一串接一串的美食照、约会照，到处都热热闹闹的，是个很称职的圣诞节。

手指机械地往下滑动，忽然，她的眼睛被一个名字刺了一下。

罗芳茗。

"新的开始。"

配的图是张在新房玄关处拍的自拍照，跟一位男士牵着手，交叠着放在心口。那个男人没有露面，只露了一节瘦瘦的淡褐色手腕，手背上几道伤疤清晰无比。

杨溪猛然觉得大脑空白了一下。

愣了好一会儿，她不死心地继续往下翻，想找陶源有没有发朋友圈。翻到绝无可能的几天前，才终于放弃，去通信录找他的名片。

仿佛是老天故意跟她作对，越着急越找不到。有那么一瞬间，一个念头掠过杨溪的脑袋：他是不是把她删除了？好在，在从头到尾看第三遍通信录的时候，她找到了他的名字，仍是那个不起眼的拼音"Tao"。

点开来看，头像没换，朋友圈空空如也。他依旧不发任何消息，连转帖都没有，也并没有为这个特殊的圣诞节说点儿什么。

杨溪轻轻透了口气。

继而又摇摇头，觉得自己有点儿可笑。

陶源没有说什么，没有表态——难道就能说明事情没有发生？

她至于这样吗？自欺欺人。

陶源恋爱了，这是个事实。她不得不接受。

——她又有什么好不接受的呢？本来就是他该得的。

两个月前，是她决定的放手，是她发了那句"好自为之"给罗芳茗，是她——在这件事上，从头到尾，都完全无可奈何。

"怎么了?"

突然,一个温和的男声在脑后响起。

杨溪猛然一惊,发现竟是江酌不知不觉走到了她身后,脚步声完全被她忽略,似乎之前还叫过她一声,而她一点儿都没有反应。

"咦?哭了?"江酌走到杨溪旁边的单人沙发上坐下,抬眼看见她的脸,身子陡然前倾,表情一下子凝重起来。

杨溪这才发现自己竟然不自觉地流了泪,鼻尖都红了。

"啊,没事。"她赶紧伸手去擦,不好意思地勉强笑了笑。

江酌稍稍沉默了一下,视线在她手机的界面上一飘,微微抬起下巴点了点:"前男友?"

"不是啦。"杨溪啪地按灭了手机屏幕,一时不知道该说什么。

江酌已经换回了常服,一身休闲衬衫西装,大衣挎在臂弯里,一副准备下班回家的样子。

"总不成是现男友吧。"他弯了弯嘴角,有些玩味地看着杨溪,然后伸指遥遥点了一下她戴着钻戒的左手,"一看就是假的。"

"啊?"杨溪张口结舌,哽了一会儿,才晃了晃手投降,"这……莫桑石哎,怎么看出来的?"

"哈哈,我不是说戒指是假的。"江酌笑了起来,眼镜后面的眼睛弯弯的,"我是说男友啊!你要是有男友,今天还没约会?工作到半夜十二点还在朋友圈转发公司的广告?"

杨溪彻底无语了。

江酌竟然还看她的朋友圈?他可是从来不会给她点赞的。

"行了,别难过了。"江酌突然站起身来,拍了一下杨溪的肩,"走吧!带你去吃顿好的。"

杨溪打死也没想到,江酌竟然订到了外滩三号 Jean Georges(让·乔治)的位子,坐下点完单,还从兜里摸出了个礼物送给她。

是个潮牌的固体香氛，法国斗牛犬的造型，精致得像用羊脂玉刻的。不算贵重，但很漂亮，木调的香味相当令人愉悦。

杨溪高兴地收着了，心里盘算着晚点儿上网查查价格，也回送个什么礼物给他。但这顿饭，按公司商务宴请的餐标，她是请不起了。

江酽本来也没可能打算让女士掏钱，知道杨溪不好意思挑挑拣拣，简单问过她口味的倾向之后，就请侍应生推荐，很快就把一切菜品都安排妥当。

"好了，说说吧，为什么不开心？"他端起高脚杯，跟杨溪轻轻碰了一下。

餐前酒冰凉清甜。杨溪抿了一口，觉得喉咙里舒服多了。

"也没啥，很俗套。"她微微耸了下肩，露出个自嘲的笑，"无非是喜欢了好多年的人，跟别人跑了。"

"什么样的人？"没想到，江酽竟然会刻意追问。

杨溪回想了一下脑海里的陶源，忽觉词穷："就是……高中同学。"

"懂了。"江酽笑着点了点头，"高中啊，那是男生最容易被人喜欢的时候。长得不丑，会打球，会唱歌，就有很多女生喜欢了。而长大了，到我们这个年纪……"他顿了一下，看向杨溪，眼睛里全是玩笑，"要是没点儿钱，真的很难有人喜欢你。"

"哈，这个段子从江老师口里说出来，也太假了。"杨溪笑着怼回去。

江酽没说话，喝了口酒，笑着承认了。

"今天我没约会也就算了，江老师怎么会也有空？"

"我单身啊，怎么会没空。"

"啊？真的？"杨溪瞪大了眼，实在难以置信。

"我要说我都单身两年了，你是不是更不信了？"

"这……嘿嘿……"杨溪贼笑了一下，"这就没什么不信的了。"

"喂，你可别想岔了，我很正派的。"江酽竟有些着急脸红，"只是太忙了而已。而且……"

他停了一下，打住没往下说。

"而且什么？"杨溪追问，然后敏锐地感觉到江酌的情绪突然变了。

他仿佛想到了什么，笑容渐渐敛去了，视线也垂了下来，不再抬头看杨溪，纤长的手指不断旋转着高脚杯的细颈。

"而且，很难找到喜欢的人。"过了一会儿，江酌才轻轻说道。

听了这句，杨溪不由得叹了口气，心情也低落下来。

她懂的。

这么多年了，除了陶源，她也没再碰见一个让她喜欢的人。

江酌说得对。年少时的喜欢，多么简单，多么直白。那个人在你面前一出现，你就会觉得他这也好，那也好。连说话的语气，鼻尖的弧度，睫毛的长短，都无一不透着可爱。

可当你毕业，进入社会，年近三十，周围的男男女女好像都缠绕着一身缺点，要么脾气差，要么不注意形象管理，要么进取心弱还不停抱怨……反正各有各的讨厌。

什么爱情，什么灵魂伴侣——忙得自己魂儿都没了，怎么可能找到。

何况，自己不是也一样缺点满身，哪配拥有什么神仙眷属。

"不过，最近我觉得，还是要试一试吧。"江酌忽然挑了下眉，又扯起了嘴角，"谁都有缺点。现实一点儿的感情，也未必不好。"

"嗯嗯。"杨溪点头如捣蒜，"两个人总比一个人好，有个伴儿没那么孤单。"

"怕的倒不是孤单。"江酌苦笑了下，"只是，单身久了，会失去目标——觉得好像，这么拼也没意义，不知道是为了什么。"

"啊，是。"杨溪想起来不久前在微博上看到的一个帖子。说的是，许多丁克到中年后都自然想要孩子了，就是因为养孩子能给人新的奋斗目标。学区房，课外班，夏令营，环球旅行——只有拥有一台碎钞机，才能有点儿赚钱的动力。

说到底，活着，需要点儿对未来的希望。不然，真没那个必要。

"我那天一看到你，就觉得我们应该是同类人。"江酌忽然抬起头来看向杨溪，端起酒杯，又向她敬了一下。

杨溪也举杯跟他相碰，笑着说了句："是。"

"那，你愿不愿意，跟我试试？"江酌轻轻地道。

"啊？"杨溪没反应过来。

江酌看着她没说话。

杨溪这才大惊失色："啥？江老师你……说什么？"

"你听到了。"江酌微微扯了下嘴角，笑容温柔又促狭。

"我……我……"杨溪猛然热血上涌，脸涨得通红，"这……不行吧。我们……你是我客户啊！"

"那又怎样？"

"这……有点儿……违反……"杨溪纠结了半天。

"商业道德？"

"是啊！"杨溪终于抓住了这个关键词，"这肯定不行的。"

"可以不公开。"江酌道，"试试而已。"

杨溪突然觉得今天真是昏了头了才会来吃这顿饭。

"你不要想错了，我不是要求什么潜规则。"江酌安慰道，"换句话说，我们……就当是相亲吧，多接触接触，也没什么坏处。"

杨溪彻底蒙了。

"不是，江老师……"她想了半天，才憋出来个问句，"您这条件，需要相亲吗？不是应该……追求者一列火车都拉不下吗？"

"哪儿来的火车？"江酌道，"你说网上的粉丝？"

杨溪点头："几百万呢！"

"那能作数吗？"江酌耸了下肩，"只是些科普读者罢了。"

"现实中也不少啊！"杨溪急了，"你同行，还有诊所里那么多漂亮小护……士。"

说到这个词，杨溪心里冷不防痛了一下。

怎么还就绕不过去了。

"护士？"江酽皱起眉，脸上似乎露出点儿不耐烦，然后摇了摇头。

杨溪发觉自己心里十分无耻地高兴了一下。

"你就别纠结我为什么看上你了。"江酽身子往椅背上靠了靠，两臂在胸前一抱，看着杨溪笑道，"我们来日方长。"

这句话一出，杨溪又怔住了。

他们坐了靠窗的位置，温柔的淡黄色灯光落在江酽的脸上，背后的窗外就是陆家嘴最辉煌的盛景。

岁月好像终于在这时停了下来，给了她一瞬喘息和幻想的缝隙。

竟然，是真的吗？老天真的会在这个时候，安排一个完美的恋人给她，告诉她其实除了陶源之外，还有很多更好的人生的可能性？

"我……我其实……"杨溪觉得有很多话应该说，却难以启齿，"我并不像表面看着这么……"

"漂亮？"

"对！我卸了妆很吓人！"杨溪马上道。

"我不喜欢漂亮的。"

"呃……"

"还有呢？不爱打扫卫生？"

"对！我不做家务的，都是靠钟点工阿姨。"杨溪赶忙道。

"我也是，正好了。"

"啊……"

"再说说。"江酽笑着紧逼。

"我不会做饭！"

"这个啊……"江酽挑了挑眉，"那得学学了，我也不会，可以一起。"

杨溪发现，这么聊天只会越聊越尴尬，绝对得不出结论。

"好了江老师，您可别逗我了。"她腰背一软，"给我老板知道，得炒我鱿鱼了。"

这句说完，江酌刚要接话，杨溪放在桌面上的手机突然震了起来。

杨溪像看见了救命稻草，口是心非地说了几声"抱歉"，赶紧去接。江酌也就让她去，抬手叫侍应生添点儿气泡水。

"喂？杨溪！你在哪儿呢？"

对面杂声很大，竟然是有段时间没联系的前同事崔雪盈。

"我……在外滩。"杨溪看了一眼江酌，不知怎么的感觉有些不好意思。

"你在约会？"崔雪盈声音奇大无比，在安静的西餐厅里显得有些突兀。

"快说啥事儿……"杨溪头皮都麻了。

"你过年回家吗？我跟迈克在一起，刚聊天聊到有个欧洲双人游特别划算，想问你去不去。迈克还有个同事也想去，单身，挺帅的，你要不要……"

"我们考虑一下。"这时，江酌突然站起身一把夺过杨溪的手机，对着话筒讲了这么一句。

"哈？"杨溪目瞪口呆，怔怔看着江酌又把手机塞回了她手里。

对面崔雪盈也震惊得半天没说话。

江酌坐了回去，指了下电话，示意杨溪继续说。

"这个……雪盈啊……"杨溪不知道该怎么往下接，"我还不一定……"

"行了行了！我知道了！"对面崔雪盈却"嘿嘿"笑了起来，"我让他同事麻溜滚！挂了挂了，你先约会！"

电话挂断之后，四百八十八元一份的主菜烤龙虾也上来了。

杨溪看了看面前的菜，又看了看似笑非笑的江酌，沉默了一会儿，心里终于暗暗做了个决定。

8

休假，就是心安理得地把自己灌醉

五台山上。陶父看见儿子竟然特别虔诚地在拜文殊菩萨，高兴地跟孩他妈打包票说，这小子高考肯定能考好，以后前途无量。

陶母皱了皱鼻子，满脸的不信。

陶父说，不然就悄悄过去，听听他在念叨些啥。

于是，直到很久很久以后，陶源才知道，原来他说的下面这段话，不止菩萨听见了。

"菩萨我跟你说啊，我们班有个女生叫杨溪，特漂亮！身材特好！脑子特聪明！性格特可爱！我真的特别喜欢她，真的！求您保佑她换到我前面的位子坐吧！让我一抬头就能看见她，上课看她也不会被发现。还有啊，保佑我以后能娶到她啊！我一定好好学习！感谢感谢！哦对了，还要保佑她健康平安，也喜欢我！"

杨溪这周找了个借口没去江海口腔。

那天的饭快吃完时，杨溪说要去趟洗手间，然后飞速地跑到吧台把账给结了。

一千六百九十八元，还好还好，她付得起。就是回来之后看到江酌一脸气鼓鼓的样子，赶紧道了半天的歉，然后叫了辆专车把他送回去。

后来好几天，江酌都没联系她。她也不知道该怎么缓过这一节，就装鸵鸟按部就班地忙工作，想着也许过不了多久江酌就自然想通了，不会再让她为难。

但没想到的是，当崔雪盈元旦放假约她吃火锅，刚一坐下，开口说的就是——

"你跟江酌在一起了？"

杨溪差点儿被西瓜噎着。

"你这是……哪儿来的消息？"

"嘿嘿。"崔雪盈给自己倒了满满一杯的酸梅汁，挑了挑眉，"圈子这么小，谁还瞒得了谁？"

杨溪觉得头顶有个雷子爆炸了。

崔雪盈是杨溪的前同事，当年同一批进的安蒂科。两年前她跳了槽，去竞争对手创慕公司做渠道经理，整个上海的渠道商她都熟得很，各个大客户的情况也都门儿清。杨溪和她性格合得来，关系一直不错。虽然业务上有竞争，但私下还是很愿意互相帮帮忙的。

当初老罗要求打探江酌的消息，杨溪也是第一个问的崔雪盈。所以安蒂科进了江海口腔，崔雪盈也第一时间就知道了。

但是……

"天地良心，真的没有。"杨溪举手起誓，跟江酌划清关系。

这事儿真的挺敏感的，真要传歪了，对安蒂科的整个声誉都会有影响。

"哎哟！看你吓的！"崔雪盈撇了撇嘴，"不就谈个恋爱嘛！至于么……"

"你说至于吗？"杨溪快拍桌子了，"你到底哪儿来的消息？"

"我说他跟我见过面了，你信吗？"

"当然不信！"

"他……真的跟我见过面了。"

杨溪震惊了，拿着漏勺不知道该捞羊肉，还是敲自己。

"你知道，我这人比较八卦。"崔雪盈伸手把漏勺从杨溪手里夺了过去，解除了双重危机，"那天吧，我听出来了，跟你吃饭的应该是他。所以，过了一天，我就跟经销商一起去了趟江海口腔。"

"什么！"杨溪真的拍桌了。

"干吗干吗？我正经去拜访客户的好吗！我们家器械江海还不是在用？"崔雪盈往自己碗里捞了一大勺羊肉，然后缩身往后躲。

"你一管渠道的没事儿拜访什么终端！"杨溪号叫了。

"你先冷静一下！"崔雪盈身手矫捷地把杨溪面前的菜盘子统统挪开，"不想知道他跟我说啥了吗？"

杨溪一口气憋住，然后像泄气皮球一样慢慢软了。

崔雪盈对这效果十分满意，慢悠悠地开始往火锅里下蔬菜。

"说起来，这位爷还真挺不错的，长得不比微博上差啊！"

杨溪无语。

"他知道我是你的前同事之后，马上给我倒了杯咖啡，然后请我的渠道商去跟采购经理谈，叫我去他办公室里坐。"

"说重点！"

"他付好钱了。"

"什么？"杨溪听到自己嗓音在抖。

"欧洲游。"崔雪盈咬着筷子，嘿嘿一笑，"赶紧跟你妈请假吧，你不去也得去了。"

"我……咳咳咳……"杨溪一口气没上来，口水呛进嗓子眼里，剧烈地咳嗽起来。

缓了老半天，肚子里把崔雪盈祖宗十八代都问候了一圈之后，杨溪终于梗着脖子说了句："我怎么就非得去了？不去！"

崔雪盈一下子皱起眉，像看外星人一样看着她，半晌没说话。

"干吗？"杨溪被她看得发毛，声音也弱了下去。

"杨溪，你没生病吧？"崔雪盈眼睛里透出深深的忧虑。

"当然没，怎么了？"

"你再想想？"崔雪盈道，"江酌江大佬，你得罪得起吗？"

这句问出，杨溪忽然如坠冰窖，结结实实打了个喷嚏。

是啊，她好像……是得罪不起。

虽然江酌看起来不是个坏人，应当做不出什么打击报复之类的事，但停掉安蒂科的生意，还是简简单单的。

因为签进了这个大客户，她今年的指标顺利完成，明年的基数也自然地加了上去。并且，一切增长指标的计算，都是基于跟江海口腔的合作走上正轨、步入良性循环的基础之上的。

江酌不同于其他的客户，他是个 KOL（关键意见领袖），会带来很多隐性的东西。安蒂科已经为他做好了独一无二的深度合作计划，会在明年加大投入，做点儿以前行业里从来没有人做过的事。

在这种时候，杨溪要是跟江酌撕破脸闹掰，也许今后的整个职业生涯，都会进入极其惨淡的境地。

"我的老天爷啊……"杨溪对着崔雪盈一声惨号，声泪俱下，"有你这样坑我的队友吗？"

"行了吧你！少给我嘚瑟了！那是江酌哎！"崔雪盈一勺猪脑花丢进杨溪碗里，"我看你是被老罗传染了脑残！快点儿补补脑子！"

杨溪欲哭无泪。

"一会儿我拉个微信群，把行程发群里。"崔雪盈道，"我和雷蒙德负责订酒店，你们有什么意见就提。"

"雷蒙德是谁？不是迈克？"杨溪满脸问号。

崔雪盈耸了耸肩。

"姐追求快乐的人生。"她端起酸梅汤，跟杨溪碰了碰杯，"请睁大眼睛，好、好、学、习。"

杨溪打死也没想到，丢行李这种事儿竟然会发生在自己身上。而且，明明同行四个人，偏只有她一个人的丢了。

于是，大年二十九，在冷风嗖嗖的巴塞罗那机场，随身只带了相机和手机钱包证件的杨溪彻底傻了眼——倒是也可以先去酒店落脚，但连套睡衣都没有，真的是麻烦大了。

幸好，江酌在国外待的时间长，知道该怎么处理，跟航空公司简单交涉了一下，就安排好查下去了。等待的时候，杨溪发了个朋友圈自嘲，很快引来一片点赞。

一个小时之后，工作人员告诉他们，找到的希望比较渺茫，劝杨溪还是另做打算。于是，四个人也就不再耽搁，打车前往酒店。

这次崔雪盈订了两个标间。她和杨溪一间，两位男士一间。但显然，在她的计划里，到了旅程的后半段，谁跟谁住就不一定了。

杨溪当然知道她的心思，紧盯着严禁她订大床房。整个行程里，私密暧昧的地点也被她全部否决。可到了酒店，墨菲定律还是应验了——抱歉，订单系统出了些问题，确认的是两间大床房。

崔雪盈和杨溪倒还好，两位第一次见面的男士可尴尬坏了。江酌无奈，当即又加订了一间。于是，崔雪盈开开心心地跟雷蒙德住到了一起，杨溪江酌一人一间，就在隔壁。

几个人各自去把行李放回屋，约好十分钟后在大堂碰面，一起出去吃晚餐。杨溪没行李，便一个人坐在门厅边的沙发上等着。刚坐下不久，忽然觉得兜里手机在震。掏出来一看，她突然觉得心头像被榔头砸了一下，无数不好的预感涌了上来。

竟是个微信语音通话，来自 Tao。

"喂？怎么啦？"杨溪马上接通。

陶源怎么了？父亲病危了？妈妈又摔着了？怎么会突然给她来电话的？这时候国内是凌晨啊，出什么事情了？千万纷乱的念头在她脑海中拼命闪着。

对面没有马上吭声，只有非常淡的呼吸声。

"喂？你干吗？说话！"杨溪咆哮。

"嗯，你……没什么事吧？"陶源的嗓音很低、很迟疑。

"我怎么？"杨溪纳闷。

"我看你说丢了行李。"陶源低声道。

"噢噢！"杨溪终于反应过来，"没什么事，我能处理。"

对面又不说话了。

杨溪觉得喉咙有一点儿干，一时也不知道该说什么。

原来陶源还是看朋友圈的，看她遇到事儿，也会为她担心。也许还担心了好一会儿了。

"我……也帮不上什么忙。"陶源又说了一句，说完轻轻叹了口气，情绪好像分外低落。

"没事的，我在酒店了。反正钱包证件都在，无非是稍微麻烦一点儿。"杨溪努力显得高兴，"放心，我有朋友一起。"

"嗯。"陶源应了一声，好像准备挂。杨溪转头看看电梯口，发现江酌已经下来了，正向她走过来。

"那……"她向江酌遥遥打了个招呼，想找结束语挂断。

"还有一件事。"陶源突然道，"我……我跟罗芳茗……"说了几个字，他又卡住。

杨溪听到这个名字，心头又突然像被什么狠狠砸了一下，痛得她吸了口冷气。

和罗芳茗怎么了？

她等着，不接话。可陶源好像真的说不下去了，跨洋的沉默越来

106

越重，越来越冷。

"哎，我知道。"终于，还是杨溪叹了口气，"你们……好好的吧。"

陶源轻轻"嗯"了一声。

"那我挂了，拜。"杨溪没再多等，按掉了语音通话。接着抬起头，勉强又灿烂地跟江酌笑了笑："晚上找个地儿，好好喝几杯吧！"

晚上六点的巴塞罗那街上很热闹，但实在是冷。

崔雪盈和雷蒙德手挽着手缩成一团，杨溪和江酌不太自然地并肩走着，距离不远也不近。四个人一边走一边跺脚，看到个小酒吧就赶紧钻了进去。

这个时间，酒吧还没什么人，少数几桌都是吃晚餐的。四人坐下点餐，边吃边聊。

雷蒙德是个画家，留着一头扎眼的长发，聊起天来天马行空，十分有趣。他跟江酌一样是上海人，大学毕业之后在父母有关系的一家央企上了一年班，然后就教科书般地辞职了，到国外读了两年书，然后回国自己创业，开了个文创淘宝后。

也不知道崔雪盈是怎么认识这样的人的，杨溪没有细问，但心想多半是她买了人家的东西，就顺便泡到了人家老板。

江酌显然是个读书很多的人，什么偏门的话题都能接上两句。连艺术家提到的什么"尺八"，什么"盘秀"，都能漫不经心地说出点门道来，引得崔雪盈不停在桌子底下踹杨溪，聊以宣泄她眼睛里快绷不住的花痴之心。

但杨溪始终有些走神，脑子里都是陶源没说完的那句话。

算算时间，他俩在一起，也该有三四个月了。

如果圣诞节时罗芳茗发的那条朋友圈，意思是他们同居了，那到现在，也有快两个月了。

今天是大年二十九。他们两家人，应该在一起过年了吧。

我和你的大城小镇 107

也挺好的——哪像她，连过年都野在外面，家也不回。

"我以前啊？就谈过两个女朋友。"江酌在说话，"工作太忙了，没有什么时间陪人家。"

"不会吧？你还会被甩？"崔雪盈不停地八卦。

"那有什么不可能的？"江酌声音很飘，"我一向是被甩的那个。"

陶源是想跟她说……他跟罗芳茗定下来了吗？杨溪手指转着酒杯，拿着薯条在番茄酱里搅来搅去。

"得了，我们这里最恋爱白痴的绝对是杨溪！"崔雪盈大声笑着，脚又在桌子下面踹她，"天天顶着个假戒指瞎晃，还自己伪造场景拍片发朋友圈，生怕别人知道她是个老处……"

"雪盈！"雷蒙德一下子打断了她。

崔雪盈吐了吐舌头，知道自己说错了话。但转头看杨溪，却发现她目光游离，好像根本没在现场。

"杨溪你想啥呢？不就丢了个行李吗？"崔雪盈使劲推了一下杨溪的胳膊肘。

杨溪一个没留神，蘸着番茄酱的薯条在面前划过，糊了自己一脸。

"纸……纸！"崔雪盈指挥雷蒙德去拿。而江酌已经迅速拿来，递到了杨溪面前。

"噢噢，谢谢谢谢！"杨溪客气的反应引得江酌的眼神又黯淡了一点儿。

擦干净嘴角后，杨溪把酒杯里剩的一点儿底子喝完，提议再来一轮。三人都答应，又碰了个杯，叫酒保上酒水单。

等候的时候，杨溪突然看到桌上的手机亮了一下，一条微信提醒弹了出来。

难道又是陶源？

杨溪像被戳了一下，赶快抄起手机去看。一解锁，却发现是条语音信息，发件人是她最不想见到的那一个——罗芳茗。

"谁啊？这个点儿还给你发微信？"崔雪盈瞟了一眼，悻悻地道。

杨溪没回答，把手机摁下了。

"这会儿国内都凌晨一点了吧？"雷蒙德也接话，"不是有啥事儿吧？"

"能有啥事儿？"杨溪没来由得有些没好气。但紧接着，她看见罗芳茗的语音信息一条接着一条挤进来，简直没个完了，可能真的出了什么了不得的事。

不会是陶源有啥事儿吧？他今天跟她打电话时，情绪好像是有点儿不太对。

"抱歉抱歉，我还是去听一下这个消息。"想到这儿，杨溪一下子从座位上弹起来，快速抽身离开桌子，"你们先吃。"

"别乱跑！就在这儿坐着听。"没想到，江酌却一伸手，一把拉住了杨溪胳膊。

杨溪愣住了。过了好几秒，看江酌丝毫没有松手的意思，她终于叹了口气，投降坐下。

酒保适时过来送上酒单，三人翻看传阅，杨溪自顾听语音消息。点开第一条，刚把手机贴近耳朵，杨溪就被吓了一跳。

对面刮过话筒的风声非常大，竟是在户外，而罗芳茗显然是喝多了酒，呜里哇啦的哭腔听都听不清楚。

"姐！我跟陶源……闹……翻了！不不，我们订、订婚了……就今天、今天晚上……

"姐，我真的、我真的好喜欢他！他对人那么好……对父母那么孝顺……

"可、可是我爸妈不答应，说——说他家里太、太穷了，做个片、片警也挣不到几个钱。我也知道啊！可是我……我真的好、好喜欢他……"

杨溪听得寒毛直竖，简直杀人的心都有了。

"我真的花、花了好大的工夫，才说服我爸妈同意的！我爸还专门出面给……给他们调到了特需病房，也没多收他们钱。

"今天晚上，我们……两家人……在医院见了面，算是订、订了婚。他爸这病已经没几天了，连、连订婚宴……都没法办。

"本来……这也没啥，我也没有非要办。但是陶源他……他连求婚都不愿意求……呜呜……哪怕……就……就补一个仪式，说一句话呢……"说到这一句，罗芳茗已经哭得上气不接下气了。

"呜……我好生气……发狠跟他说，你不求婚，就别想娶我……呜呜……结果他理都不理我……转头就给他妈打水去了……呜呜呜……我就跑出来了……"

杨溪的眉头越皱越紧。这些事大概是发生在陶源跟她语音通话之前。所以，陶源没说下去的那句"他和罗芳茗——"到底指的是什么？

是订婚了，还是闹翻了？

最后一条消息听完，许久都没有新的进来。杨溪觉得喉咙里像有火在烧，于是放下手机，也点了杯马提尼。

"怎么了？"江酌看她的神色，皱眉问道，"是谁？"

杨溪想了想该怎么说，但刚张嘴，还是苦笑了下，摇了摇头。

这时，又一条消息发了进来。

"杨溪，陶源是不是忘不了你？哼，我告诉你，你抢不走他的。"

杨溪皱起眉头，然后，狠狠打了个喷嚏。

这句话的语气跟前面完全不同，喝疯了的小姑娘终于冷静了下来，抛了句无厘头的狠话给没影子的情敌。

杨溪有点儿想笑，也有点儿想哭。出乎她的意料，到此时，她竟反而对这个女孩产生了一丝同情和好感。

也算是个敢爱敢恨、不落世俗的姑娘了。

陶源救过她一次，她便拿自己的一切去回报他。因为不肯求婚的事要耍小脾气，也不是什么不能理解和容忍的。

倒是陶源，这样子是不是太不应该了？

她想了想，点开陶源的头像发了条消息："你为啥不肯求婚？"

没想到陶源秒回了——

"没心情。"

杨溪无语，叹了口气，继续打字："还是低低头，遇到个喜欢的女孩子不容易。"

这一句发过去，对面就没动静了。也不知道是在反思，还是在生气。

杨溪等了半天，终于无奈放下手机。

"没啥事。喝酒喝酒！"她继续举杯。

四个人一起碰了。

话题继续漫无边际。

"我知道杨溪上大学之前谈过一次恋爱。"崔雪盈酒喝多了，舌头也大起来，"看看，挺前卫吧！妥妥的早恋！"

"哪有，你别乱说。"杨溪随便应付着，心思却始终离不开手机，想等陶源的回复。

而直到晚餐吃完，夜渐深，酒吧里热闹起来，桌上的手机才不情不愿地震了一下。

"那你呢？"

杨溪愣住了，结合前面的对话，想了半天，才会意到，陶源是问她会不会恋爱，什么时候结婚。

"不用你管。"她低下头打字，打着打着冷不防鼻尖就酸了，险些糊了视线。

"杨溪，怎么了？"江酌敏锐地发现了她情绪的变化，关切地俯身过来。

"没事。"杨溪抽了下鼻子，迅速把眼泪逼了回去，抬头冲他笑了笑，"帮我叫排 b52，继续喝……我先去下洗手间。"

冲进小隔间的时候，杨溪收到了那条让她泪腺彻底崩溃的短信。

"那个案子，我还在查。但是希望渺茫。"

陶源停了一下，又发了一条。

"你要照顾好自己，朝前走。"

杨溪所不知道的是，在与她隔了半个地球的小城楚安，陶源也在喝酒。

除了不得已的应酬，他私下很少喝酒。毕竟做着警察，又长年陪护，没有任何一件事能承受他不清醒的后果。

然而此时，在大年夜的凌晨两点，在医院走廊落雪的窗前，他搬了个板凳，叼着瓶最便宜的二锅头，一边喝，一边哭。

这种情况绝无仅有——哪怕当年得知父亲病重，自己的学业和前途一夕毁灭时，他也没有这么崩溃过。

也许是那二锅头实在太辣，他也实在是不会喝。眼泪被呛出来，就再也不能咽下去，假装自己一点儿事都没有。

他认识杨溪十四年了，也喜欢她十四年了。

在他最得意的高中时代，他还傻不拉几地跟不知道哪个菩萨发过誓，这辈子非她杨溪不娶。

可是，发誓算个屁呢？终究还是走到了这一步。

就算没有父亲的临终心愿，他也不可能再去追她回来了。

那是十一年的沟壑啊……光阴把她打磨得闪闪发亮，却把尘土都堆在了他的身上。他这一生，就只能在这个封闭的小城里打转，做一个谁都能踩一脚的草芥；而她呢，则会越走越高，越走越远，在他无法触碰的世界里幸福地活下去。

雪下得越来越大了。

一个小时之前，罗芳茗的闺密严娟偷偷给他发了个消息，说芳茗伤心得不行，拉她大半夜去喝酒吃烧烤。她不是很想去，但是芳茗找她的时候已经很醉了，实在不放心芳茗一个人在外面。

陶源回复说，知道了，麻烦你了，有事情的话给我打电话。

后来严娟没再回复，应该也是气着了，不想再理他。但现在看着窗外越来越大的雪，陶源忽然觉得有点儿慌，拿出手机给罗芳茗发了条微信："你在哪儿？"

罗芳茗没回。他又发给严娟，很快收到三个字："湖阳街。"

陶源猛地咬到了舌尖，倒抽了口凉气。

杨溪当年出事，就是在湖阳街。

虽然在他的努力下，现在的湖阳街已经整改过，不再是十三年前那条灯都没有的小巷子，但那个片区夜总会林立，街口长年开烧烤摊的几个老板也不是什么案底干净的人，出事的概率还是比其他地方大得多。

陶源不是没有警告过罗芳茗不要往那一带跑——也许正是因为警告过，她才会想到跑那儿去。

这个姑娘父亲是医院副院长，自小没受过一点儿委屈，更不知江湖险恶。真要闹出什么事儿来，以她的脾气和智商，哪里收得住场？

这样想着，陶源就有些坐不住了。他把还剩小半瓶没喝的酒往窗台上一放，回病房披了件大衣往外跑，准备回单位去找人出车。

没想到的是，还没跑到楼下，严娟的电话就来了。

"喂？怎么了！"他几乎是一边跑一边在吼。

那边严娟没有说话，只有异常狂烈的风声，还有远处断断续续的女人的嘶叫。

"……告诉你们我男朋友是警察！把你们都……进去……"

陶源低声骂了一句，一脚踏进雪里。

9

处理你的事，就像处理自己的后事

“杨溪，你别怕，是我啊，有我在呢。”他向她伸出手，想要她从那个黑暗的角落里站起来。

可是她没动。

“没事，你慢慢来。我等着。”

“我就在这儿等着，绝对不离开。”

“我会保护你的。永远。”

杨溪不太记得后来自己是怎么被江酌半扶半抱着带回酒店的了。

只记得自己站在房间门口掏出钱包，发现每张卡都长得一样，实在不知道哪张可以开门。江酌看了她半天，叹了口气，过来伸手把她拉进了自己的房间。

后来躺在床上，江酌吻了她。

她接受了。

但接着他吻她的脖子，开始脱她的衣服，她挣扎了一下，然后就吐了。

后半夜，杨溪记得自己一个人在卫生间的地板上坐了很久很久，吐得胆汁都快干了。而江酌在外面洗什么东西，一直有哗哗的流水声。

早上醒来，天刚亮不久。杨溪发现自己穿着酒店的浴衣躺在床上，而江酌和衣睡在沙发上，什么东西都没盖。她自己全身里里外外的脏衣服都洗好了挂在空调口上，看样子已经都吹干了。

回想了一下昨晚在酒吧的事，她按捺着脑袋里还未消除的胀痛和眩晕，把自己知道的所有脏话都掏出来骂了自己一遍。

十二杯b52轰炸机，蓝莹莹的火光在她面前点亮，一下子把她骨头里的悲痛也点燃了。

陶源要结婚了，新娘不是她。

她等了他十一年，终于等到了那个"你要朝前走"的结局。

也挺好。

于是，再来十二杯龙舌兰日出，庆祝一下，新一段人生的开始。

烈酒不太好喝，而她只想要醉——最后也确实如愿了。江酌没拦着她，大家都明白，她在经历一场涅槃。那时候，他们全都笃信，这一场纵酒过后，明天早上，杨溪就会找回真正的自己，开开心心。

但此时，她躺在床上，看着酒店天花板上漂亮的吊灯，觉得自己现在才是坠入了万劫不复之地。

她竟然，差点儿跟江酌睡了。就算没睡，也接了吻，有了肌肤之亲。

可那是她的客户——是她没有办法违抗，也不可能挣脱的人。

诚然他很优秀，诚然他好像很喜欢她，诚然他可以为她带来很多的奖金、荣耀和保护。

但是，那些都跟爱情无关。

甚至，可能是爱情的死敌。

杨溪觉得，自己还是做不到跟崔雪盈一样，把爱情当成一场游戏。

她追求的不是快乐的过程，她也从来都没有在追求快乐的人生。

她已经等了那么久了，在痛苦里等着，干等着，十一年。就算把零头抹去，那也是4015天，96360个小时，5781600分钟。

在这么长的时间里，她一直在想——

陶源，我能为你做什么呢？

求求你，让我为你做点儿什么吧，不要拒绝。

你不是也曾经救过我吗？你向我伸出的手，那么干燥，那么温暖啊。

你还向我保证过，会永远像烛火一样陪在我身边的。

可是，这跨不过去的一千公里路途，这两座仿若海洋和陆地一样截然不同的城市，终究让他们彻底退出了彼此的世界。

毫无回旋的余地。

"你醒了？"

忽然，沙发上的人鼻息动了动，发出了一声有些嘶哑的询问。过了一会儿，江酌就坐了起来，穿上拖鞋，慢慢向床边走来。

杨溪赶紧把眼角不自觉流下的眼泪擦掉，推开被子，撑着床铺起身。

江酌在她挪开的一角空位上侧身坐下，看了她一会儿，然后抬起手，去搭她的额头。

杨溪条件反射地向后一缩，却没能躲开。

"有点儿发烧？"江酌手背碰在她眉角上，神色一下变得凝重。

"没事……"杨溪惯性说道，然后还是侧了侧头，让江酌的手顺着她脸颊滑了下去。

江酌也就不再碰她，叹了口气，脸上表情显得疲惫又痛心。

"我手机呢？"杨溪突然问道。

长时间没碰手机，实在没安全感。

"应该就在房间里。"江酌站了起来，"你找找吧，我去冲个澡。"

他说完，就去行李间取了衣服，自去浴室。杨溪等他关好门，赶紧从床上下来，冲到空调出风口下把自己的衣服从衣架上扯下，一件件快速地穿好。

在屋里转悠了一圈后，她终于在进门处放装饰品的台面上找到了自己的手机。

电量只剩百分之一了，微信显示有三十二条未读消息。

她点开来看，突然间，整个人都冻住了。

三十二条消息都来自邹武。而其中三十条，都是语音通话邀请。

最后的两条，一条是"速回电"。

另一条是："你手上有五万现金吗？陶源出事了。"

江酌从浴室出来的时候，目光在房间里寻了一圈，没看到杨溪。走了几步，绕到门厅，才看见那姑娘两手扯着头发坐在地上，背靠着墙，蜷缩成一团，肩膀不住颤抖着。

"怎么了？"他心里咯噔跳了一下，快步走过去，在她身边蹲下。

杨溪把脸埋在膝盖中间，嘴里发着断断续续的呜咽，背后的衣服已经被冷汗浸透了。

"杨溪！怎么了？"他伸手去扳她的肩膀，用力让她抬起头来。这一下，他看到一张被巨大的悲痛扭曲了的脸。

"我……我得走了。"看到他出来，杨溪强行压制了一下情绪，抬起胳膊抹了把眼泪，顺便把他箍在她肩上的手挣脱了。

"去哪儿？"江酌皱起眉。

杨溪扶着墙，自己慢慢站了起来。

"对不起，江……江老师。"她一只手捏着手机，另一只手捂住了嘴，想挡住自己不体面的表情，"我得回国了。"

"到底怎么了！"江酌大声问。

杨溪的眼泪一下子又控制不住地爆发了出来，背靠着墙，转过脸去。

江酌直接上前夺过了她的手机，滑动看了一下。

"你手上有五万现金吗？陶源出事了。"

原来是"陶源"。

后面有一个新的通话记录，持续了两分钟，接着就是个十万的转账凭证。

"他怎么了？"江酌把手机还给她，努力把嗓音调得柔和。

杨溪还在哭，摇着头，说不出话。江酌发现，她手掌心里有个伤口在流血，是刚刚被她自己的指甲掐的。

江酌深深叹了口气。

等了一会儿，他又深呼吸了一下，开口道："我帮你订票，送你去机场。"

上午十点，车开出酒店，去往巴塞罗那机场。

杨溪没行李，走得十分轻松。江酌也一起办了离店，与崔雪盈和雷蒙德分手，临时改变了行程，准备自己一个人去瑞士看个朋友。

在车上，杨溪终于将情绪平复了下来，简单跟他说了一下前因后果。

原来，昨晚让她疯狂醉酒的"初恋男友陶源"人在老家，是个小警察，昨天订了婚。但订婚过程中跟女友闹了些情绪，女友出去喝酒，跟人起了冲突。

陶源赶过去救，结果那帮流氓带了家伙，砍了他十三刀。有一刀特别重，在腿上，骨头都出来了。肩膀后面还有个捅伤，暂时还不知道有多严重，这会儿还在手术室抢救。

杨溪说他们楚安地方小，医院医疗水平不太好。这会儿又在过年，想转院到武汉去，但一晚上都没联系到能接收的。陶源父母都在住院，家里也帮不上忙，只能靠他们几个当地的同学稍稍照应。

江酌问，那他未婚妻家里呢？

杨溪沉默了一会儿，叹了口气说，她不清楚。但反正，她不能指望他们。

后来，他们也就没怎么聊了，只在机场默默办理好手续，然后各赴不同的登机口。

江酌不是没想过陪她一起回去，但想到她早上站在门口背着他哭，说的那句"对不起江老师"，就知道她一定不会答应让他跟着。

这姑娘，跟云帆，还真是像。

"我登机了。多谢了，江老师。"

一条微信发到了他的手机上。

江酌看了一眼，关掉了没回，心底再次感到有点儿刺痛。

过了一会儿，他还是叹了口气，又把微信打开了。

"到了说一声。"他发了过去。

"有什么需要帮忙的，一定要跟我说。"他想了想，又补了一条。

可是，等了好久，那个头像是个剪影的名字旁边，再也没有亮起未读消息提醒。

十五个小时之后，杨溪在武汉天河机场落了地。

没有行李，一身轻松。她在机场直接提了租好的车，直赴楚安市中心医院。

设置好导航后，她给手机插上电，连上蓝牙，开始一个个打电话。

假如陶源的伤真的非常严重，楚安中心医院的医生肯定搞不定，百分之九十九得往武汉转。而武汉那么多医院，哪个能接，哪个医生能治疗得更好，必须托关系去打听。

她先打给了公司华中区的大区经理陈航。大过年的，好一顿抱歉打扰。

他们公司做齿科的，不像做大医疗的覆盖面那么全，只能托医生问医生，医生问校友，校友问同事，这样一层一层地找过去。

陈航跟她是同省老乡，关系一直都不错。听她说家里人出了事，马上尽心竭力地帮忙打听，许诺她不管成还是不成，晚上一定给她个消息。

接着她开始找大学同学，把所有在医疗行业里工作的人全都打了一遍电话。相似的话语连续说了快三个小时，车开进楚安中心医院院

我和你的大城小镇 119

子的时候，手机的电量还没充满百分之二十。

停好车，熄了火，杨溪对着面前深灰色的陈旧建筑深呼吸了三次，还是没能让擂鼓一样的心跳平静下来。自从开进了楚安市，意识到她马上就要看到陶源了，心就开始慌得不受控制。

十三刀。

怎么能这样？

这世界……怎么能这样对陶源？

她想起来他给她打的最后一个语音通话，那迟疑又温柔的鼻息……就在昨天的夜里。

又想起那句让她在厕所里痛哭流涕的"朝前走"，想起跟他在派出所门口的小店里同喝的一碗汤，想起十几年前有天早上，他在带给她的炒河粉里偷偷多加了三勺辣酱，弄得她整个第一节课一直在喝水和流眼泪……

那些时候，他多好，什么事都没有。

之前刚一下飞机，她就向邹武追问了陶源的手术结果。邹武却不肯细说，只说暂时没有生命危险，叫她到了再看。

不过，杨溪还是敏锐地从他的语气里了解到了情况的悲观。

最坏的情况，会怎么样呢？

终身残疾？感染？败血？器官衰竭？死亡？

都不是不可能。

杨溪不敢继续往下想，也不敢再耽搁。又深吸了一口气，咬住牙关，准备逼自己下车上楼去。就在这时，陈航的微信来了。

"好幸运，找到了一个同济的外科主任医师。这是他微信，你加一下，马上把病历发给他。"

"已经初步沟通过了，卢医生人很好，愿意看看。他前不久刚给武汉一个受多处刀伤的民警治疗过，挺成功的。他如果看了病历觉得有必要，会帮你联系转院的。"

杨溪的眼泪一下子就下来了。

所谓希望。

她飞快地回了很多个"谢谢"，加了卢医生的微信，然后从车里跳出来冲上楼去。

陶源从手术室出来后就进了加护病房，单独一间，医生护士二十四小时轮班照护。中心医院没有ICU，能给的最好的设备全都给了，还是架不住他的各项指标嗖嗖往下掉。

杨溪进门的时候，看到邹武捂着脸在哭。

一个黑黑胖胖的大老爷们，平素从来没个正经样子的，如今靠着墙坐在椅子上，哭得肩膀乱颤，像在抽搐。

杨溪没有喊他，转过眼看病床上的人。

有一瞬间的恍惚——这是陶源吗？是个不相干的人吧……

他戴着呼吸面罩，根本看不清脸，浑身都缠着绷带，插着管子。眼睛紧闭着，对来的人毫无反应，露出的手背上满是针孔，一片可怖的青紫。

杨溪感觉有一根针刺进了眼睛。

"杨溪！你来了——"邹武反应了过来，从椅子上弹起来。

"医生在吗？快带我去找医生。"杨溪把目光从陶源身上挪开，抬手揉了一下刺痛的眼眶。

"刚走不久。"邹武说，"陶源……手术失败了，正在……联系转院到武汉，但是……现在过年，一直没有医院回复说能接收。"

"我找到了，所以要赶快去找医生。"

"真的？你怎么找的！"邹武一下子振奋了，搋起杨溪的胳膊就往病房外跑。

许是陶源积的德厚，卢医生跟这边的主治医师简单地沟通了十分钟，马上推动了转院手续操办。几个小时之后，救护车就开出了医院，往武汉奔去。

杨溪连家都没来得及回一趟，马上开车跟上。卢医生说，陶源必须立刻接受二次手术，不然那条重伤的右腿很可能会彻底坏死。他已经做好了院内的沟通，其他相关科室的医生也会待命，今晚一定要把年轻的人民警察救回来。

一切都走上正轨后，杨溪悬着的心终于平静了下来。

在夜里开着车，看着前面不远处救护车顶灯的闪烁，红红蓝蓝，璀璨如星，杨溪突然忍不住放声大哭。

在这一刻，她终于了解到，原来自己是真的深爱陶源。

如果让她付出全部身家，换得陶源恢复原状不受这个伤，她一定愿意——眼睛都不会眨一下。

可是，若真的这么简单，就好了。

现实中，更加可能的是，就算她豁出去了一切，也只能挽回十之一二罢了。

她是做医疗的，非常清楚医学的不确定性，再好的医生也打不了包票。也许就在下一秒，她就会接到前面救护车上的医护人员电话，告诉她不用再往前去了。

正想到这一节，手机突然震了起来，吓得她差点儿把方向盘打偏。

回过神来定睛一看，原来是邹武的来电。

"喂？杨溪，你还好吧？路上堵吗？"

"有一点儿。你吓死我了。"

"那你当心点儿。"邹武道，"陶源就靠你了。"

"嗯。"杨溪应着，"他爸妈怎么样？"

"我就是想跟你说这事儿。他爸爸病危了，通知书刚下来。"

"啊？他爸知道他出事了？"杨溪吃了一惊。

"没告诉他，但老爷子应该有预感。"邹武顿了顿，"本来也是快不行了，这段时间每天就靠吗啡撑着，剂量大得吓人。"

"那他妈妈呢？"

"他妈状态也不好，几乎睡不了觉，就守着他爸不动。我这儿也不能一天到晚看着，找了几个同学过来帮忙，但是大过年的，一个个都待不了多久。"邹武的语气明显很烦恼，但这两天时间确实把他累着了。

"罗芳茗呢？"杨溪心里突然动了一下。好像到现在，都没见她露过面。

"咳，还提她？"邹武一下子来气了，"这个没良心的！陶源出事的时候，连救护车都没等到，就被她爸接走了。之后就再没出现，医院的事都是马姐帮忙协调的。"

杨溪有点儿无语，也挺意外。

"后来他爸妈还是来看过陶源一次的，说什么他们女儿出事后也病了，送去哪儿住院了。"邹武续道，"反正我瞅着他这婚事是没可能了，我第一个反对！这一家什么人哪！钱也不肯出。"

杨溪叹了口气，不做评价。

想一想，人家父母本来就不想答应这门亲。如今陶源可能挺不过去，挺过去了也可能终身残疾，更加不会让女儿往火坑里跳了。

要怪，也只能怪陶源太没有福气了吧。

"唉，就这样吧！你好好开车，到了告诉我。"邹武狠狠叹了口气，"我这边再想办法吧。老爷子如果有情况，我也第一时间告诉你。"

"好……哎，邹武你别挂。"杨溪急声道。

"怎么？"

"你请个护工。"杨溪道，"找人推荐个好一点儿的，钱我出。"

"哎呀！那行！"邹武仿佛是才想起来有这么个周旋的办法，"那我马上去找。"

挂断电话，杨溪长长舒了口气。

能用钱解决的问题都不是问题，关键是，陶源到底还有没有机会见到父亲最后一面。

如果不行，那就由她杨溪去吧。

从现在开始，她要靠自己，把陶源一家扛起来。

她一定可以。

10

人这一辈子，喜欢的都是同一个人

"那个……你爸妈是不是出去旅游了？"陶源用笔戳了一下她后背，探着头压低声音鬼鬼祟祟地说。

"干吗？"杨溪很警惕，"你别想来我家打游戏哦！西瓜都不够你吃的。"

"唉，不是不是！"陶源赶紧解释，挠了挠头，"我也不知道他们怎么知道你的，反正，就有事儿没事儿老跟我说，叫你来我们家吃饭。"

"啊？谁？谁们？"杨溪回头，惊讶地睁大眼。

"我爸妈啊，还能有谁？"陶源脸上有点儿抽搐，"真的，好奇怪。他们怎么知道你名字的呢？难道我说梦话了？"

"7号床陶源家属是吧？再去缴费吧。给，这些都是。快一点儿。"医生把一沓收费单扔到杨溪面前，眼睛都不眨一下，招呼她赶紧拿好离开。

杨溪把单据收拢起来，随便翻看，一张三万多的，一张一万多的，还有好几张大几千的，眉头不由得皱了起来。

陶源入院的当天晚上就上了手术台，卢医生真心是医者仁心，连夜奋战六个小时，终于把那些乱七八糟的神经血管肌肉韧带都重新复了位，一条腿算是救回来了。

不过，因为不是第一时间进行的处理，创口又非常大，已经多处恶化感染，陶源从手术台上下来，就被送进了ICU。

今天已经是第四天了，这样一天一万多地烧，也没个准信儿什么时候能出来，饶是杨溪挣得多不在乎钱，也有点儿担心接下去会不会承受不住了。

去缴费的路上，杨溪恰好碰见了卢医生。

这位医生五十来岁，中等身材，头发落了一半，若不是穿着白大褂，看着相当普通。他话不太多，不开口的时候显得很严肃，但看见杨溪，他和善地笑了笑，说他刚去查过床，陶源情况还算稳定，让杨溪不要太紧张，自己也要好好休息。

杨溪感动得又红了眼眶，除了千恩万谢，也不知道说什么好。

她后来才从陈航那里得知，这位医生之所以这么倾力帮忙，是因为他的第一个女婿也是警察，也是因为械斗受伤，却没能救回来，死在了他的手术台上。

所以，陶源今日的福，也是由同僚昔日的祸抵来的。

——他可一定要好起来。

好不容易快熬到了下午的探视时间，杨溪在洗手间仔细洗了手，对着镜子狠狠拍了拍脸——镜子里的人也很憔悴了，素面朝天，眼下全是乌青，脸颊深陷，比年前一下子瘦了快十斤——真有点儿像去年十一时初见的陶源了。

医院陪护真是太摧残人了，不光体力，还有心理。这样的日子，陶源竟然过了十年，换了是她，估计做不到吧。

她突然想起自己的爸妈，回来之后，她还没回过一次家，也没告诉他们自己在哪儿。

她爸妈生她生得晚，但好在身体都不错，一直没出过什么问题。所以，她也从来没有考虑过，她一个人在上海工作，以后如果爸妈生病住院，该怎么照顾。

比陶源好的是，自己还有一堆亲戚在楚安，姑姨舅舅，总能有人帮忙打点。只要有足够的钱治病和请护工，不至于走投无路。

只是，对父母心理上的安慰，就很难满足了。人到晚年，子女不能在身边陪伴，该是多么孤独和痛苦。

想到这些，杨溪又觉得心里沉沉的，被什么东西堵住了。

心理上的安慰，说实话，她不想给。

即便有办法，她也不想给——因为她自己，也从没得到过。

"7号床，陶源家属，在不在？可以准备探视了。"外面护士的声音响起。

杨溪赶紧收拢心思，擦了下手往外跑去。

陶源还在睡着，病床周围的仪器嘀嘀嗒嗒的声音交织成一张网，让他觉得自己像是只被缠住的虫。

他不知道自己待在这里多久了，也不知道自己在什么地方。唯一知道的，就是自己还没死。

每天都有很多人在床边上走来走去的，有时说话，有时急吼吼地一起跑向一个方向，有时过来给他翻身、吸痰、用针头和仪器在他身上戳来戳去。他看得不太清楚，但心里明白，这里没有一个人是他认识的。

"来，7号床这边。"一个轻柔的女声越靠越近。

陶源感觉到一些异样，努力让自己醒过来。

有两个人影在床边停下，一个人坐了下来，靠在他左手边的床沿上。

"陶源的情况还算稳定，但是各种指标一直是临界，没有明显好转的迹象，目前还不能转出。"先前的轻柔女声向坐着的人说道，语速很快，"他的直系亲属还没来吗？建议你还是尽快让他亲属过来，有很多字要签。"

坐着的人没有说话，但动了一下。

陶源突然感觉自己的手被一只冰冷的小手握住了。

仿佛是溺水的人终于扯到了什么东西，他一使力，猛地醒了过来。

"陶源……"

他睁开眼，灯光有点儿亮，刺得眼睛痛。

在被耀眼的白色蒙住的视野里，有一张脸渐渐清晰起来——像是被光包裹的天使。

猛然间，床边的仪器叫了起来。紧接着，各种仪器叫成了一片。

"啊！7号床心率过速！家属请你离开！快点儿！"护士尖叫起来，把床边的人一把拉起来推了出去。

"杨……"他想说话，但口鼻被呼吸罩覆住。

医护人员很快围了上来，把他的床头遮得严严实实，遮住了那个戴着帽子口罩、只露出一双眼睛的脸。

那是他熟悉的眼睛——太熟悉了。

"陶源你听着，冷静下来。你女朋友一直在外面等着，你放心，她一直在等着你。你要冷静，要努力，好起来出去见她……"医护人员在旁边一边摆弄他的身体一边絮叨，试图稳定他的情绪。

陶源突然舒了口气，真的平静了下来。

原来真的是她。

他没有在做梦。

仿佛是奇迹般的，仪器的报警声很快一个接一个地停了。

陶源知道医护人员说错了，那不是他女朋友。也非常确认地知道了——那是杨溪，不是别人，她回来了，在他身边。

"7号床陶源家属——"护士冲着 ICU 外的家属等候区喊。

杨溪"噌"地蹦起来，擦掉眼角的泪迹："在！在！"

"别急，陶源没事，现在稳定了。"护士拿出一张纸，"这是他写的，你看看是什么意思。"

杨溪接过来看，纸上歪歪扭扭地画着一个八，一个 X。

她皱起眉，翻过来倒过去地看，猛地反应过来，那应该是个"父"字。

就在这个时候，手机响了，邹武来电。

"杨溪，陶源爸爸测不到血压了。"他声音极低极低，"可能就是今天了。"

杨溪鼻尖狠狠一酸。

原来陶源也是有预感的。陪了这么多年，他们父子俩，竟无缘再见最后一面。

"你要不回来吧？我喊朱越去武汉接你的班。"

"好。"

到处都在下雪。

此时此刻，在地球的另一边，江酌正坐在躺椅上，偎着壁炉跟朋友一起喝着咖啡聊天。

窗外的雪落得声音簌簌的，时不时就将树枝压得嘎吱一响。

这座别墅是他在美国时的校友兼同行郦高阳的家。两年前，郦高阳全家移民过来，定居在了瑞士巴塞尔。

郦高阳年纪比江酌大两岁，早些时候在美国做过几年临床，然后转到了顶尖的瑞士牙科器械集团做技术培训，主攻种植。可能是欧洲生活节奏太过适宜，两年没见，他身材发福到让江酌一见之下几乎没认出来。但那标志性的络腮胡和带四川口音的普通话，还是让江酌倍感亲切。

其实，那时 ITI 国际牙科种植学会曾经也向江酌递过橄榄枝，邀他到瑞士总部做教育培训委员。那是牙科种植领域的学术圣殿，本来细节都谈得差不多了，他也基本下定了决心过来，但后来发生的事，一下子就把他的整个人生轨迹都改变了。

"再来一杯吗？"郦高阳把猫从膝头赶下去，起身准备再去煮一壶咖啡。

"不了，再喝要心慌了。"江酌挑了下眉，"还是来点儿酒吧。"

郦高阳稍稍愣了一下，然后转身向酒柜走去，拎来了两个杯子和一瓶威士忌。

"你还做着临床，怎么还有胆喝酒了？不怕手术刀拿不稳？"他一边说，一边打开冰桶往杯子里丢了几块冰，然后倒上酒。

"现在不做大外科了。"江酌道，"就做做口腔，问题不大。"

"怎么会突然一个人跑来欧洲度假？"

这句话问出，江酌一下子沉默了下来。他伸出手指在茶几上轻轻一点表示感谢，然后拿起酒杯，跟郦高阳轻轻碰了一下，端到唇边喝了一大口。

"说吧，碰到啥事儿了？"郦高阳也喝了一口，砸巴了一下嘴。

江酌深吸了口气。

"我……碰上了一个人。"他把那口气叹了出来，"很像云帆。"他顿了顿，"我觉得，像是上天，又给了我一次机会。"

这话说完，轮到郦高阳沉默了。

"你想看看她的照片吗？"江酌说着，就去拿茶几上的手机。

"不用。"郦高阳回绝了，也喝了一大口酒，"有人长得像我姐，对我来说，没什么意义。"

江酌的手稍稍停了一下，点点头，表示理解。但他还是点开了相册，翻到了那张杨溪在诊所给医护人员培训产品知识时，他坐在后排拍的照片。

真的很像云帆。

虽然没有云帆漂亮，但比云帆年轻。在台上讲课时，那认真的语气，笑起来的样子，时不时让他恍惚间觉得是云帆回来了，又回到了他身边。

"你觉得……我可以……"江酌的语意里带着询问意思，但没有说完。

他放下手机，看向郦高阳。只见他目光发直地盯着茶几上的烟灰缸，好像不准备表态。

江酌叹了口气。

"我知道，没人比得上云帆。"他摇了摇头，"她在我心里，也没人能够取代。"

郦高阳还是没说话。

"但是——"江酌稍稍抬高了一点儿声调，"我得过下去，我得……找点儿希望，找到个人去爱。"

"嗯。"郦高阳敷衍地应了一声。

"我一看到她，就……难以控制地想亲近。"江酌有些沮丧，用手捂住了脸，"我简直……想把一切都给她。"

又是长久的沉默。

安静的别墅里，除了猫在壁炉边睡着发出的呼噜，只有冰块在威士忌里融化碎裂的声音。

江酌觉得，自己大老远跑这儿来跟郦高阳说这个，简直是疯了。

但他又清楚地知道，不过了这一关，他对杨溪纠结而复杂的感情，一定难以为继。

"你想听我说什么呢？"过了半天，郦高阳终于回过神来似的，叹了口气，抬起眼看向江酌。

"支持我。"江酌说，"或者，阻止我。"

郦高阳耸了下肩。

"我知道爱情应该纯粹，应该独一无二，而非寻找替身。"江酌又说，

"但是，当这样一个人出现，你真的很难相信那不是命。"

郦高阳把酒杯放在了茶几上。

"照片给我看下吧。"他伸出手。

江酌调出照片，把手机在茶几上推了过去。

"哪里像？"郦高阳拿起手机，皱起眉，把照片放大又缩小，"你脑袋被门挤了吧？我姐身材有这么好？"

"……"

"她做什么的？"郦高阳把手指点到杨溪讲课的投影上，"这是啥？安蒂科？"

"嗯。"江酌点了点头，"安蒂科的销售。"

"我去。"郦高阳叹了一声，把手机还给江酌，"那你这不是一追一个准？等等，她没结婚吧？"

"……你才脑袋被门挤了吧？"

"哈哈！"郦高阳笑了起来，又往两人的杯子里倒了点儿酒，"挺好。你就别想那么多了，抓住机会吧。"

"嗯。"江酌也笑了笑，眼底却有点儿热流泛上来。

还好。他支持。

"话说，安蒂科最近好像有些大动作啊。"郦高阳端起酒杯，靠回自己的躺椅上，又开启了闲聊模式，"他们又收了两家公司，要开始做设备了。"

"是吗？"江酌也放松了下来。

"总部这边新的业务单元已经成立了，前两天还有猎头打电话来，想挖我过去。"郦高阳道，"中国区肯定也会有变化。我知道，安蒂科在中国生意做得不错。要是他们肯让我管亚太，倒是也能考虑。"

"真的？"江酌眼睛亮了亮，伸手指了一下手机，"她是安蒂科华东大区经理。"

"哟？这么高的职位？"郦高阳有些惊讶，"看着挺年轻啊。"

"二十八岁。"

"有前途。"

江酌笑了笑："但我不想她这么累。"

"你可够了！"郦高阳笑，"现在的女性，哪还有只追求相夫教子的？愿不愿意生孩子都是个问题。你可别仗着自己厉害就管东管西的，我老姐当年就最讨厌你这一点。"

说到这里，江酌心里微微刺痛了一下。

云帆要是听他的不那么拼，大晚上还出去开会，就不会发生那次事故了。

那样的话，他们现在，应该一起坐在这里，舒舒服服地度假。也许两家人都在，一起热热闹闹地过年。

"好了，不提了。"郦高阳觉察到江酌的失落，"过去的事已无可改变。你还是——珍惜眼前人吧！"

11

比向老板低头更惨的是向爸妈低头

"怎么了？哭了？"陶源皱着眉，拼命把脸凑到躲躲闪闪的杨溪面前去。

"没事儿。别理我。"杨溪不太领情。

"又跟你妈吵架啊？"陶源摇摇头，叹了口气，"这老太太，怕不是疯了？"

"你闭嘴！关你屁事？"杨溪像个愤怒的小豹子，看着他的眼睛里却还有泪光在闪。

"现在是不关，以后谁知道呢？"陶源伸手按住她的肩，"你冷静点儿，我是站在你这边的好吗？给个面子！"

"我……"杨溪说不下去，气得转过头去，甩开了他的手。

"安啦，也就只剩一年。"陶源却不死心，又伸手上去拍她，"一年之后，跟我去上海，跑得远远的！眼不见心不烦，好好过逍遥日子！"

杨溪离开中心医院的时候，楚安开始飘雪，鹅毛一般的大雪。

陶源的爸爸走了，就在她赶回医院后的五分钟里。她握着老爷子的手说了些话，告诉他陶源没问题，她一定会照顾他到底。老爷子没什么反应，但随后呼吸就停了，走得安详，悄无声息。

后来的事，杨溪就帮不上什么忙了，只是一直陪到了最后。确认陶母没有事，晚上十点半，杨溪翻了下包，看钥匙在，便开车回家。

这个时间，爸妈大概看完电视正要睡。哦，她忘记了，今天是大年初六，他们也未必在家，在哪个姑姑家打通宵麻将也说不定。

想到这儿，她心里轻松了不少。反正她明天大清早就走，最好是碰不到面，免得大过年还吵架。

不像禁鞭的大城市，楚安在过年期间到处都是炮声和焰火。这会儿下了大雪，小孩子们都兴奋地跑出来玩，欢闹声一丛一丛的，一点儿也不觉得冷。

杨溪却禁不住那风雪，在小区里停好车，裹起大衣就赶紧往楼道里跑，跺掉靴子上的雪。

打开家门，看见灯光的瞬间，杨溪就有点儿后悔了——爸妈竟然在家，正在客厅里看电视。

"小溪？"爸爸一下子从沙发上弹起来，冲到门口来看她，"你回来了？怎么不说一声？怎么行李都没有？"

"嗯……"杨溪默默弯腰换了鞋，用眼睛余光往客厅里瞄。

妈妈坐在沙发上没动，故意忽视她进门这件事。

"怎么了？不是说去西班牙了吗？今天还跟你姑说你可能要五一才回来呢……"爸爸不停念叨着，同时发现了她仪容反常的颓废，"怎么这么憔悴啊？出什么事儿了吗？"

这时，沙发上的妈妈终于坐不住了，站起身来，头也不回地往卧室里走，看也不看杨溪一眼。

"妈！"杨溪抬高声音一喊。

妈妈停住了脚步，转回身来，脸色铁青："你还回来干什么呢？"

杨溪咬着牙，深吸了口气："借我二十万。"

妈妈惊讶地睁大了眼，继而整张脸都快被怒火撑爆了。

"明年就还你，百分之十的利息。"不等她爆，杨溪又冷冷抢道。

妈妈气得一时说不出话来。

"怎么了？这是怎么了？"爸爸在旁边急得眉头都揪成了一团。

"你赌博了？"妈妈终于开口咆哮。

杨溪觉得脑子里紧绷的一根弦"咔嚓"一下断了："什么赌博啊？我急用啊！我要……"她突然卡住说不下去，觉得一切都像个笑话。

她怎么会有这样的妈妈？

有哪个妈妈听女儿需要借钱，第一反应是她赌博了的？

"你要干什么啊？你还能干什么啊！"妈妈却认为她不说下去是因为心虚而被她说中了，更多的嘲讽铺天盖地地压下来，"过年连家都不回，也不知道给长辈去个电话拜年！这么多年的饭都白吃了！一点儿教养都没有，我生你这个白眼狼干什么！回来就要钱，你要那么多钱干什么去……"

杨溪转身就蹬上靴子开门出去，"砰"的一声摔上了门。

为什么要回来，为什么要对她开口？

借个闪电贷就好了呀，以她的征信和银行流水，借十万二十万的轻轻松松。

她没坐电梯，从楼道冲下去，一直跑到停在雪地里的车前。

大雪已经积起来了，还有更多的雪哗哗地往下落，夜空被分割成无数片不断变化的黑点儿，旋转着向她压下来。

"小溪！小溪！"爸爸追了下来，气喘吁吁地跑到她身后，"你上哪儿去？都这么晚了！"

"我去武汉。"杨溪没转身，伸手入兜去掏车钥匙，却发现自己把包落在了家里玄关的置物台上。

"这么晚你上武汉干吗啊？要开三个小时啊！"爸爸痛心疾首，

拉着她的胳膊不让她走，"你这不是让我们担心死吗？"

杨溪不说话。她实在不知道说什么。

她也知道现在走不现实。但是，她实在不知道该去哪儿，该怎么办。

"我说过你妈了，老太太了你跟她一般见识干什么？"爸爸一如既往地打圆场，"咱不理她，先回家。需要多少钱老爸帮你凑！"

杨溪掐着手心，咬着牙又难受了一会儿，终于慢慢转过身，抱住了爸爸的胳膊。

"爸……"她轻轻地说，眼泪一下就流了下来，"我喜欢的人……可能……要死了……"

早上六点不到，杨溪已经出了门。

昨夜果然没有休息好，雪下了一整夜，她也一整夜都没有把被子焐热，翻来覆去，哆哆嗦嗦。

在小区门口的早餐店吃了碗热干面，喝了杯豆浆，马上开车上路。大雪积了有二十厘米厚，路上冰泥湿滑，再加上大年初七返程高峰，平时三个小时的路硬是开了七个半小时才到，让杨溪分外懊悔还不如昨晚从中心医院出来直接回武汉。

陶源父亲过世，老家的其他亲戚终于到了。陶源单位有专人帮忙张罗白事，再加上邹武在当地门路广，倒也不必十分担心操持不好。

比较愁的还是陶源这边，杨溪寻思晚一点儿找地方安定下来，赶快把闪电贷给申请了。谁知正上楼，突然收到银行短信，二十万到账了。

爸爸竟然把妈妈说服了。

杨溪叹了口气。虽然也没什么值得开心的，但最起码不用担心影响征信记录，也算是个安慰。

跑到ICU门外时，刚好听到护士跟家属等候区的所有人宣布，今天的探视时间结束了。杨溪一下子急了，冲到护士面前想求求情，把人家吓了一跳。

“不行是肯定不行。”护士年纪不大，却威严得紧，一张小脸板得硬硬的，“明天赶早过来等着吧。”

她转身准备走，抬头看了一眼杨溪愁眉苦脸的样子，忽然扬起眉想起什么：“你是 7 号床的家属吧？”

“是是！”杨溪赶紧答。

“7 号床情况有起色了，刚才卢医生还找你呢。”护士说着，神情也缓和起来，有一点点开心，“挺神奇的，昨天下午你探视过之后就好起来了。卢医生说今晚再观察一下，如果状态平稳，明天可以考虑转出到普通病房。”

“啊！好的好的！”杨溪喜出望外，“真是太谢谢你们了！”

“你也辛苦了，快回去吧，今天好好休息一下。”护士勾起嘴角笑了笑，“别明天见着了，反而叫人家担心。”

护士说完就走开忙去了，杨溪还站在原地，高兴得不知如何是好。

这么多天来，终于听到了一个好消息，还是她最想听到的那一个。

呆呆地站着傻想了半天，杨溪肚子突然狠狠叫了一下。这时她才发觉，自己错过午饭很久了。

打开手机刷下点评，准备找个附近好一点儿的餐厅犒劳下自己，没想刚巧收到了一条来自陈航的微信：“还在武汉吧？晚上一起吃个饭？”

华中区的大区经理陈航是个个子很小、但挺强势的人。长着一双精亮的小眼睛，土生土长的武汉人，浑身洋溢着热情，当然开会的时候也经常表现得像要跟人吵架似的，说话声调高昂，总让杨溪感觉有点儿不适。

他和杨溪平常交流还算多，但大都在线上，见面仅限于每年的经销商大会和年会，外加偶尔培训的时候可能会遇上同一个批次，碰上打个照面。所以刚刚面对面坐下来的时候，还显得有那么一点儿生疏的尴尬。

"准备什么时候回去上班？"他先扯扯无关紧要的事。

"还有几天，我假请到初十了。"杨溪也客气地回答，"不过估计还得再补上几天，这边情况还不太确定。"

没想到，这句话却让陈航皱起了眉头，有些忧心似的叹了口气。

"怎么？"杨溪感觉到有些不对劲。陈航性格一向直爽，有一说一，很少有这样欲言又止的时候。

"嗯，我劝你，还是尽量早点儿回去上班吧。"他叹了口气，"最近风向不太对。"

"什么情况啊？我怎么没听说？"杨溪纳罕了。

"老罗什么都没跟你说？"

"没有啊。"

陈航沉吟了一下，还是决定说下去："那还真是有点儿问题。听说，新业务单元成立后，会任命老罗为领导，直接向法国总部汇报，不受任意和亚太管辖。这个结构挺奇怪的，意思是，总部不太想让任意插手新的生意版图。对了，话说，你区里是不是有个销售，叫梅梅的？"

"拜托——"杨溪挑挑眉，"梅姐姐公司里谁人不识啊？"

"她跟老罗有点儿……那个关系，你知道吧？"陈航挤了一下眼角，仿佛也有点儿不屑说出口。

"听到过一点儿传言。"杨溪应道，"但我也没去深究，这种事不好说。"

梅梅是老罗从之前公司带过来的，两个人确实很熟，私下走得很近。但杨溪天生不喜欢八卦，偶然听人闲聊提起，听过就算了，也没当真。

"她之前是不是提过转职？到市场部？"陈航续道。

"这你也知道？"杨溪有些惊讶。

陈航点点头，表情十分凝重："你拒了是吧？"

"是的。"杨溪道，"后来也没声儿了，老罗也没找我。"

"这个位子的人员编制，是亚太的。"陈航道，"估计你也没注意。"

"啊？"杨溪赶紧回忆了一下，"不对啊，我看到这个位子是在上海的呀？怎么会是亚太的？"

"问题就在这儿。"陈航道，"我听说，任总上次去法国，又跟老外闹得很不愉快。这个位子的人，摆明了是总部授意亚太放在这儿监视任总的。"

杨溪皱了皱眉，没有接话，等着他往下说。

"任总企业家出身，路子一直野得很，不怎么吃老外那一套。尤其是合规方面，一直特别让总部头疼。反正，我去年听说他操纵经销商干的几件事，金额翻出来吓死人。"陈航撇撇嘴，"我猜是有人捅到总部去了，但是任总毕竟还拿着百分之十的股份，在大中华区市场根基也比较深，总部没那么容易动他。"

杨溪叹气道："我也听到过风声，说总部想把他换掉。"她顿了顿，"要是能换的话，最有可能是把老罗顶上去？外招应该不太容易吧。"

陈航点点头："老罗是外企大公司出来的，职业经理人出身，能力也不弱，应该是比较对老外的胃口。有他在，确实也没必要外招。"

杨溪点头，表示同意，接着叹了口气——她到底还是没得到老罗全部的信任，不然这么大的事，她也不可能一点儿都不知道。

"话说……任总真没跟你说什么？"陈航有些迟疑，但还是问了出来。

"任总跟我说什么啊？"杨溪苦笑着摇摇头，"越级沟通的事我可干不出来，你当谁都是梅姐姐啊。"

"哦……"陈航有一丝赧然。

杨溪不由得在心里叹了口气。到底还是有风言风语的——任你脑子多清醒，为人多坦荡，逃不过编派诋毁的同时，也未必逃得过自己心中的不快。

"这事儿，还是挺纠缠的。"陈航又皱起眉，"反正，你多留个心思，别莫名其妙地跟任总一起被干掉了。"

这句一出，杨溪陡然背后一个激灵。

她驳回梅梅的转职申请之后，老罗完全没跟她提过这事儿。莫不是误会她跟任总之间有了什么关系，通过气以后做的反制动作？

天知道她只不过是觉得梅梅干不了产品经理的活儿，为了公司好而耿直地做出决定。要是老罗没弄清楚情况，真当她是归附了任总跟他对抗，阻挠他上位……那可真的是危险了。

"我找机会跟老罗沟通下吧，唉，都什么乱七八糟的。"杨溪沮丧地道。

"嗯。"陈航点点头，"你还是年轻，没见过这种政治斗争。反正呢，跟谁斗也别跟自己顶头上司斗，顶头上司要是给你伸橄榄枝，千万接好了。"

第二天上午，杨溪早早退了房，去医院等着给陶源办手续。

护士说还要等卢医生来检查一次，确认可以转出就去喊她。杨溪照旧在家属等候区坐着看手机，没一会儿竟接到了邹武的电话，说今天陶源的领导上班了，带着陶源老家过来的亲戚要来武汉看他，这会儿应该已经快到吴家山了。

杨溪觉得有点儿烦。危急的时候没见他们伸手，这会儿倒来演场面功夫了。

但人既然来了，她也没理由拒绝，毕竟要论亲疏，她反倒是跟陶源最没关系的一个。

等到十二点半，杨溪终于看见了那天在中心医院急诊室见过的那个膀大腰圆的黄所长。他穿着制服，很客气地跟杨溪握了握手，介绍后面两位衣着朴素的五十来岁的夫妻，是陶源的表姑和表姑父，还有一个一直低头玩手机连招呼都不知道打的男孩，应该是他表弟，十八九岁的样子。

"真是谢谢你啦姑娘！"表姑握着杨溪的手不放，露出一口黄牙，笑得像是遇到什么喜事一般，"给你带了点儿土特产，俺们农村啥也没有，你别嫌弃！"

"不会不会，你们辛苦了！"杨溪赶紧把那破破烂烂的红塑料袋接下，"你们先坐一会儿，我去问问看情况。"

一个半小时之后，杨溪总算望眼欲穿地看到 ICU 的门打开了，几个医护人员把盖得严严实实的病人推了出来。

"哎呀！小源！小源！"表姑一个箭步冲了上去。

"哎——"杨溪一伸手，还是没拉住，看着她险些撞在了行进的病床上。

"别喊！一边等着！"医护人员呵斥着把她挡开，"到病房再看！"

杨溪凑近两步，跟在医护人员后面，努力去看病床上的人。

陶源脸色很白，仍然戴着呼吸面罩。杨溪以为他还睡着，没想凑过去看的时候，正对上他那一双疲惫却清醒的眼睛。

杨溪猛地停住了脚步。

那双眼睛看见她的时候很明显地亮了，然后眼角眯了一下，像是在对她笑。

杨溪一下子捂住嘴，弯腰蹲了下来。黄所长和表姑一家追着医护人员走远了，而她留在原地，眼睛里的泪再也囤积不住，决堤似的冲了出来。

在 ICU 外面孤独等待的这么些天里，其实杨溪想了很多的话要对陶源说。

比如他父亲在临终时是怎样的，他母亲把哪些寄托放在了她手里让她转达；又比如他受伤后，邹武是怎么倾力照料他一家的，而他未婚妻一家人又是怎么个态度；还比如……她自己的心情和感想，所有的担忧、决心和未来的希望。

可杨溪没想到的是，自从陶源转到创伤外科病房，她就再没有过一刻与他独处的时间。

老家的亲戚一波又一波地过来了，单位同事也接连来探访——其中还有刑警队负责调查当天案件过程，不断地询问他的口供，遇到他精力不济的时候，就在病房里整天整天地坐着等，吃的喝的都要杨溪安排。

也是到了此时，杨溪才彻底弄明白，那事故到底是怎么发生的。

原来陶源刚毕业被分到城东派出所时，就主动提出要负责湖阳街所在的寰球商贸城片区。那个商业区是楚安当地一个巨富地产商开发的，老板黑道白道通吃，十分难打交道，谁都不愿意接。可偏偏陶源愿意，还三天两头就去查那一片几个打擦边球的酒吧、KTV，一度搞得场面十分难看。

不仅如此，陶源还用各种手段，天天给上面打报告，给市长写信，硬是要求把商贸城周围没有规划路灯照明的小路给整改了。还别说，在整改之前，他天天打着手电去巡逻，有一次还真给他撞见了个酒后猥亵女学生的流氓，当场就给抓了。

但陶源这么折腾，终究动了不少人的蛋糕。湖阳街周围的商户老板都相当记恨他，流氓混混也都认得他，记得他的名字，没少给他找事儿。

这一次，罗芳茗在湖阳街的烧烤摊上喝多了酒，喊着陶源的名字哇啦哇啦一顿骂，惹来了几个混混的注意，故意凑过来找碴儿挑衅。罗芳茗哪知道什么前因后果，话也说得极度难听，等陶源赶到的时候，场面已经有些失控了。

但其实，罗芳茗说到底只是个小姑娘，话撂得再狠也就只是骂骂架罢了，几个混混总不可能真把她怎么样。可陶源去了就不同了——他也刚好喝了不少酒，情绪烈得没人拉得住，来回没几句就打起来了。这新仇旧恨混在一起，几个混混也完全失了理智，竟然动起了刀子。

断断续续听完了这些因果，杨溪觉得自己从里到外都冷透了，手指头尖儿都没了知觉。

原来这些年，虽然陶源没有实现诺言跟她同去上海，也几乎完全不回她的消息，但背地里，他还是在默默地为保护她而努力。十二年了，那件只有她和他知道的事，对他的影响，甚至比对她的还要深。

而此时，上天终于把恶果降到他的身上了……可那本来，应该是由她来承受的。

"哎哟，小杨你也别哭啊，哭个什么嘛！"来调查的民警不明所以，随口安慰，"陶源这不是也没事吗？很快就能好起来的。那些人渣，我们也一个都没放过，都在牢里拷着呢！"

杨溪只能点头，使劲忍着不哭，对他们千恩万谢，送上几包好烟。

了解了这些之后，杨溪更加渴盼着能跟陶源单独处着，好好说一说话。

可陶源身体确实还很虚弱，大部分时间都在昏睡。那个不大懂事的表弟自从到了这里就没再出过病房，永远抱着手机坐在床头的椅子上打游戏，像植物一样长在那里。表姑算是众人里最像样子的，显现出极致的热情，对陶源的照护无微不至，什么事都不要杨溪插手。

几天过去，杨溪心里憋着的火气渐渐要压不住了。幸好陶源恢复得状况喜人，到她年假快结束的时候，已经可以自主进一些流食，稍微直起身来坐一坐了。

初九的晚上，趁着陶源精神稍好，表姑一家也都在，杨溪准备告诉大家，自己明天得回上海上班了。

谁知还没开口，表姑却一边嘿嘿笑着，一边支吾着说："小杨啊，俺们……我们明天得走了，欢子要开学了。小源这边还是要拜托你多照顾了！"

杨溪的脸一下子僵住了，感觉陶源的目光转了过来，正盯着她看。

"我……可能……"她犹豫着说不下去。

要不然，再请几天假呢？

可假用光了之后怎么办呢？她迟早还是得走的。她还有巨额的房贷要还，一个月都不能拖。外加为陶源借的钱，这份工作对她来说还是很重要的。

"杨溪也要回去上班了。"这时，陶源哑着嗓子说道，把目光从杨溪身上挪开，"表姑，你们能多留几天吗？"

杨溪心头忽然痛了一下。

陶源素来是不愿求人的，父母病重十年，从没见他跟亲戚求过什么帮助。

而当下的状况，却是实在没有第二条路可以选了。

表姑脸上明显露出了为难的神色，只是没有马上拒绝。表姑父却眉头一皱，嚷嚷开了："上班多一天少一天有什么打紧？孩子上学怎么能耽误？再说了，武汉旅馆那么贵，我们乡下人可住不起。还是早点儿回去，早一天省一天。"

听到这里，杨溪忍不住翻了个白眼。

敢情他们住旅馆的钱是自己出的吗？还不是刷的她的卡……

一时间，几个人都没说话，病房里只有那植物表弟咔咔打游戏的声音。

陶源紧紧揪着眉，轻叹了口气，没有再说话。杨溪看他脸色白得像纸，心中又有些不忍，也叹了口气，说："那我先出去打几个电话。"

同济医院的条件比楚安中心医院还是好太多，走廊和病房里一样温暖，人气也很足，来往的医护人员笑容都很和善。

杨溪找了个安静的角落，想了想，先打电话给老罗。

打过去的第二次，终于接通了。

"喂，老板。抱歉抱歉，这么晚打扰你。"她有点儿紧张，上来先赔了一串礼。

"怎么了？"老罗声调很生硬，短短的几个字也听不出情绪如何。

"我想……再请几天假。我家里这边事情还没处理好。"

"几天？"

"十天吧。可以吗？"杨溪想了想道。

"当然不行！"老罗一下子抬高了声调，火气马上炸了出来，"你一个大区经理，一请请十天假？第一季度数字还要不要了？让整个团队都去跟你喝西北风吗？"

"对不起对不起，老板……"杨溪慌了，"我家里实在是……"

"最多给你两天。"老罗斩钉截铁，"再不来就不用来了。"

"好吧。"杨溪没办法，只能答应，"谢谢老板。"

老罗没应，杨溪以为他会直接挂电话，没想到过了一会儿，老罗又来了一句："一会儿收一下邮件，有一封老外发的，今天要回掉。"

"噢噢，好的。我马上看。"听到"老外"俩字，杨溪心头猛地跳了一下。

"想好怎么回之后，先告诉我一声。"老罗补道，"不管你接不接受，这件事不要让其他人知道。"

"好的！"杨溪答应，而后老罗干脆地挂断了电话。

接不接受？为何感觉是总部给她安排了个什么差事？她一个中层业务人员，又不是市场部的，总部怎么会直接找到她来沟通呢？

杨溪一边在脑海里翻滚着一大堆疑虑，一边迅速点开手机邮箱。她的邮件一向很多，这几天虽然算在休假，但一有闲暇还是会点开杀一杀的，也没看见什么特殊的事情。此时一更新，发现就在一小时前进来一封附件足足有 15M 的邮件，主题为："Invitation for New BU Launch & Key Position Product Training, 1st Mar. – 30th May, Headquarter."①

杨溪心里狠狠震惊了一下。

这里面有几层意思：一是传说了两三年要扩展的新业务单元终于

---

① 新业务单元上线暨关键岗位产品培训邀请，3月1日—5月30日，总部。

要上线了，安蒂科可能会迎来巨大的战略转型；二是公司整体从总部到全球各地分公司的组织架构都会依据战略版图调整变化，她既然收到了这封邀请邮件，应该是被初步选入了待调整的人员名单；三是如果她接受邀请，则要去法国总部培训三个月之久。

杨溪一下子有些慌，迅速浏览完了邮件。正文里倒没有明说她的职位将如何变动，只是热情洋溢地夸赞杨溪是大中华区最有发展潜力的优秀员工之一，诚挚地邀请她去见证公司发展的历史性时刻。她又点开附件，发现是一些具体的行程安排和精简的新业务介绍。

三月一日开始，今天已经是二月五日了。办签证最少也要十五天，再不回上海真的是来不及了，怪不得老罗不准她的假。

仔细想想，对她个人的职业生涯发展来说，这个机会是无论如何也没理由拒绝的。若是在平时，她估计早就欢呼雀跃，问各处同学好友法国有什么好玩的，要不要帮忙代购几个包了。

可现在，如果去了，则意味着陶源这边最重要的三个月恢复期，她将一点儿忙也帮不上。

这到底……怎么办呢？也没有个人可以帮她出出主意。

就在杨溪患得患失六神无主的时候，她突然感觉有人拍了一下她的肩。一回头，发现竟然是陶源那个植物表弟，破天荒地从病房里出来了。

"你还是回去吧，我妈会照顾我哥的。"他头发很长，眼神闪烁，并不直视杨溪。

"她答应了？"杨溪心中一喜。

"没有。"表弟丢出来一句，耸了下肩，"但他们也没那么急要回去，我早就不上学了。"

杨溪遽然无语。

"其实他们就是嫌在这儿不挣钱，回去了还能种种地打打工。"表弟仍然不看杨溪，"你要是请护工，不如请我妈，她肯定乐意。"

我和你的大城小镇　　147

他想了想，又补了一句，"就是别让我哥知道。"

这些说完，男孩转身就走，往病房的反向去了，不知下楼去干什么。

杨溪消化了一下，心想这样的话，也好办了。陶源不至于没人好好照顾，她也不用丢掉工作。

她点开老罗的微信，编了条消息发过去："老板，多谢推荐。我会去的。"

12

人在法国，品尝心碎

"你说，要是你和我妈同时掉进水里，我该先救谁？"

杨溪震惊到无以言表："你吃错药了吧？这问题应该我来问吧！不是，呸！我才没那么无聊问这个！"

"哎哎，不要在意那些细节。"陶源用胳膊肘捅她，"快说快说！"

杨溪无奈了，想到昨天吃了不少人家妈妈做的红烧肉，勉为其难地翻了个白眼："你还是先救你妈吧！"

"为啥？"陶源偏还贼笑着追问。

"切！我水性那么好，需要你救？"杨溪还了他一胳膊肘，"讲不定你救完你妈，还得我去救你！"

"哇，好期待！"陶源故作夸张地用手拢起嘴，在杨溪耳朵边悄悄说，"周末有没有空？一起去游个泳？"

一个月之后，陶源没想到，在他能够下地的第二天，消失了许久的罗芳茗就在严娟的陪同下哭哭啼啼地来了。

陶源已经转回了楚安中心医院，跟妈妈住在同一个病房，一起由表姑照顾着。

出乎他的意料，罗芳茗瘦得比他还要可怕，眼睛下面又青又肿，穿着长袜的两条腿骨节突出，像是支棱着两根竹子。

见到陶源，罗芳茗也惊讶得说不出话来，坐在床边的座位上发了好半天的呆。还好严娟性子比较活泼，场面话一串串的，让气氛不至于太过尴尬。

但是，再会来事儿的人，也遭不住长时间用热脸去贴陶源和陶母的冷屁股。跟表姑大概闲扯了快二十分钟，严娟终于火大了，一把把罗芳茗从座位上拽了起来。

"你陪陶源出去转转！"她脸上的焦急已不再掩饰，"好不容易才跑出来，干耗着做什么？"

罗芳茗看了看她，又看了看坐在病床上一动不动的陶源，说了声："要不你们出去吧。"

屋里众人都愣了愣，然后不约而同地都看向陶源。

陶源皱起了眉。

罗芳茗这次来，自然是有话要跟他说。而他，其实也想好了一些应该跟她说的话。

原本他没想需要其他人避开。但看罗芳茗似乎精神状态也不是很好，当着这么多人的面说，万一她受不了，也挺难收拾。

"那，表姑，你陪我妈到楼下转转吧。"他终于说道。

"我也一起我也一起！"严娟马上也跳起来，长舒了一口气。

很快，房间里就剩下陶源和罗芳茗两个人了——一个阴沉着脸坐在病床上，手上还挂着针；一个站在过道上，两手互托着肘部，眼睛里的泪花马上就要掉下来。

陶源看着罗芳茗，一时不知道该以什么话开场。

按他原来的习惯，应当先问句"你还好吧，怎么会瘦成这样"，但今天，他理性地觉得自己不应该这么说，于是就只能忍着不开口。

"你不问我为什么没来吗？"过了半天，罗芳茗终于说话了。

陶源耸了下肩。

"何必呢？"

这么冷的一句反问掼下来，罗芳茗一下子伸手捂住嘴，哭了。

"我今天也是偷偷跑出来的！"她用一双通红的泪眼望着陶源，眼神里有些怨怼，"我爸妈把我送到外地去了，我也住院了！昨天才回来！"

陶源皱起眉，移开了目光，不再看她。

"哦。"他说。

罗芳茗一下子炸了，冲上去站到了陶源面前，伸手扳住了他的肩膀。

"我不是故意的！"她几乎在号叫，脸颊已经被泪水覆盖满了，"我也很痛苦啊！我有什么办法呢？我只是个女孩子啊！"

他们两人的距离贴得很近，陶源的眉头深深皱着，脖颈往后仰，想避开罗芳茗冲到面上的鼻息。

"你不能怪我啊！当初你要是肯好好求个婚，现在怎么会是这样！"罗芳茗陷入了情绪的发泄，已经有些歇斯底里，"你不能怪我啊！你不能怪我啊！"

"你冷静一点儿，放开。"陶源冷冷掼了一句，抬起手臂把她推开。

罗芳茗愣住了，呆呆地任由陶源手臂加力把自己往后推了两三步，才缓过神站定。

"我没怪你。"陶源直视着她，眼神比刚才还要冷，"事情已经发生了，怎样都没有用了。"

"是……"罗芳茗脸上的表情有一瞬间的迷惘，然后又闪现了点儿欣喜。

"所以，你我之间，也回不到过去了。"陶源续道。

罗芳茗的五官陡然揪了一下。

"分手吧。"陶源说完，终于松了口气。

罗芳茗再一次怔住了。

过了好半天，她才梦游方醒似的喃喃地问道："为什么？"

陶源又皱起眉，觉得有些难以置信。

这，有什么好解释的呢？他们已经走到这个地步，还需要解释吗？

"是……是我爸爸找你了吗？"罗芳茗抬起头来，深深望着陶源，噙着泪水的眼睛里满是疑惑。

"你爸？"陶源也纳闷了，"没有啊。"

继而他反应过来了——罗芳茗竟然不相信是他自己想分手。或者，是不想相信，非要找一个旁的借口来安慰自己。

"我知道我们家条件比你们家好，让你心里有压力。"罗芳茗继续哭道，"可那不重要啊！我们俩相爱才重要啊！"

陶源感觉到话题的走向开始超脱控制。

"我不管他们怎么反对，我要过我自己的人生！我可以什么都不要，跟家里一刀两断也行，只要能跟你在一起，我什么都不怕！就算全世界都拦着我们，我们也能杀出一条血……"

"罗芳茗！"

陶源觉得脑袋要炸了，身上没好全的伤又都剧痛起来。

"你别说了……"他颓然地叹了口气，"分手吧。"

楚安早春的夜晚实在冷得让人有点儿怀疑人生。

下了晚自习，邹武哆哆嗦嗦地骑着电瓶车回家，还没掏钥匙钻进楼道里，突然兜里手机狂震起来，来了个电话。

乍响的铃声把他吓了一跳。已经接近十一点了，这时候有人来电话实属稀奇，多半是有什么异常的事情发生。

来电话的竟是朱越。

"喂，老邹？"朱越声音压得挺低，还有点儿急，"问你个事儿。

陶源之前谈的那女朋友，是不是叫什么……罗芳茗？"

邹武愣了一下。

"是啊。"他有点儿紧张，"怎么了？"

"他爸这会儿在我们所里，报案来了。"朱越的声音更加鬼鬼祟祟，"听说今天晚上六点多，罗芳茗在家闹自杀，差点儿把房子烧了。"

"啊？"邹武惊得睁大了眼，"咋回事儿？人没事儿吧？"

"陶源是不是把她甩了？"朱越没回答，一心八卦。

"这个，我也不太清楚啊，我也不问他这个。"邹武挠了挠头。

虽然嘴上这么说，邹武心里却默默打了个突——他其实清楚得很。除了陶源身体情况，他问得最多的就数这个了。不，怕是比他身体好没好问得还要多些。陶源跟罗芳茗分手的事，他第一时间就给远在法国的杨溪打了报告，好不容易出了口恶气似的嘚瑟了半天。

"罗芳茗她爸说，陶源把他姑娘给祸害了，又始乱终弃什么什么的。"朱越说，声音越压越小，"听那意思，好像准备告他。"

"啊？"邹武震惊了，"告什么？凭啥？"

"今天晚上她自杀烧房子什么的，案发时陶源在医院，确实跟他沾不上什么边儿。男女关系上，你情我愿的，法律上也没这条例能把陶源怎么样。"朱越顿了顿，"但是，我看那罗芳茗精神上好像确实有点儿什么问题。他们非要往虐待之类的罪名上靠，就算不起诉，立案调查一下也不是不可能。"

"这……过了吧……"邹武惊得有些不知道说啥好了。

"唉，反正，我觉得陶源会有麻烦了。"朱越叹了口气，"那家人，一看就不是好惹的。随便造造谣，动动关系，陶源就要吃不了兜着走。"

邹武彻底说不出话来了。

确实，这也太可怕了。

眼下陶源还在中心医院住着，正是在罗芳茗她爸的地盘上。罗芳茗没事儿还好，真要出了事儿，他爸打个电话，都不用自己出面，这么多天 VIP 病房的费用清单一送，他们怕是立马就得卷铺盖走人。

"哎！你知道就得了，也不多说了。"朱越交代了几句让他保密，就挂了电话。

站在冷风飕飕的楼道里，邹武点开微信，戳开杨溪的头像，想了老半天，也没想出来该不该告诉她、告诉她又该从何说起。

总不能大事小事都找她摆平吧？她跟陶源，眼下也还没什么确定关系。

况且，她人在法国，能怎么办呢？知道了也无非是干着急。

她走的时候给了他一张卡，里面有二十万，托他照顾陶源，固定时间给陶源表姑划账。二十万很充裕，随便他用，只要她回来的时候陶源一切都好，剩下的就当是给他的感谢费。

他当然不会要那感谢费——陶源跟他关系也不赖，从小一起在楚安长大的，也是从初中一起直升楚高的同学。在力所能及的范围内，他自然会尽他所能去帮忙打点。

但是，现在，他站在这黑洞洞的楼道里，声控灯已经因为许久没有人声而熄灭了，他突然感觉到眼前的一切事态和人情，都像脱了油漆的墙——又惨淡，又丑陋，又让人无可奈何，无法修复。

他想起来，之前有一次他在陶源爸妈病房碰上罗芳茗和她爸罗院长。浅浅聊了几句，得知罗院长跟他们学校党支部书记老葛，是同学。

邹武已经几乎可以预见到，过不了几天，老葛就会找个事由叫他过去一趟，聊些有的没的，然后在他临走的时候说一句，让他不要再没事儿就往中心医院跑了。

他参加工作也有七年了。听说，今年总算轮到他拿那个市级优秀教师的奖励了。

他结婚早，娃生得也早。再过一年，娃就要小升初了。要想进楚高的初中部，少不得也要走动些关系。

如果真有那天到来，邹武觉得，他很可能真的顶不住那压力，把拳头放在良心上死扛。毕竟，他比不得杨溪——他要在这里生活。一大家子，要一直生活下去。

陶源啊陶源……

这一关，你可又怎么过？

也许是被过年期间的这场波折透支得太厉害，到法国两个礼拜之后，杨溪终于把时差倒好，感觉身体恢复正常了。

刚来的头几天，她一直断断续续地头疼，时不时上吐下泻，什么胃口都没有。在公司里开会的时候，她经常听着听着就迷糊了，好几次被旁边同事好意地在桌子下面拍醒，才恍然发觉原来该自己发言了。

幸好，她外表显示出来的样子，也确实过分憔悴，一看就是真的不太舒服。闲的时候跟同事聊天，说到前几天家里人不巧出了点儿事，大家一听也就都表示理解，友善地提醒她什么都不如健康和平安重要。

这段时间里，邹武每两天就会代她去看一次陶源，告诉她最新的状况。不去的那天，她就直接发消息给陶源，或者拨个语音随便聊几句，确认一切都好。

陶源还是很争气的，毕竟是正经警校出身，高中的时候也是校篮球队队长，经常运动，身体相当健壮。眼见着每天的医嘱一天比一天简短、乐观，用的药量也一天比一天少，杨溪估摸着，等她从法国回去，陶源应该就能出院，回去正常上班了。

平常的日子，又将归来。

曾经他们都很痛恨那"平常"，觉得人生的意义都被那"平常"给磨碎了，变得一文不值。但直到剧变发生，他们才恍然开了悟——其实那最珍贵的，不是别的，正是那"平常"本身。

不过，对于以后，杨溪也没有太多的憧憬和奢求。

虽然她知道了自己还深爱着陶源，但在他们之间，现实的沟壑仍然存在。她不能指望那些困难一夕之间全部消失，也不确定自己有足够的勇气和能量去把一切摆平。

就比如眼下，一个让她无法忽视和摆脱的名字，依旧矢志不渝地要从工作挤入她的生活，捧着一颗金子般的心，想把所有她不需要的爱全都给她——她真的不知道该怎么办了。

"我下周要去趟德国。周末有空，可以过来看看你。"

江酌给她发微信，带着微笑的表情。

"或者，一起去慕尼黑？我们可以去新天鹅堡转转。"

杨溪没回，江酌很快又跟着发了一句。

杨溪旁边的法国同事杰丝敏见她一边吃饭一边看手机，笑着打趣道："Boyfriend（男朋友）？"

杨溪摇了摇头，只能苦笑着用英语回答道："客户。下周科隆 IDS 展[①]，问我能不能过去陪同。"

"噢！安蒂科也参展，到时公司会安排车去。"杰丝敏一边说一边瞟了一眼杨溪的手机，看到了江酌的头像，一下惊叫起来，"哇哦！是江先生？我听新来的 T&E Global Head[②] 提起过他，非常厉害的年轻医生！"

"是吗？"杨溪有些惊讶，也有些腹诽。

这也太夸张了吧？江酌连法国粉丝都有？新来的 T&E Head 又是什么来头？

嗯啊应对着吃完饭，杨溪回到酒店，赶忙上内网查了一下人事任命的通告，看到了这个新来的全球教育培训部老大郦高阳的照片。

是个胖胖的华人，美国宾大毕业——原来是江酌的校友。

杨溪突然觉得有些开心。

有这层联系，江酌跟安蒂科的合作应该就会更紧密了，不用她再像以前那样战战兢兢，拼了命地维持关系。

---

① 科隆国际牙科展，口腔行业最大的全球性展会之一。
② T&E: Training & Education，教育培训部。Global head，全球部门老大。

那么，等回去之后，找个机会跟江酌坦白说清楚自己的情况，改派沈一伦来负责江海口腔的临床支持。慢慢熬一熬，她也许就可以脱身了。

正琢磨着，桌面上的手机突然"嗞——"地震了起来。

竟是江酌拨了语音通话过来。

杨溪猛地拍了一下自己脑门，她竟然忘记了，刚才的消息她一直没回。

"江老——"

"别叫我江老师。"江酌一上来就打断了她，像是有些生气。

杨溪陡然收声，一时间也不知道该说什么。

江酌的鼻息通过电话传过来，有一点儿浓重，也有些急促。

冷了约有三四秒，江酌终于再次开了口。

"刚才在忙？"他声音又变得温柔起来，情绪也平和了。

"嗯……"杨溪应道，"刚才在路上。"

"现在回酒店了？"

"嗯。"

"晚饭吃过了？"

"嗯。"

"这几天身体好些了吗？"

"好多了。"

"嗯。"

空洞的寒暄过后，又出现了无话的空白。

杨溪揉着太阳穴，拼命想着应该怎么合理又委婉地拒绝他的见面和旅游邀请。

说太忙了？但法国人是出了名的闲散，周末无论如何都会放假休息的。

说身体不适？那他肯定会坚持过来看她，一样无法善罢。

我和你的大城小镇 157

说……没钱？

这个念头一过，杨溪陡然打了个哆嗦。

这倒是实情，但一说出来，就像她向江酌举着牌子"求包养"了。

"想什么呢？"江酌笑了笑，像是隔着电话都把她的心思看穿了。

"没啥……"杨溪大汗。

"都隔了这么长时间了，还没想好怎么拒绝跟我见面？"江酌自嘲道。

"不、不是。"杨溪心头一跳，紧张得都结巴了，"只不过……"

"上次西班牙没玩成，钱我可都白付了。"江酌又笑了笑，"你不觉得可惜吗？"

"当然……"杨溪顺应着，突然觉得有些迷乱。

他说这个是什么意思？找她讨债？之前她起码说了三四次要把钱给他，都被他断然拒绝。现在提起这茬又是想干啥？

"你不是想跟我 AA 吗？"江酌声音里有股坏笑，"给你机会，这次你来好了。"

杨溪张大了嘴，傻眼了。

这……这……好像也……说得通。

江酌应该也是仔细考虑过的，他了解她。

她独立、自尊心强，不想欠别人，也不差钱。西班牙旅游的钱不让她还上，她肯定久久不会心安。

但江酌自己作为男人，给女人花出去的钱，也断没有再收回去的道理。所以他想了这么一个辙，来顾全双方的面子和心理。

确实很优秀了。

可是……他唯有一点没考虑进去。

——杨溪是真的没钱了。

"这个……"她在房间里走来走去，疯狂挠头发，不知道该怎么说。

她刚回上海的时候，马上就把基金里的八万块钱转出来还给了老妈。理财里还有万把块的小钱，暂时就当备用金放着没动，其他所有存款都给了陶源做医疗费。

她当时买房子贷了七成款，还找父母借了不少首付，还钱和按揭加起来占了工资的三分之二。平常一个人也没有什么压力，花钱手也比较松，没攒下多少。此时她粗粗一算，下个月的工资到账，估摸刚好能把信用卡还清。哪里还有钱负担两个人的旅费？

"怎么了？"江酌敏锐地发现了她的焦虑，然后脑子一转弯，马上反应过来，"噢！对不起，我好像欠考虑了。你手头紧？同学好些了吗？"

"好些了。"杨溪松了一口气，在床边坐了下来。

江酌情商还是很高的，没让她难堪。

"出院了吗？"

"还没有。"杨溪道，"不过应该快了。"

江酌这时叹了口气。

杨溪心里没来由地又紧张了一下，不知道他接下去要说什么。

"杨溪。"等了一会儿，江酌轻轻地唤了一声她的名字。

"嗯？"

"我知道，在眼下，他还是对你最重要的那个人。"江酌的语调很柔和，也似乎浸着一层微凉的水。

杨溪叹了口气，

"没关系，你慢慢来，我不急。"江酌顿了顿，"我只希望……"
他停住了。

杨溪皱起眉："什么？"

"我只希望，你对我，不要那么客气。"江酌说了下去。

十天之后，陶源终于确认了，是有什么事情不对。

首先是，这个月的工资发得不太正常。虽然他是在住院没有上班，但这伤也一半算是因公，没道理把奖金扣得一分不剩。

再接着，是医保的报销变慢了，反复找碴儿退回的情况多了起来，有些理由也实在难以想象——比如发票上的字打印得太淡，顺序没有放对之类。

最后，他发现，不光所里的同事和比较熟的同学，连邹武来看他的次数都变少了。医院里的医护对他们母子俩的态度也大不如前，虽然没有赶他们出院，但 VIP 病房是早就没得住了——要住就得加倍付费，因为陶母不该住这个楼层，每次都要医生护士专门跑过来。

陶源有些明白这些变化是为什么了。

分手后，罗芳茗没有再来找过他，也没给他打过电话发过微信。原本他以为这事她接受了，已经揭过不提了，但现在看来，事情还远不止到此为止。

罗芳茗不是个肯善罢甘休的人。她也唯有这点，和杨溪有些相似。

罗院长自恃身份，不好意思当面过来为难他这个救过自己女儿两次的晚辈。但宝贝女儿被他甩了，心中终究有气要撒一撒，不然岂不是白混到这么高的地位。

楚安市就这么大点儿，关键的那些个企事业单位的领导，互相之间谁不认识？这时候坐着高位的那些人，大多跟罗芳茗爸爸年纪相仿，许多都是同学。一起喝个酒搓桌麻将，随口说几句打个招呼，陶源就妥妥地被"照顾"到了。

这样看来，他今后想在楚安好好过安生日子，怕都是不成了。也不知道，罗家到底想从他这里要个什么样的结果。

和罗芳茗复合？

不太可能。就算他同意，她爸爸也不可能同意。

赔偿罗芳茗精神损失？

那就更可笑了。倒应该他们先赔偿他肉体损失。

想着这些，陶源觉得有些烦躁，于是从病床上下来，慢慢走到窗

留不下的大城，回不去的故乡。

我和你的
大城小镇

紫焰小说文库

——读小说，就读紫焰——

九久读书人

专注外国文学，分享文学风向

口倚着窗台往外看。

天很阴沉，云层叠得很低，灰蒙蒙的。好像下过一阵雨，又好像只是风吹过来的尘灰把地面罩了层阴影。

住院的时间，漫长得让他觉得有些恍惚，连今年的年份都忘记了。

没有人来，他其实也乐得清静。只是表姑坐不住，过一会儿手机上节目看腻了，就要拉着妈妈出去兜圈子。

今天早上，杨溪发消息问他钱够不够用，什么时候回去上班。

他扯了点儿小谎，说所里给他发了额外的奖金，医疗费也是不用愁的，医保报销下来之后马上就能还她钱。

杨溪没理睬他说还钱的事，只把晚饭吃到的一道非常奇葩的菜拍给他看，又发了几句语音，叮嘱他一定要听医生的话不要为了省钱急着出院。

那时，陶源坐在病床上，看着从窗户缝隙中露出的一小条晨晖，把那几条语音来来回回听了好多遍。这时想到，他又把手机从兜里掏出来，点开了杨溪的对话框，去按那几个小小的喇叭。

"你看，这东西看着像肉吧？一口咬下去……呃……像个爆浆的虫子!

"你早餐吃了没？多吃点儿，快点儿把腹肌长回来。

"别急着出院，要听医生话，该用好药用好药，别心疼那点儿钱。"

巴黎比中国时差晚七个小时，他六点起来的时候，杨溪还熬着夜没睡，不知道在忙些什么。而这时，他独自熬着无所事事的下午，杨溪则到了该起床上班的时间了。

"起来了没？"他想了半天该说什么，但最后还是发了最老套的三个字过去。

每天的上午，都是陶源觉得最难熬，但又最平静的时候。

那时杨溪在睡觉，不会给他发消息，也不会发朋友圈。他没有东西看，但他知道她在哪里，在做什么。

我和你的大城小镇　　161

而到了下午，她起来了，会有事没事跟他说话了，他就开始了焦灼的等待和想象。每一次手机的震动都会给他无限的欣喜和失落——有时是她，但更多的是垃圾短信。

"嗯，在去工厂的路上。"

这次的欣喜确实来自杨溪。她在外面的时候喜欢发语音，声音有些慵懒，好像迷迷糊糊没睡醒。

"什么时候回来？"陶源一个没忍住，把老早就想问的这句问了出来。

"怎么了，想我啦？"杨溪很快又回了语音过来，这次十分欢呼雀跃。

陶源突然觉得心尖儿上刺痛了一下，捏着手机的指头也有些发抖。

他好想回："是。"

他也好想说："我每天、每时每刻，都在想你。"

但是——

他怎么能说呢？他怎么能再把杨溪拖到自己身边的泥潭里呢？

虽然她向他伸着手，但他能去拉吗？那只纤细又脆弱的手，几乎是带着必死的决心来救他的。而难道，他能回报的，就是把她拖下来，两个人一起抱着死去？

陶源颤抖着把手机放到了窗台上，扶住了自己的额头。

他竟然红了鼻尖，哭了。

好多好多的泪水喷涌出来，流在他扭曲的脸颊上，流进每一道皮肤的褶皱里。心里像有个声音在喊，声嘶力竭，却悄无声息。

是的，他现在，终于有了感觉。

在过去的十年里，他一直刻意让自己的感受下沉——沉到父亲和母亲病况的危重之下，沉到他们身体的痛苦和绝望之下，沉到家中经济困境的现实之下，成为人生里无数困难之中最不重要的事。

他刻意让自己变得迟钝和麻木，以抵御对命运的不公产生的愤懑和暴怒。他的确用这种方式获得了平静，但与此同时，他也失去了对快乐和幸福的感知——连杨溪的归来，都没能让他觉出有何不同。

可现在，他突然发觉自己像是个溺水的人，终于被一只手从河底下拽了出来，又可以痛快地呼吸和哭号了。

——他感觉到了疼。

不只是身上伤口的疼，还有自己唇齿间的疼。

他真的不能说啊。

如今，他能够给杨溪最好的爱，就是让她放弃他，走，不要回头。

"没有。"陶源冷静了许久，终于又拿起了手机，冷冰冰地敲下了几个字，"我只是算算时间，好还你钱。"

杨溪半天没有回复。

"家里的房子，在卖了。"陶源又补了一句，"这段时间，真的谢谢你了。"

13

升职那天，竟然是我最慌的一天

"你放心。你怎么选，我就怎么做。"他把两只手放在她肩上，说得无比认真，"我尊重你的所有选择。不止是这件事，还有其他所有。"

她低下头，眼泪扑簌簌地往下落。

"你又不傻，懂的比我多，考虑问题也比我成熟。"他说得很轻，伸手去把她脸上的眼泪刮掉，"反正你记着，这辈子，你的任何决定，我都会支持的。"

"嗯。"杨溪点了点头。

"除了一件事。"

"什么？"

"不许跑丢。"

回国的时候，杨溪没告诉任何人。

但江酌不知怎么就知道了，在她上飞机之前就安排好了接机的车，准时出现在浦东机场，还带了一小束花。

天气已经很暖和了。车开出地库，一角风从车窗上漏进来，吹得杨溪手里的花束翻了翻叶子，又漾出一阵香气。

两个人并排坐在后座，中间放着杨溪的提包。两人静静休息，没有急着说话。

这样也真挺好的。杨溪没来由地想。

至少，江酌爱她，想对她好。

自从陶源跟她说了要卖房子还钱，他们的联系就几乎断掉了。

一个月了，杨溪还是每天晚上睡前都会给他发个"晚安"，但他从来没回过。

他又把自己封到茧里去了。

但这次，杨溪觉得自己可能真的无能为力了。

恋爱不是这么谈的。他们的心，根本就不在一起。他们的眼睛，也没有看着同一个方向。

甚至，他们的言语，不仅无法给彼此带来温暖和力量，反而持续不断地向对方加以伤害——不像刀，像刀丝。看不见，但一动就死。

所以，当杨溪在机场看见江酌拿着花向她走过来，微笑着弯腰从她手里拿过行李时，她真的有一瞬间心动了。

这样多好呢？跟一个自身强大而又喜欢她的人在一起。

物质上不用愁，工作也能轻松点儿。人没有被残酷的事情摧毁过，性格也没那么极端和别扭。家庭……家庭应该也很好相处，听说他爸爸妈妈都是高知，身体也都不错……

多适合结婚。可是——

又是可是。

陶源怎么办呢？他们以前说过的话，发生过的故事，就这么算了？

"明天就上班吗？还是休息一下？"江酌侧过头，轻轻问她，打断了她的思绪。

"哪有得休啊。"杨溪笑了笑，"这么久没回来，事情堆成山了。

就刚才飞机降落没网那一会儿，来了十个会议邀请。"

"这么虐的？"江酌皱起眉，"不行，应该跟你们老罗说一下，给你减减负。"

"别别别！"杨溪吓了一跳，从靠背上直起身，"你可别坑我，我还指望今年升职呢！这话可说不得！"

江酌看她反应这么大，挑起眉，表情有点儿乐："你这是……穷成啥样了？"他顿了下，伸手拍了拍身边放的万宝龙小袋子，"这么穷，还给我带礼物？"

"嘿……嘿嘿……"杨溪尴尬地摸摸头发，笑着坐了回去。

"问你呢，别打马虎眼。"江酌铁了心逗她。

杨溪心里默念了句"我的天啊"。

在江酌向她提出要求，让她不要对他那么客气之后，她就没再敢叫他"江老师"了。其实她理解自己摆出拒人千里之外的态度时，江酌有多难受——陶源就是这么对她的。所以她努力了一下，不让自己表现得那么欠揍。虽然后来德国旅游的邀请她还是拒绝了，但现在她跟江酌之间，聊天和称呼，气氛都轻松了起来，真的像是朋友了。

"不就一支笔吗？"杨溪也抖了抖眉毛，摆出不屑的样子，"能有几个钱啊？小姐姐我还是买得起的。"

"可把你厉害坏了哦。"江酌温柔地笑，眼角里像有星光一样。

被他这么一撩，杨溪忽然又觉得心动了一下，心跳怦怦地快了起来。

若没有陶源，若不是客户，他们两个，应该也挺般配吧。

个子，学历，外貌，性格，放一起都很和谐，没什么可被挑错。

她在法国的最后一个礼拜，见到了新来全球教育培训部老大郦高阳，会议茶歇期间得空与他单独交谈了几句。说到她的大客户江酌，郦高阳盛赞他这位校友的能力和人品都无可挑剔，还特意强调江酌曾经与他提起过她，真的对她十分在意，请她千万别辜负了。

杨溪想着这些，脸庞不经意有些发热。可下一句，江酌就把她难得飘起的遐思给勾回了地上。

"明天就上班，啥时候才休假呢？不回老家看看吗？你那同学，出院了吗？"

"嗯……"杨溪的脸一下就控制不住地沉了下去，"应该，没什么问题了。"

"真的不回去看看他？"江酌又不信似的追问了一句。

他的眼睛不住往杨溪的左手上看，那中指上，戒指的痕迹已经几乎消失不见了。

"不用吧。"杨溪道，"说是一切都好。我也看过他照片，挺好的。回去倒像是去追债了。"

江酌抿了抿嘴。

"问个不该问的。"他等了一会儿，继续道，眼神有些复杂，"他是不是心理有什么问题，要这样对你？"

杨溪一下子觉得心口被锥了一下。

"我难以想象，都经历这些了，他竟然还不追你。"

"呃……"

"他知道我吗？"江酌突然问了这么一句。

"什么？"杨溪愣了下。

江酌一下就知道了答案，有些沮丧地叹了口气。

"我……"杨溪想解释，又不知说什么好。

她确实没有跟任何人——除了自己闻到味儿的崔雪盈——提起过江酌。她好像，从来就没那份儿虚荣，把被人追求当成谈资到处去说。

但她也没想到，她的不提，其实也是一种不重视的反映，会让某人觉得有些伤心。

"如果不是因为他觉得你有更好的选择，那他这样对你，就更不可原谅了。"江酌又叹了口气，"他是真的不喜欢你。你呢？又喜欢他什么呢？他有什么值得你这样的呢？"

我和你的大城小镇 167

这句出来，杨溪突然觉得心里有道墙塌了。

原来，还有这样的道理。

她活了快三十年，因为陶源，没谈过一次恋爱。

但她知道爱一个人是怎样的感觉——那是不管怎么样，不管有没有好的结果，都必须爱的。

但是，陶源对她，可能真的不是这样的。有个电影，*He's Just Not That Into You*——他没有那么喜欢你——讲得不是很清楚吗？一个男人如果非常非常喜欢你，一定会想尽办法把你追到手。

就像现在的江酌一样，身段低得连诋毁情敌的话都说得出口了。

杨溪突然觉得想笑，然后，真的笑出来了。

"你……干吗？"江酌有点儿震惊，被她笑得发毛。

杨溪屏了一会儿，把情绪平复下来，摇摇头，脸上的笑慢慢变成了苦笑。

"其实，我等你问这个，等了好久了。"她顿了顿，耸了下肩，"我总不好巴巴地扑上去告诉你我为什么喜欢别人。"

江酌挑了挑眉，品出味儿来，有些气鼓鼓地把两手往胸前一插，靠回靠背上，满脸写着"我倒要看看你能找出点儿什么说辞来拒绝我"。

杨溪也知道他想什么，却没急着辩解，只把自己的话说了下去："之前一直没有合适的机会。而且说实话，我也有些胆怯。因为，只怕我这些话说完，就不存在我拒不拒绝你的问题了。而是——"

她稍稍顿了顿，觉得还是需要再吸一口气，才能把那句话说完。

"而是，你会不会逃离我。决绝地，飞快地，逃离我。"

江酌皱起了眉头，张了张嘴，却没说出话。

他是聪明人，杨溪也是。他们都知道，在这个时候，在一切该说的都还未说之时，任何表态，都无意义。

"我要向你剖白的，是我自己。"杨溪道，"但这个'自己'，与陶源有关。"

江酌"嗯"了一声，点了点头，依然皱着眉。

"我从没谈过恋爱，包括在大学里。有朋友觉得，我为了一个陶源，未免太夸张。不就是一个长得好看点儿的高中同学？不就是青春懵懂时的暧昧对象？哪有那么一个人，能好到让你一辈子都不能忘？"杨溪轻轻说着，用手指拨弄着花束里修长的叶片。

"可是，事情并不是这样。"杨溪苦笑了一下，抬起头，看向车窗外，"陶源不仅是'一个高中同学'，他还曾是——我的生命之光。"

江酌帮杨溪把行李搬到家里，等她换了件衣服，就一起下楼到附近的商区去吃晚饭。

其实还没到晚饭的点，餐馆里人都很少，正好适合躲在角落里聊天。

之前在车上，还有司机在，江酌想了想，没让杨溪往下说。那些事情一定很重要，他要确保自己能完全听见，听懂，听全——没有别人妨碍和打扰。

此时，杨溪换了一件轻薄宽松的砖红色 T 恤，还特意卸掉了妆。看样子，是真的打算对他彻底卸下伪装，推心置腹了。

他们进了家开在街角的火锅店。门面不是很大，也不是有名的连锁，只是杨溪从那儿一过，就走不动路了。

进去坐好，杨溪马上招呼老板过来点菜，嚷嚷着这顿她请客，点了一大堆牛羊肉毛肚鸭血滑丸，又要了两瓶啤酒。

一切落定，终于要开始说了。

江酌看到，杨溪的睫毛随着她情绪的波动颤了颤，眼睛里的神采也像流云滑过天空，明明暗暗，喜哀参半。

"这样吧，我先表个态。"江酌忽然开口，抢下了第一句话。

杨溪有些疑惑地看着他。

"你我都清楚，今天，不论你说什么，我们俩之间的感情或者关系，多少都会些变化。"他定定地道。

杨溪点点头，表示同意。

"我不能一开始就向你保证，无论如何我都会接受，都会继续爱你——那样太虚伪了。"他稍微顿了下，"但是，我可以保证，我们之间的商务关系，不会有任何改变。"

这句话说完，杨溪的眉头一下子舒展开了。

"所以，别有顾虑。"江酌拿起酒瓶，跟杨溪碰了一下，"说吧，全都告诉我。"

接下来的一个小时里，江酌听到了一个他从来没想象到会发生在杨溪身上的故事。

在他眼里，杨溪聪明、开朗、独立、专业，还有些敢爱敢恨的真性情。

他以为，这样一个内心强大的姑娘，一定是在很好的家庭荫蔽下成长起来的。她的父母，一定给了她很好的教育和保护，让她敢于一个人在离家千里的大城市，活得风生水起。

但原来，他所想象的那些，杨溪全都没有。

"我爸妈现在都六十多岁了。他们生我生得晚，在我之前，还有过一个哥哥叫杨海，一直长到十六岁。

"据说，我哥哥是游泳的时候意外溺毙的，就在他中考考完的暑假。

"他一直成绩都很好，但中考发挥失常，连楚高都没考上。爸爸妈妈都很生气，关了他好几天，但后来还是放他出去见同学了。就那一个下午的时间，人就突然没了。

"后来，挨了两年苦，他们又生了我。我妈是高龄产妇，落下了一身毛病，脾气变得更坏。从小到大，我都在被拿着跟那个已经不存在的哥哥做比较——脑子不如他好，成绩不如他好，脾气不如他好，心肠也不如他善良。我经常惹事，他们也就把我当男孩儿养，给我剪很短的头发，穿哥哥的旧衣服，随便我在外面皮。

"到了六年级，我还是一副男孩样子，在学校里也没什么好名声，同时被男生女生孤立。那时候放学，大家会按大致的家庭地址排队，一起走回家。但我一直是一个人走，没人愿意一起。

"楚安地方小，我家离学校也不远，也就四条马路。但有个近道，从别的小区背后穿的，我经常走。也没想过，会碰到附近中学的坏小子们在那儿堵着'撂肥'。

"'撂肥'你知道吧？男孩子小时候，多半遇到过。就是学生之间的那种抢劫，让你把零花钱掏出来，不然就揍。

"我没钱，也没讨饶，没哭——被打得挺惨的。回家爸妈看我有伤，劈头就斥责我又打架，我也就懒得说，反正说了他们也以为是我编的借口。没想到第二天，又碰见了。"

讲到这儿的时候，江酌捏着拳头，已经快要忍不住想发火了。

"那几个小子毕竟是中学生，长得人高马大，确实打不过。我也没打算打，抱着头准备挨揍。就在这时候，陶源出现了，拿着根细得特可怜的木棍儿。"

杨溪微微抿了下嘴角，眼睛里流露出了一点儿神往。

"那是第一次。"她轻轻地说，"那时候他个子还没我高，跟我也完全不认识。我估计，直到现在，他都不知道，当年他稀里糊涂，拼着手臂被打到骨折'救'下的那个傻小子是我。"

"嗬。"江酌笑了笑。是有点儿意思。

"再就是后来，我们在高中，分到了一个班。"杨溪继续往下说。

"楚高是我们那儿最好的高中，本科升学率有百分之三十吧，在三线城市已经不错。我和陶源都是班里前十的学生，坐前后桌，关系一直很好。

"他很会打篮球，在年级里很出风头。也有不少女生给他递情书，他收到就往前一伸塞我书包里，专门给我当笑料，自己看也不看，不知道是什么恶趣味。

"当然，我那时候已经长开了，再也不是什么假小子。也有许多

我和你的大城小镇 171

风传谁谁谁喜欢我，被点出名字的都被他拎到球场虐过，十分欢乐。

"不过，事情要是一直这么简单就好了。我可能会跟他考同一个大学，然后顺理成章地恋爱，一起努力挣钱买房生娃，平平静静地过下去。

"我们省的高考竞争很激烈，楚高拼升学率，给学生的压力也不小，每天晚上下晚自习都要快十点了。

"我爸妈年纪大，自然不会来接我，我就自己骑车上下学。那天我走得比较晚，数学考得不太好，为一道题跟老师争论了好久。回家时已经超过十点半了，街上下晚自习的学生早都到家了，空荡荡的，挺吓人。我害怕被我妈骂，有些心急，就走了条不太熟的近路。但那条路没路灯，附近又有好多酒吧 KTV，经常出事。"

"什么？"听到这句，江酌瞳孔急缩。

"是的。我被性侵了。"

杨溪轻飘飘地道。但说完，还是忍不住转过了头，用手挡住了鼻子。

江酌觉得脑子里"嗡"的一声，怒火噌地一下上来，却又无处可发。

"要不是陶源担心我，又回来找……我现在，可能死了都说不定。"

江酌说不出话来，只攥着拳头，牙关咯咯地响。

"他一下子就找到了我，抄着砖头把那人追打了两条街。可是担心我又出事，没能追到底。

"后来，他想带我去报警，或者去医院。但我拒绝了，我不肯喊我爸妈来。

"我不能告诉他们。他们只会让我更痛苦，更没法活下去。

"楚安实在太小了，这种事情，传出去会把一个家庭彻底毁掉。所有的苛责都会冲着我来——质疑我为什么那么晚回家，为什么偏要走那条路，为什么其他人都好好的只有我出事，为什么出事的时候陪我的是个男生，你们那时候在那儿干什么。"

江酌闭上眼睛，用手撑着额头，有些听不下去了。

172

他原以为这些事都是在报纸上，在网上，都是别人的故事，跟他不会产生半点儿关系。可直到现在，他才痛苦地了解到，原来这种绝望，离他那么近。

"我一直瞒到了现在，假装什么都没有发生过。"

后来，杨溪这样说。

"陶源保护了我，他跟谁都没说。"

"真的，一个字都没说——没有自作主张地'为我好'，完全尊重我的选择，一个字都没说。"

至此，江酌终于明白了，杨溪所说的"生命之光"，是什么意思。

那个陶源，哪怕再不好，再穷，再自私别扭，对于杨溪，意义也远远超过这世上的任何一人。

他比不过。

起码，现在的他，比不过。

"后来，他因为父母生病的原因没能来上海，在老家做了小警察。但是，哪怕什么助力也没有，什么资料也没留下，他还是竭尽全力地在查那个案子，想修补我的伤口。他为这件事得罪了好多人，在楚安那种地方，简直就是在毁灭自己。"

"所以，你知道吗……"杨溪眼睛里的泪蓄不住了，"他这次受的伤，十三刀，刀刀都是我砍的。"

这句出来，江酌一下子怔住了。

"你不能这么想啊，杨溪。"他皱起眉，语气有些急切，"这跟你无关啊！你只是受害者。"

杨溪没说话，抬手擦掉了脸颊上的泪，稳了下情绪，点了点头。

"行了，我懂了。"良久之后，江酌长叹了口气，又拿起了酒杯。

杨溪擦了下眼角，也拿起酒杯跟他碰了一碰。

"我也会保守秘密的。"江酌说，"如果现在的你还需要的话。"

杨溪点了点头，淡淡说了声谢谢。

我和你的大城小镇　　173

"另外，如果你之前认为，我听了事情原委之后，会因为你被侵犯过而逃离你，那你是想错了。"江酌道。

杨溪"嗯"了一声，用漏勺轻轻搅动着火锅的汤底。

"我没有什么处女情结，那一点儿都不是你的错。"江酌补充道。

杨溪又点了点头。

等了一会儿，她才轻轻叹了口气，放下了漏勺。

"可我接受不了性。"她慢慢抬起头，一双漂亮的黑眸蒙着一层迷离的雾气，定定地看着他，"我不知道要多久。可能很快，也可能，一辈子都克服不了。"

江酌的心头猛然被锥了一下，再次语塞。

这很现实。

也是真的。

那次在西班牙，他记得她喝多了酒，放任他跟她亲热。

那次他喝得也不少，但他清楚地记得当他把手覆上她胸口时，她身体突然出现的痉挛和随之而来的呕吐。

很吓人。他一直给自己催眠，告诉自己那是醉酒后的巧合。而他现在才知道，不。

"所以——"杨溪松了口气，终于下了结论，"我们不如简单点儿，还是做朋友。"

第二天是周一。

说忙碌一下子就回来了，怕是不太贴切——忙碌像是从来就未曾离开过。

一大早，杨溪背着电脑端着咖啡走进办公室，屁股还没在工位上坐热，就被通知十点半要临时召开全体员工大会，宣布重大的人事任免，上海的员工必须全部到办公室参加。

杨溪只能马上在华东大区的微信群里发消息，让湛露再跟各个小区经理电话确认一遍。

这挺奇怪的。

杨溪出差三个月，其间许多事务都是老罗直接接管的。昨天晚上跟江酌吃完晚饭后回家，她还跟老罗通过电话，沟通了几件新提上来的报价需求。

此时，总经理任意的办公室关着门，里面有人声在不断讨论。中英文夹杂，还有些许港台腔，似乎法国总部和香港亚太区都有大人物在。老罗的办公室却非常冷清，门是锁着的，看不到里面的情况，但肯定是没有人。

重大人事任免。能有多重大？

难不成，过年时陈航跟她八卦的高层政治斗争，终于有了结果？

十点十分，杨溪跟湛露一起走去大会议室的路上，迎面碰见了人事部的钟洁和八百年没见过的梅梅。

钟洁老远就冲杨溪笑着打招呼，走到近前，竟稍稍倾身叫了声"杨总"，把杨溪吓得一愣。而紧接着，她身后一头小卷毛的梅梅就抬起手来指着杨溪尖声大叫了一句："你个不要脸的贱货！"

杨溪一脸莫名其妙，袖子还没往上撸，钟洁已经转头就把梅梅的手打了下来，狠狠凶道："你住嘴！也想去警局吗？我现在就送你去！"

梅梅一下子就软了，很快被钟洁扯走，留下杨溪和湛露在走廊里下巴掉一地。

这个架势，看来最终被干掉的，竟然是老罗。而听人事的意思，还有人被送进了局子。

果不其然，十点半，中国区总经理任意、法国总部副总裁皮特森、亚太区副总裁沃尔特，还有好些在法国见过的高层老板一起出现在了会议室。行政经理茱莉亚已经把会议电话拨好，全国各地的办事处和销售接连不断地上线，一个个报名确认。

不大的会议室里，全体员工挤人地站着，气氛前所未有地紧张。

我和你的大城小镇 175

杨溪收到陈航的微信，问她在不在公司，现在是什么情况，委婉地确认她有没有被波及。杨溪回复说自己在会议室也一脸蒙，这段时间她在国外，什么消息都没听到。

十点四十分，确认了全公司大部分人都上线之后，任意开始了发言。

首先宣布，安蒂科中国区销售总监罗兴，因涉嫌巨额商业贿赂及洗钱被警方带走调查。虽然目前调查结果尚未公布，但安蒂科已决定解除对罗兴的聘任，即刻生效。

接下来，说到罗兴离开之后的架构调整：新业务将归入他的麾下，与原来的两个业务平行，不再直接向法国总部汇报。

以上这些说出来，全场鸦雀无声，没有人感到意外和质疑。本来老罗单独一个业务向总部汇报就不合常理，现在的组织结构才更理所应当。

然而接下来，任意宣布的事，却让所有人大跌眼镜——

任命杨溪为新成立的业务单元的领导，并暂代原业务中国区销售总监一职，直接向他汇报。一个季度之后，若各项考核指标完成优秀，即刻转正。

会议室一下子炸开了锅，以至于杨溪几乎没听清楚自己的名字，慌乱地左右找人求证。

紧接着，她就被人事经理扯上了台，逼着她对全公司的人讲两句。

"这个……不瞒大家说，我也是刚刚得知这个消息……"杨溪头皮发麻，也不知道自己说了点儿啥，可能是感谢了一些人的信任，其中说不定还口滑说了老罗的名字。

这个消息实在是把她搞蒙了。打死她都不敢相信，公司竟然会没有提前跟她沟通，就这样唱戏一样突然宣布了。

这不可能啊？他们就不怕她刚好找到更好的机会要跳槽了？也不怕她没有信心和精力不敢接受？更不怕她一个三十岁都没到的嫩瓜根本胜任不了工作，瞎搞八搞把公司搞黄了？

她就算工作做得再出色，也绝不可能直接从大区经理升职到销售总监啊！那是连跳三四级啊，让那些比她资历深得多、级别也比她高的老员工怎么想呢？

在一顿夹杂着错愕的宣布和回应中，全体大会的人事任免部分结束。紧接着进行的是临时加出的法规培训，以及人事部新出的补充劳动协议签署。

两个小时之后，杨溪终于找到缝隙跑了出来，去了趟厕所。

这事情太不对劲了。

就算任意是个疯子，总部和亚太也万万没有陪他一起犯病的理由。安蒂科在中国市场一年几十个亿的生意，这么多人的饭碗和身家性命，几十年好不容易做起来的品牌，怎么可能随随便便地丢来抛去？

"怎么会是杨溪上位啊？她是不是真被任总包了？"厕所里，微信语音外放的声音突然从左边的小隔间传来。

杨溪猛地被刺了一下，但怔了一秒，她又反应过来——自己不能发火。

发火是解决不了问题的。尤其是这种空穴来风的闲言，你反应越大，别人看着越像真的。

隔壁小隔间里的人不知道是谁，一直没有开口发语音，只是打字回复。

"什么！她还跟客户搞！太不要脸了吧！"又一条语音回了过来。

这一下，杨溪彻底毛掉了。

她冲好水，整理好衣服开门出去，敲了敲隔壁的门，然后背靠着洗手台等。

一分钟之后，隔壁的门开了。

杨溪惊得一下子睁大了眼。

是湛露。

看到杨溪的瞬间，湛露的脸也一下白了下去，眉梢都在抖。

她也是聪明人，知道杨溪肯定是听见了，才会敲门让她出来对质。

"手机。"杨溪向她伸出手。

湛露皱着眉，捏着手机，没有给她。

"我有权知道你说了我什么。"杨溪沉着脸。

"溪姐，我不是……我没有……"湛露不知道怎么解释，急得快哭了。

杨溪的愤怒快上升到极点了。她直接上前了一步，把手机从湛露手指间抽出来，要求她："解锁。"

湛露眼泪流了出来，抽着鼻子，照做了。

杨溪打开微信去看。

其实她知道，她没权力这么做。如果湛露就是不给她，她一点儿办法都没有，反而还可能被告到人事那儿将一军。

但是，她不管了。

这是湛露，她自己招来的，一直很欣赏的助理湛露。

聊天框的那一头是一个长沙的销售，女生，杨溪不认识。

"你别听别人瞎说，溪姐不是那种人。你们别乱传啊！

"溪姐好不容易要恋爱了，有个客户在追她呢！两个人挺般配的，你们别给搅黄了！"

看完这几行湛露打字的回复，杨溪突然觉得心口又被刺中了。

"溪姐，我……"湛露眼镜后面的眸子完全被眼泪盖住了，嗓音也颤抖得不行，"我真的没有乱说。"

杨溪闭了闭眼，把手机还给了她，转过了头。

"她是我同学，跟我同一批进来的。"湛露还在解释，"我也不知道他们从哪儿听来的这些鬼话，我……我真的好生气！到底为什么，每句话都会被曲解，被添油加醋……"

"行了，我知道了。"杨溪打断了她。

湛露闭了嘴，但低着头，还在哭。

杨溪撑着洗手台，发了一小会儿呆，然后弯下腰打开水龙头，接了捧水漱了漱口。

嘴里恶心的味道被冲掉了，情绪也迅速地平复下来。她直起身，看着镜子里的自己，抽了张纸擦手。

"回去工作吧。"她转过身，拍了拍湛露的肩，"别怕。没事的。"

整一个下午，杨溪都在极度的崩溃中跟一波又一波的人开会。

太多的工作要交接、事项要梳理、人员和职能要分配，所有人都在找她，问着各种她答不上来的问题。有那么几个瞬间，她真的怀疑自己只是坠入了一个噩梦，醒过来就好了。

可是当行政经理茱莉亚到会议室来找她，跟她说她的办公室准备好了，可以让湛露先把她的东西搬进去的时候，杨溪深深地打了个寒战。她明白了，这一切都是真的。从这一刻起，她的角色、她的生活，将变得完全不同了。

她再也不能躲在一个资深且权重的上司身后，只专注眼前的小团队，把大事都丢给他人决策了。

她将面对整个中国区瞬息万变又不可捉摸的市场，面对公司总部源源不绝的压力和挑战，面对最苛求的客户的最高级别领导，面对几百号下属或真诚或质疑的目光……还有任总，这个让她又害怕又头疼的大老板。

下午四点多，行政经理在公司微信群里发了通知，上海办公室所有员工一起陪同总部领导晚餐，庆贺安蒂科中国翻开新的一页。

江酌差不多也是在这个时候知道的消息，发了个微信向杨溪表示祝贺。杨溪没顾上回，隔了好久，江酌才从湛露那里问清楚了他们晚上的安排。

是在一个有名的德国餐厅，少不了要喝酒。江酌坐在诊室里，皱着眉头想了半天，还是给杨溪又发了条微信，问她晚上需不需要接。

出乎意料地，杨溪这次竟然没有拒绝。过了一会儿发来了一个定位，跟他说，大概十点，停车场见。

江酌有点儿高兴。

分享过秘密之后，杨溪终于把他当成自己人了。

六点准时下班，七点回到家，江酌简单弄些东西吃了，就去洗澡。

洗完在镜子前擦干头发，一照发现胡子有点儿长，又重新洗脸好好刮了一下。

找衣服穿的时候，江酌发现自己确实反常。打开衣柜，正式的太正式，休闲的又太休闲，左看右看都很别扭，似乎没有一套适合今天穿出去。

不过是要去接一下杨溪而已。

可能，他担心的是跟安蒂科的人照面，发现他跟杨溪的关系有些过于亲密。

但转念一想，这也是个机会——若见到任意，正好可以跟他说说，别给杨溪那么大的压力。哪有给一个二十几岁的小姑娘那么高职位的？天天加班，个人问题还解不解决了？

在家熬到快九点，江酌终于拿着车钥匙出了门。

最后，他选了一身最正式的西装，银灰领带，黑皮鞋，踩在楼道的大理石地面上咔咔作响。

到地库坐进车里，江酌突然想起来，有东西忘了带。

那东西已经在卧室的保险柜里放了快三年了，本来，他若不是找文件看到，也不会想起它来。

但自从认识了杨溪，他有意无意地就会想起来，然后琢磨该不该把那东西拿出来，送给她——虽然当初并不是给她买的。

罢了！先去拿着放车上，送不送再说。

江酌又迅速跑上楼，把那小盒子从保险柜的角落里抠出来，擦了下灰，带下来放进车座副驾前面的手套箱里，然后开车出发。

九点过后，高架上的路况已经比较好了。不到半小时，江酽就开进了餐厅外的停车场，找了个角落里的空位等着。

给杨溪发消息说他到了，意料中地没有收到回复。打开车窗，外面清凉的空气涌进来，倒也十分舒服。

但江酽却平静不下来，一直想着杨溪在里面是什么情况，会不会被灌酒，他是不是应该直接进去找她。

可他也知道，进去找她是最坏的选择——对他倒没什么，但杨溪，肯定不希望意公司里的人知道他和她走得很近。

等了快十分钟，杨溪还没有回消息。他忍不住去问他的小间谍湛露，却收到这样的回复："抱歉啊江老师，今天我室友身体不舒服，要我回去照顾，晚上我就请假了没有去。"

江酽正觉得焦躁烦乱，杨溪的头像突然一跳，回了他一个"好"字。

江酽深吸了口气，终于略略放下心来。最起码表明，她还是神志清醒的，没出什么事。

接下去还是等，他没什么事做，就顺着点开杨溪的头像，看看她朋友圈。

杨溪是个少见的安全感很足的人，朋友圈没设几天可见，他可以无限地翻下去。

看到几年前她发的那些虚假的"秀恩爱"照片，江酽觉得有些好笑，隐隐又有点儿心疼。

二十四五岁的杨溪，看着比现在胖一些，笑得很甜美，眼睛清澈无比。那时美颜相机还没大行其道，她发的照片也很原生态，能看见额头上痘痘的红印。

有一张照片是在威尼斯拍的，她坐在小船的船头，自己拿着运动摄像机仰拍，把脸收得小小的。她背后还有一条船入镜，船上也坐满了游客。江酽不经意地瞟了一眼，突然觉得那船上有个人影十分眼熟。

再看一眼照片顶上的时间，2015 年 8 月，江酌突然觉得心跳漏跳了一拍。

——那不就是自己吗？怎么会这么巧。

他赶忙放大仔细去看，确实是他，背着相机，右手还挽着一人的胳膊——可对方没有入镜，恰好被照片边缘分割在外面。

一大段记忆毫无防备地向他涌了过来。

真的吗？怎么会这么巧？

他是在网上见过，有人翻出小时候的照片，发现自己的结婚对象曾在某时某地恰巧跟自己合过影。那条热点被转得很红，于是又有了更多的人回去找，然后发现了同样的事情，一条条累加着贴在转发里。

所以，真是天意吗？

老天把云帆从他身边夺走，又送来了杨溪，补偿他受过的苦楚。

其实，他经历过的人生的残酷，也并不亚于杨溪和她的初恋男友。只不过——他比她更会掩饰罢了。

他放弃外科的手术台，回国来做口腔。大家都以为是因为这些年国内的口腔行业增长确实好，有钱赚。

而只有他自己在无人的深夜，闭上眼睛沉入黑暗，却能看见一张他深爱却破碎到无法修补的脸，血淋淋地躺在手术台上，一动不动。

2017 年 9 月 19 日晚，云帆出门开会，发生了车祸，头面部受伤。

他是颌面外科的专家，送来由他主刀。

他做了十几年来最差的一台手术，做到一半紧急换人。

十天之后，云帆多发感染，在 ICU 去世。

他一点儿办法都没有。

一眨眼，两年多。他终于离开美国，回上海来重新开始，慢慢用繁忙的工作把自己消耗到一沾枕头就能睡着，不再做关于云帆的噩梦。

杨溪的到来，更加把他的心都填满了，把那些沉郁的哀伤都赶了出去。她让他坚定地相信，以后一定会幸福的，他值得幸福。

是值得的吧？他们两个。

就算眼前还有很多问题没有解决，也还是有希望的。

就像现在，他可以在这里等着接她，送她回家，跟她说晚安。明天，他们还可以打电话，发微信，见面，聊工作或者单纯地吃一顿晚餐。

时间渐渐指向十点。江酌发现，开始有人从餐厅里走出来。

先是几个人，接着越来越多，很像是个大聚餐散了场。有的人直接走向门口去打车，有人往停车场来，其中不少脚步都很虚浮，一看就是喝多了。

江酌推开门走下车来，盯着餐厅的方向看，手里捏着手机，等杨溪打电话过来。可一直等到人稀稀拉拉快走光了，他还没有看到那个熟悉的身影。

江酌叹了口气，觉得可能不是这一波人，要再等一等。可是，就在他准备坐回车里的时候，他突然看见门口走出了两个人。

他一皱眉，感觉浑身血液轰地往头上一冲。

杨溪，竟然被那个膀大腰圆的任意——搂在怀里！

14

你送我的戒指，当初是买给谁的？

"喂，你想不想环游世界啊？"

正仰头喝水的杨溪差点儿一口喷出来。

"这是想还是不想的问题吗？"她都懒得回头对他翻白眼，"有钱的话谁不想？"

"嗨，没钱就挣嘛！说得像有多难似的。"

"幼稚。"杨溪无语了。

"嘿嘿，你等着。"陶源端着他的凳子，得意扬扬，"等我有钱了，做的第一件事就是——"

他突然在这里停住。杨溪等了半天，终于回头去问："是什么？"

陶源看着她的脸，想了半天，忽然又诡异地一笑。

"就是搞个圈儿把你套上。"

杨溪觉得自己快要跪下了。胃里翻江倒海，从来没有这么难受过。夏夜的风很温润，不像餐厅里的空调那么湿冷，让她的神志稍微恢复了一点儿。这时，她才发现自己被任总架着，粗壮的手臂卡在她的腰上，用力得让她发疼。

难道这次……真的逃不过了吗……

可怕的念头在她脑海里浮起，深入骨髓的阴影突然降临，让她浑身泄出一身冷汗，控制不住地战栗起来。

而就在这时，她听到了一声汽车的急刹。

一辆黑色的沃尔沃猛地停在了他们面前，车门"砰"的一声打开。

"神经病啊！会不会开车！"任意被吓得没等秘书冲上来就爆了粗口。

杨溪努力站直，看见江酌从另一侧的驾驶座走出来，一身黑色的西装，脸黑得像锅底一般，眼睛里的光却像是要杀人。

"江……江总？"任意大吃了一惊，旁边正往上冲的秘书也惊得停住了步。

江酌没理会，走上台阶，一把将杨溪扯了过去。

任意马上松了手。杨溪只觉得头一晕，脑门猛地磕在了江酌的锁骨上，整个身子都扑倒在他的怀里。

"江老师这是专门过来的？"任意摸了摸下巴，露出了个耐人寻味的笑。

杨溪听着脑袋一炸，刚想开口辩驳，突然感觉后腰一紧，江酌竟把她横抱了起来，转身就开门塞进了车里。

"安全带系上。"江酌在她耳边说。

杨溪头晕得厉害，也不想多管了，依言抬手去拉安全带，费劲地扣在腰上。迷糊间，她看见江酌把她膝前的手套箱打开，拿出了一个小盒子。

"任总。"

杨溪听到江酌站在车门边，转身去和任意说话，语气十分不友好。

"我是专门来接杨溪的。你们再晚点儿出来，我就要进去找了。"

我和你的大城小镇　　185

他一边说，一边把那小盒子打开，取出来个很小的东西。

"现在既然碰上了，我们就说清楚。"他就站在门侧，突然一弯腰，把杨溪的左手一抓，扯了过来。

杨溪没防备，身子都被他拉起来一半，然后感觉到一个冰凉的圆环套上了自己的中指。

"杨溪是我女朋友。"江酌继续道，声音比刚才更冷厉，拽着她的手在任意面前晃了一下，"你们最好都别碰她，也别给我传什么闲言碎语。"

杨溪的头又嗡了一声，而江酌已经松开手把她的身子扶了回去，劈手关上了副驾的车门。

"像今天这种逮着她灌的酒局，以后也别再有。否则——"他顿了一下，"我会让你安蒂科，在中国市场混不下去。"

说完，江酌不再看任意一眼，转头就进驾驶座，发动车子走了。

车轮发出刺耳的尖啸。杨溪歪头靠着车窗，看见后视镜里大老板越来越小的身影，觉得眼前的一切，应该都是假的。

直到上了高架，江酌才把车窗打开，但还是不说话。

杨溪知道他很不高兴，可这会儿，她真的没有力气解释。

她已经好久没有喝这么多酒了，所有人都盯着她灌，有的是巴结奉承，有的是心存歹意。

不过，倒也有一半，是她主动去灌其他人的。

这是她最好的机会，弄清楚到底为什么任意会提她上位。

聚餐的前半段，总部的老外都在，非常正常地吃了饭，象征性地祝了酒。八点多，老外以明天要赶飞机为由一起都撤了，剩下的人就嗨了起来。

杨溪不太记得自己喝了多少，但是席间说的话，她大致都听明白了。

"是总部选的你，我其实根本不同意。"任意借着酒劲，也不太收敛情绪和辞令，"这个决议下来，我一直压着，跟他们吵了很多次。今天是不得不公布了。你应该很清楚，你资历根本不够。"

"是是。"杨溪端着酒杯，也不敢多说话。

那时旁边除了秘书没其他人，音乐很吵，任意勾着她肩膀，几乎是把嘴凑在她耳边喊。

"我告诉你原因，是希望你能了解到真实的情况，把接下来的工作做好。总部选你，只是因为，除了你，没别人可以选！"

"什么？怎么可能？"杨溪相当惊讶。全国五个大区经理，另外四个都比她资深得多，怎么会没得选？

"你知道老罗是为什么被开的吧？"

"其实……呃……不是很清楚……"

"你肯定听人说过，我操纵经销商做什么事，总部想把我换掉之类的。"任意啪地把酒杯放回桌上，做手势叫人再倒。

杨溪猛然想起陈航在武汉跟她吃饭时说的话。

"那些事啊，都是老罗自己干的，证据确凿。你也不想想？我任意全国多少栋房子？早八辈子实现财务自由了，现在不干了退休回家也美得很，谁稀罕去洗那点儿钱。"任意一脸鄙夷，粗壮的手指头在杨溪面前的桌上敲了敲，"你可留个心，凡是传谣的，基本都是他的人。因为这件事，总部花了巨资调查中国区所有人的背景。老罗手下的大区经理，除了你，没有一个人的履历是完全干净的。"

杨溪被深深地震撼了，端着酒杯张着嘴说不出话来。

"我们也没办法一下子动那么多人是吧。"任意皱了皱眉头，叹了口气，"总部叫你去培训，也是在观察你。幸好你确实是不错，听说，还拿了个什么奖是吧？"

"呃……也就是在会议分析上做了个商业计划……"杨溪谦虚道。

"反正，我们现在也是转型期，需要年轻激进的领导者。"任意口气软了一点儿，"你要是真的能做成，我也会支持。"

"谢谢任总，我会努力。"杨溪赶紧道，把酒杯又送上。

"但是，这并不代表着我会放松要求。"任意话锋一转，又变得十二分严厉，"一个季度是我的底线，如果你的业绩不能达标，我马上就会换外招的新销售总监。那时候，你能不能回去做你的大区，都要另说。"

听到这句，杨溪心头狠狠地打了个突。

是的，那将是非常严峻的问题。现在她做了销售总监，下面肯定要升一个人顶她的位置做大区。如果三个月后她完不成指标要降职，很可能就没她的位置了。那样的话，除了离开公司，大概也没有别的路了。

"行了，别的你自己琢磨。"任意瞥了她一眼，放开了她的肩，"有时候，该硬气，就要硬气。这一关你要是过了，就是鲤鱼跃龙门，前途不可限量。"

车速很快，窗口灌进来的风呜呜作响，把杨溪吹得眼睛都有些睁不开。

江酌一直不说话，扶着方向盘生着闷气。

杨溪觉得整个世界都在旋转，头痛得快要炸开了。高架上的路灯把微弱的黄光一阵一阵地投到车里，洒在她交叠在身前的手指上，激发出点点灿烂的反光。

她伸手去摸，用眼角的缝隙去看，发现，那是一枚钻戒。

——并不是订婚的那种一颗主石的款式，而是小钻排镶，更像是婚戒。

江酌怎么会给她买这个呢？这肯定不是给她的。

那戒指手寸有点儿小，戴在中指上十分紧箍，挤得很不舒服。

但是……真好看啊。

"帮我拿根烟。"突然，江酌说道，指了一下杨溪座位前的手套箱。

杨溪惊了一下，赶忙说了声"好"，挣扎着直起身子去拿。箱子一拉开，装戒指的盒子赫然进入视野。

卡地亚的。

"你……"杨溪犹豫地开口。

"在最底下。"江酌冷冷打断了她的话。

杨溪只能"哦"了一声，埋头去找。翻了半天，果然在最下面找到了一盒没拆封的万宝路。

笨手笨脚地给江酌点上，杨溪觉得头更晕了，又烂泥一样靠回了车窗边。

怎么会搞成这样。

哪有什么前途。她根本就是被提上去当炮灰的。

三个月。明面上看，任意对她要求的是业绩出色。但她知道，老板的需求，才是第一需求。任意现在最要紧的，是整肃内部，稳定团队——让那些不干净的大区经理自动离职，不要麻烦。

所以，一个谁都服不了的杨溪被推上去，当靶子给他们砍砍出气。万一的万一，杨溪真的能行，那公司也没有损失，还乐得拿一个"能者上位"的佳评，吸引来更多便宜的青年才俊。

真是无商不奸，吃人不吐骨头的资本主义！

而江酌呢？今晚江酌来这么一出，把局面搅得更混乱了——乱到杨溪现在被酒精泡着的大脑根本没办法分析。

安蒂科得罪不了的大客户，是销售总监的男朋友？

这是个什么公司啊？还想不想好好在这个行业里做下去？

车下了高架，转了几个弯，开进了杨溪家的小区。江酌灭掉了烟，降下了车速。

杨溪的房子买在靠近世博的老小区，一九八几年的老公房，没有地下车库。到了晚上，路面上停满了车，一个位置都找不到。

杨溪家在最里面的一栋，是个顶楼，江酌刚去过一次，位置还记得很清楚。

在楼下停好车，杨溪深吸了几口气，准备道谢，然后开门下去。她还是很晕，安全带解了老半天，最后还是江酌叹了口气，伸手过来帮的忙。

"你上得去吗？"江酌语气还是很不好，眉间有一点儿烦恶。

"嗯，没事的。"杨溪推开车门，小心地挪了一下腿，手扶在座椅上借力。戒指上的光一晃，她突然反应过来，又坐了回去，"噢！差点儿忘了，这个还你。"

"不许摘。"江酌斩钉截铁地喝道。

杨溪吓了一跳，正好，捰到一半的戒指也在指节上卡住了。

"从今天开始，这个，就是你的护身符。"江酌道，"你戴着，任意就不敢随便牺牲你。"

杨溪一下明白了过来。

是的。

江酌的影响力够大，任意绝对不敢得罪他。

"但你记着，不行就辞职，到我这里来。"江酌又说。

"啊？"杨溪又惊了一下。

"任意给你开多少工资？我可以给你双倍。"江酌道。

"这……"杨溪陡然失笑，摇了摇头，"不是钱的事……"

"那是什么？事业？"江酌的声调一下子提高了，转过身来对着她，脸上又是生气，又是嘲讽，"你是个女人啊！这就是你要的事业？"

"女人怎么了！"杨溪一下子也来气了，梗着脖子怼了上去，"我学费自己交的，工作自己找的，房子自己买的！这么多年谁都不靠，怎么就不能有事业了？怎么就不能像男人一样了？"

"你……"江酌突然表情一变，怔怔盯着杨溪的眼睛，说不出话来。

突然降临的沉默让杨溪也反应过来——自己的情绪有点儿激动了，像被踩了尾巴的兔子。

江酌今天是来帮她的。她不能因为一句话就翻脸发脾气。

"我……对不起。"没想到，江酌却马上道了歉，"我……不是那个意思。"

他有些吞吞吐吐，但眼神却支撑着没有闪开，依然直直看着杨溪，眼里的锐气一分分融化掉了。

"我只是觉得……女人……"他还是哽了一下，叹了口气，"女人是应该被保护的。看你这样辛苦，我实在太心疼了。"

这句话出来，杨溪的鼻尖一下子酸了，忍不住转过了脸去，捂住了嘴。

他怎么能这样呢？

他说这样的话，对她这样好，让她怎么办啊？

"杨溪……"看她背过去流泪，江酌也像是要哭了，轻轻唤了她一声。

杨溪摆了摆手，平复了半天，又深呼吸了几次，终于擦掉眼泪，挤出个笑容转过脸来说："我知道了。多谢你。"

江酌点了下头。

"那我先上去了。"杨溪跟他告别，又一次推开车门，想挪腿下车。但刚一使力，她就身体一滑，差点儿摔下去。

"小心！"江酌眼疾手快，一伸手扒住了她的肩。

杨溪觉得自己不光腿是软的，身上也一点儿力气都没，脑袋里还又疼又晕。

江酌倾身过来，钩住她的腿，把她整个人又捞回了车上。

"还是算了吧。"他叹了口气，把安全带又给她绑上，拉上了车门。

杨溪一点儿都反抗不了，看着他又发动了车子，慢慢倒车出去，"去……哪儿？"

"去我家。"江酌道，"我家有电梯。"

我和你的大城小镇　　191

半夜渴醒时，杨溪发现自己睡在宽大柔软的双人床上，身上盖着夏被，右手被人握着。江酌就睡在她右手边，竟没有枕头，身上衣服也没脱，像是临时在这儿陪她，但扛不住睡过去了。

杨溪微微缩了一下手，却没抽出来。

江酌扣住了她的手指，扣得好紧。

床头这侧的墙角亮着夜灯，微光照见壁上的钟指向三点。

卧室里冷气开得很足，杨溪听到江酌的鼻息有一点浓重，像有着凉的征兆。

她想了想，还是悄悄挪身起来，把堆在两人中间的那部分被角掀起来，搭在了江酌身上。

江酌一下子就醒了。

"嗯？"他皱着眉睁开眼，"好些了？"

杨溪点点头，又缩了一下手。这次江酌马上就放开了。

"要喝水吗？我去给你倒。"他起身下地，还有点儿迷迷糊糊地踉跄了一下，穿上拖鞋走去客厅，打开了灯。

咕嘟的水流声中，杨溪想起来，之前他说完带她来他家，没过一会儿她就在车上睡着了。到了的时候，他是直接把她从车上抱下来的，一直乘电梯上到家门口掏钥匙，才把她轻轻放下地。

进屋后，她就由他搀着走到沙发上坐下。他去给她打水洗脸，又脱鞋泡了一下脚。她酒劲上头，全程都晕着。一会儿不看，她就睡着了，又被他抱到床上。

这一晚上，应该又把江酌狠狠折腾了一次。

"继续睡，还是去洗个澡？"江酌拿着玻璃杯过来，递给她。

杨溪赶忙接过来喝，没顾上回答。

"给你准备了套睡衣，在卫生间挂着。"江酌抬手指了一下卧室里次卫的方向，然后舒展了一下酸痛的肩背，说，"要不就别洗了，先换上，睡得舒服点儿。"

"嗯嗯。"杨溪一口气把杯子里的水全喝光了，睁大眼睛看着他，有些欲言又止。

"还要？"江酌惊讶皱眉。

"呃，不是，不要了。"杨溪赶紧把空杯子递还给他，"我是说……"她眼神往床上飘了一下。

"哦。"江酌一下就明白了，笑了笑，"不用。你继续睡，我去客房。"

他说完，抬手揉了一下杨溪的头发，拿着空杯转身就走了，轻轻带上了门。

卧室安静下来，外面客厅里的灯也啪地熄掉了。隔壁的卧室门开了又关，江酌也马上睡下了。

杨溪长嘘了口气，倒回了床上。

江酌为什么这么好呢？这么好的男人，为什么到现在还单身呢？

她想不通。

她更想不通的是，这么好还单身的男人，怎么就喜欢上她了呢？

她从小运气就很差，吃干脆面永远拿到同一张卡，上台表演总抽到第一个，刮发票倒从没中过奖，年会抽奖连阳光普照都沾不到。在爱情上，更是连环车祸一般，所有人都会死在同一个名字之下，一毫一厘都向她靠近不了。

可江酌，竟不知怎么回事，突然就降临到她身边来了。而且，真的越来越像一个男朋友——抱过她，吻过她，表过白，牵过她的手，揉过她的头发，把戒指套在她手指上，帮她骂她的老板，还……睡过一张床。

而这些，陶源却一件都没有做过。

现在，她躺在江酌的床上，枕着他的枕头，盖着他的被子。抬起左手，中指上的钻戒在小夜灯的微光照耀下闪闪发亮。

杨溪突然心里一动，伸手把戒指使劲撸了下来。

有点儿疼，尺寸真的小了点儿。

然后，她把戒指戴到了无名指上。

正正好好。

她仿佛听到了哪里有一个暗藏的齿轮"咔嗒"一声啮合到了一起。

天意。

杨溪陡然一激灵，赶快又把戒指从无名指上撸了下来，紧巴巴地戴回了中指上。

这是假的。她对自己说。

江酌只是在配合她演戏，做她的新一任"假男友"而已。只不过这次做得有点儿真，直接捅到台面上公开了。

她和陶源之间，还没有完全了断。

她还没有去看他，慰问他身体的恢复情况，了解他实际的经济问题到底解决了没有。

她还没有听他亲口说，杨溪，我们不合适，我也不再喜欢你了，我们都朝前走吧。

所以，她是不是应该停一停，回趟楚安，去把那些旧事都整理整理，把该说的话都说完，让该死的心都死去？

毕竟，以后的日子，还有那么长啊。

如果真的要在此告别，她也希望可以跟陶源面对面、眼对眼，清楚明白地说出那两个字。

不然，她知道，她会荒唐地等一辈子。

第二天早上，江酌一到诊所，就让助理袁昊联系任意的秘书，约一个时间见面。

昨天的后半夜，他一个人到客房的床上躺下，却睡不着了。

杨溪现在的处境，实在太令人担忧了——哪怕有他全力帮忙，也很难让她在现在的位置上站住脚。

她实在太年轻了，而在这个行业里，资历和人脉，几乎是最重要的东西。哪怕她再聪明、再刻苦、再拼命，也没办法平等地跟一个大自己几十岁的老专家坐在同一张桌子上谈判。

江酌觉得，他必须好好地跟任意把这件事聊一聊。

像昨天晚上这样严重的醉酒，他再也不能忍受了。

晚上七点，江酌准时来到了预约餐厅的包间。

任意和秘书已经点好了茶位等他。看到他竟是一个人来，任意心领神会，马上找了个理由把秘书也遣了出去。

"哎，江总，昨天真是不好意思。今天我做东赔罪，江总看看想吃点儿什么，随意随意。"

任意的态度十分恭敬。看起来，昨天威胁他的话确实敲在了他的软肋上。

"不用麻烦，就随便吃几口。我今天很累，咱们话谈清楚了就好，早点儿回去。"

江酌的意兴很低沉，说话声音也不大，脸上确实透出浓重的倦色。

任意赶紧"嗯啊"应着，叫来侍应生点菜，一边点一边随口瞎聊。

"昨天小杨是喝了不少。她酒量好，我也没注意，不留神让她喝大了。估计晚上没少折腾吧？来个这个，金枝罗雀。"

"不过今天她到公司，我见她状态也还行。毕竟年轻，太让人羡慕喽！这个吧，酒香蹄花。不过以后确实要注意点儿，我也不会再让她这么喝了，还是要好好保重身体。"

江酌"嗯"了一声。

"最近工作交接，她的工作量会比较大，可能回去会晚一点儿。我今天也跟她说了，让她量力而行，不要逼自己逼得太狠了，欲速则不达。元宝虾，西湖牛肉羹。"

"可以了。"江酌说。

"我看她心态也还行，江总你就别担心了。"任意还在点，"哦，对了，她今天晚上跟我请假来着，下周五开始休。我已经准了。你们是准备去哪儿玩啊？"

"下周五？"江酌皱起眉头，有些意外。

杨溪没跟他说。而且，下周五他有一台全口种植的大手术，是给一个一线演员的父亲做的，来头挺大，不太可能改期。

"噢？不是跟江总一起休啊。"任意看出来了，嘴角流露出点儿意味复杂的笑，"我还以为，是你们好事将近，要回去见父母了呢。"

"没有。"江酌的神情又恢复了淡定，"我们才刚开始。"

任意又点了两个菜，终于支走了侍应生。他拿起茶壶，给江酌满上，说了句："噢，那怪不得。我是记得大约去年十一的时候，小杨说过节回去带了男朋友上门。我还想呢，那时候你们应该还不认识。"

江酌的表情马上控制不住地沉了沉。

任意在试探他——试探他和杨溪，到底是怎样的关系。

任意毕竟是老鸟，知道尽管他的威胁有效，但他也不会轻易做出来的。毕竟，安蒂科依赖杨溪，他也依赖。他们都希望杨溪好。

"任总。"江酌想了想，将两只胳膊肘放到桌子上，双手在身前交叠，身体微微向前倾了倾，"我今天来，是想把这件事，彻底地说明白。所以你放心，你想知道的，我都会直接告诉你。"

任意挑了下眉，点头道："好。"

"但开始前，我有一个要求。"

"请说。"

"首先……今天我们谈的内容，包括这次会面，一个字都不可以让杨溪知道。"

周三，天气有点儿阴沉。

办公室里，杨溪挂断会议电话，干掉了今天的第四杯美式。

已经是下午两点了，湛露帮她订的午饭外卖还放在旁边，早已冷透。

升职之后，她再也没办法把销售月会控制在半天之内了。全国五个大区，十八个小区，二百家大客户，八千家小客户，二百家经销商，汇报做得再精练，也减不了事情本身的体量。

这一周，杨溪是真真正正感受到了工作的压力和难度，生平第一次对自己的能力产生了巨大的怀疑。

想把一个新业务的生意做起来，实在是太不容易了——哪怕在齿科这样一个强势增长的行业，哪怕已经拥有了成熟的生意模式和销售网络。

科研成果和专利技术日新月异，新的竞争对手层出不穷，合规审批流程却冗长难料，外加新产品未受市场检验，也缺乏足够年份的循证医学佐证，推广起来实在是掣肘重重，无怪乎每次会议都要面对大面积的叫苦。

而因为不满她的上位，故意使绊，挑战决策的人，也不在少数。里面最让她难堪的，竟然是之前在武汉帮了她大忙的陈航。

老罗离职之后，任总开始着手清理那些跟他有瓜葛的中层，几个大区经理首当其冲。陈航被审计追查，要求补充过去两年经手的所有活动涉及的账款佐证，甚至连一些金额不算很大的商务餐报销，当时老罗没问就批了的，又被拖出来要他补充参与者的资料信息，有的甚至还会致电过去核实。

陈航不胜其烦，都过去那么久了，谁还能记得哪顿饭跟谁吃了啥谈了什么事？他想找杨溪出面沟通一下，帮他把审计挡掉。杨溪也确实尝试着问了一下情况，但实在是不成——审计大过天，何况还是出自公司老总的授意。

从那之后，陈航就直接撂挑子不干活儿了。杨溪问起来，就说被内审弄得没空。在会议上说起他区域的什么事，语气也冲得仿佛杨溪是他下属，而且还蠢得像头猪，好几次都嘲讽得她下不来台。

杨溪气得要疯，理智告诉她，这样的人必须马上干掉了。但是感情上，因为陶源那事的恩德，她又实在下不去这个手——让一个大区经理在任上被开除，几乎就毁了他整个的职业生涯。哪怕光看在陈航在安蒂科这么多年的业绩贡献上，也不好这么弄的。任总让审计这么查他，也是为了逼他主动辞职走人罢了。

但杨溪这里，是真的快耗不下去了。有一个陈航出来顶她，背后就有千万个陈航蠢蠢欲动。她的时间只有三个月，而季度目标的数字那么大，让她上哪儿找去？

正在头大，突然有人敲门，是湛露。

"杨总，刚才奥古斯丁过来跟我说，任总下周突然临时要去美国，让我问问你的假能不能晚点儿再休。"

杨溪皱了皱眉。奥古斯丁是任总的秘书，他来沟通，肯定是任总的行程已经订好了，问的也不是杨溪的意见，只是委婉地知会她而已。

"行吧。"杨溪叹了口气。

"那我帮你退票了。"湛露也一脸不高兴，但又没有办法。

杨溪点点头，眼神又回到电脑屏幕上，继续处理邮件。

"你午饭还没吃啊？"湛露看到旁边桌上没打开过的外卖纸袋，走进来拿起，"我去给你微波炉转一下？"

"算了吧。"杨溪说，"我都不太饿了。"

"那，今晚我看你日程上有空，给你约个晚餐？"

"嗯？啥晚餐？跟谁？"

"嘿嘿……"湛露突然贼笑了起来。

杨溪转眼看向她，一下子明白了，脸竟唰地红了。

"你干吗？这么八卦！"她哭笑不得，"你到底跟谁一伙儿的？他还开你工资不成？"

"那倒没有。"湛露抿着嘴继续笑，"不过，我看他那小助理袁昊，人也挺好的。要不，你俩约会把我俩也带上？"

"啥？"杨溪惊得爆笑出来，简直想从手边抄起个什么东西丢她，"你这小妮子，一天天的想什么呢？"

"哎哟！我妈催得我烦死了！"湛露走到前面来拉凳子坐下，把胳膊支在杨溪桌上，"我男朋友还没影儿呢，就已经在催我生娃了！这个思路，我真是接不住啊！溪姐，你家里不催你吗？你这么多年，怎么顶得住的啊？"

"我……"杨溪翻着白眼，心里默默想"我怎么这么多年了，我不还小着嘛"，嘴里却只能说，"有啥顶不住的？跑远点儿，眼不见心不烦。好好工作，多挣点儿钱，比什么都强。"

"哦。"湛露也翻着白眼应了一声。过了会儿，又问："那晚饭吃不吃啊？要不你自己跟他说？"

杨溪噼啪打字的手停了三秒。

"你跟他说吧，我今晚要去健身，早就约好课了。"

"哦。"湛露又悻悻地应了一声，站起来准备走，但紧接着又不死心地追问，"真的假的？"

"喂！"杨溪崩溃了，伸手在桌子上一拍，抬眼看她："我是会骗人的人吗？"

湛露点点头，非常正经地说："是啊。"

杨溪憋的一口气，就这么无情地被戳破了。

"好了好了，你赢了。"杨溪长叹了口气，对她摆了摆手，让她出去，"就说我加班吧。"说完，她怕湛露又不信，赶紧提高声调补了句，"我真的要加班！"

"收到！"湛露比了个 OK 的手势，飘了出去。

门一带上，杨溪就后悔了，两手抓住头发使劲地扯了扯。

她为什么要说加班呢？那江酌下班后来公司捉她，不是一捉一个准吗？

她为什么不说要跟闺密逛街呢？不说要去同学家做客呢？不说要去医院看病人呢？不说要去参加什么……广场舞比赛之类的……户外活动呢？

真是，这什么艰难模式的人生啊！

"叮——"手机响起短信提示，周五到楚安的火车票退票成功。

杨溪心里猛然失落了一下。

好不容易才下定决心回去的，又回不成了。

再一拖，怕是又得一两个月了。也好，现在时间也确实太紧了，不是休假的时候。把这段艰难的过渡期熬过去了再回去，也更安心一点儿。

她深吸了一口气，看了一眼空掉的杯子，准备起身去接杯水。

而正当她站起想走，桌上的手机又响了一下，进来一条微信。

"杨溪，陶源妈妈突发二次脑卒中，刚刚走了。"

发件人是朱越，没有别的话。

15

留在浑蛋的上海，还是回浑蛋的故乡？

"咦？为啥一大早就愁眉苦脸的？"

刚走到位子边准备坐下，杨溪就发现陶源的情绪不太对。

"爸妈吵架了。"

"你爸妈也会吵架？为啥啊？"杨溪把书包挂上，倒坐着问。

陶源"喊"了一下，但还是解释了："我妈不是出了点儿事儿在住院嘛，就没人管我爸吃饭了。他就不自觉，老是不好好吃，瞎对付。前两天又喊胃疼，叫他去看又不肯，顽固得要死，简直没法沟通。"

"哦……"杨溪点点头，发现自己好像什么忙都帮不上。

"你说，人跟人之间，为什么有时候就会频道对不上呢？"陶源用两只手撑着头，"我妈觉得我爸光照顾她不注意自己身体是傻子，我爸觉得我妈身体都这样了还操心别人更傻。俩傻子凑一块儿了就互相指责没完没了，我两边哄吧还两边都不是人……"

"喂喂喂……"杨溪越听越发现不是那个味儿了。

"怎么？"

"你这是在抱怨吗？你这是在违规秀爸妈的恩爱吧！"

"嗯？对哦，我说我怎么也觉得哪里怪怪的……"

办完房产交割手续之后，陶源去了趟银行，把找朱越借的三万块钱给他打了回去。

看了看卡里的余额，他觉得可能得重新再找个便宜点儿的毛坯房，月租最好能在三百块以下，能有个公用的灶台做饭就行。

这下子，他是真的除了债，什么都没有了。

妈妈的去世，好像一下子把他的人生也带走了大半。曾经让他那样牵肠挂肚的人，填满了他所有时间的人，突然就接连消失了，再也不会回来。

头几天的时候，他还没反应过来，只低头奔波于操办白事的忙碌。而等一切结束归于平静，他才发现自己失去的不仅仅是一个"家"——还有在那么长的余生里，可以为之奋斗的目标。

从这方面想，他倒该庆幸，自己还有债。不然，好像也没有什么好好活下去的必要。

他盘点了一下，现在手头上没还清的债，就剩五万了。不过，这五万却是高利的，砍头息一万八，限期一年归还。

母亲最后的抢救和丧葬，花了近七万块钱。本来他算过，房子加医保报销回款，大致能把这块支出填平。但谁知道最近行情不好，家里房子又比较老旧，一直成交不了。医保的报销更是至今都没下来，问了不知多少次，后来竟说资料丢失了，也不知到底还能不能批了。

后来实在没办法，母亲等着下葬，他就找所有可能的同学和同事借了一圈。最后借到黄所那里，给了他一个联系方式，说帮他已经打过招呼了，不用他抵押什么，利息也会给他优惠些。

他想了想，等房子卖了差不多就能还上，应该也不会借太久，于是就借了，反正总额也不是太多。可谁知道，房子卖的钱比他预计的少了起码三成。这五万块钱，还真成了一个难填的大坑。

　　不过，现在就剩他一个人，花销就少了很多，时间也有了。他想过，他可以下班之后再找份兼职，偷偷到哪个夜宵小馆子里打打工。也许，饭钱也能省下来。

　　邹武不知道他借高利贷的事，也告诉过他，杨溪还给他留了十万块钱在他那儿，需要的话就打给他。杨溪也给他打了好多的电话，发了好多的微信安慰他，不停问他需不需要钱，账号是多少。

　　但他都没要，撒谎说一切都好。

　　之前欠杨溪的十万，他好不容易才还上了，怎么能又借？

　　现在虽然辛苦点儿，但也勉强能够应付。

　　只要，不再出什么意外。

　　从银行出来走回单位的路上路过了中心医院。陶源一边想事情，一边鬼使神差地习惯性往医院里走，进了大厅才反应过来，自己再也不需要往这儿跑了。

　　要陪伴父母的日子，彻底地结束了。从此以后，他就只剩下自己一个人，过得好还是坏，快乐还是难受，都不再跟任何人有关系，也不会再被任何人关注。

　　没想到的是，陶源正待转头出去，一回眼，竟碰上了好久不见的熟人，罗芳茗。

　　这么久之后，罗芳茗也终于回来上班了。只是相貌变化了不少，依然瘦得有些厉害，眼睛里也没什么光彩。

　　看到陶源，她皱了皱眉，眼神倒是稍微亮了一下。

　　"你……来复诊？"她声音也还算平稳。

　　陶源摇了摇头："不是。"

　　"那你是……来找我的？"罗芳茗一下子扬起了眉毛。

陶源看她脸上亮起的满含希望的神采，忽然有一瞬不忍心告诉她实情。

见他没马上回答，罗芳茗就默认了他的承认。

"你等我一下，我请个假，一起去吃个饭。"她说完就飞也似的跑了，步伐又恢复了从前他们恋爱时的那种欢快。

陶源又有一点儿后悔。明明不该再有纠缠的，他怎么就哪根筋搭错了往医院里走，怎么就没忍心不搭理她，或者直接拒绝。

现在，他连落荒而逃都没有时间了，罗芳茗已经向他奔来，枯萎的脸上甚至已经重焕了活力，要绽放出笑容来。

"吃饭就算了吧。"等罗芳茗奔到面前，陶源开口道，"我只是想起来，好像还有张银行卡在你那儿。"

罗芳茗怔住了。

"能不能还给我？"陶源看着她，皱起眉，"我记得里面好像还有几千块钱。"

过了半晌，罗芳茗终于扯着嘴角笑了一下，点了点头。

"可以。"她说，"在我家，你跟我去拿吧。"

走到罗芳茗家楼下，陶源不肯上去了，让她把卡拿下来给她。但罗芳茗说，她不记得在哪里，让他自己去找，硬是把他给拽了上去。

一进门，陶源就隐隐觉得有点儿不安。

屋里的光线很暗，所有的窗帘都关着。正对门的墙面原本是个照片墙，挂了许多罗芳茗的写真，还有几张是与他的合影。但现在，那面墙黑黢黢的，像是被火烧过，却一直没有修缮。

罗芳茗弯下腰脱鞋，后背冲着他，露出一小节白白的腰。陶源立刻转过眼去不看，一时也不知该不该跟着换鞋进去。

"把门关上。进蚊子。"罗芳茗指挥道。

陶源依她，转过身去关门。再回头，却发现罗芳茗把上衣给脱了。

"喂——"他还没来得及惊呼，罗芳茗已经冲他扑了上来，搂住他脖子要吻他。

"你干什么！疯了啊？"

陶源往后一躲，两手抓住罗芳茗的胳膊，一下就把她箍住了，轻轻往前推了一下。罗芳茗毕竟力气小，被他一挡，也就没办法再靠近他的身，向后退了几步，摔坐在了地板上。

"我真是……我才是疯了吧！"陶源气得不知道说什么好，转身就打开房门出去了，"砰"的一声摔上了门。

不就是一张银行卡？他怎么会想到再跟罗芳茗去家里的？

他噌噌下楼，一边骂自己吃错了药，一边气鼓鼓地往外走。走到小区门口，突然背后又升起一股不祥的预感。

据他多年出警的经验，罗芳茗精神状态好像确实不太正常。要是她这会儿出了什么事，他可就难撇清关系了。

想到这儿，他一咬牙，掉头又跑了回去。一边跑，一边给朱越打了个电话，说了一下前因后果，叫他快点儿喊所里谁出车来一趟。

果然，回到罗芳茗家门口，还没敲门，就听到里面叮叮咣咣的打砸声和上气不接下气的哭叫。

"陶源你个王八蛋……你凭什么这样对我……

"我什么都不要求，什么都能接受，你为什么还要这样！你是不是想我死！是不是！"

陶源咬着牙关站在门前，举着手想敲又敲不下去。

里面一定是个一片狼藉的发疯现场，没有任何的理智和尊严，也无所谓沟通与和解。

这个事儿，这个人，这辈子就是跟他缠上了，不死不休。

"好啊，你想我死，我就死给你看吧！我要让你后悔一辈子！"屋里又传来一阵冲撞声。罗芳茗似乎是冲去了厨房，叮咣一阵乱找，然后"啊"地尖叫了一声。

陶源猛地一惊，终于重重地拍起门来："罗芳茗！开门！"

屋里传来呜呜的哭声。

"开门！快点儿！"陶源继续大吼，楼道里左右邻居都被惊动了，纷纷传来脚步声，有的已经打开房门走了出来。

屋里还是没人开门，但哭声还在。

陶源急得开始踹门，但防盗门新装不久，坚固得很，纹丝不动。

就在这时，陶源感觉到手机在震。拿出一看，竟是罗芳茗拨过来的视频通话。

"陶源……"接通后，陶源听见罗芳茗哭着喊了他一声，但画面里照着的，却是一把带着血的水果刀。

"罗芳茗！你干什么傻事啊！过来给我开门！"陶源觉得自己眼眶都要裂开了。

镜头稍稍挪了挪，音筒呜呜啦啦的，画面上慢慢显示出了屋里的情境。罗芳茗脸上全是泪，还沾了不少血迹，应该是用手擦泪时粘上去的。

"你过来开门！"陶源急得大吼，一点儿别的办法也没有。

"是你要走的，现在干吗又回来？"罗芳茗哭着说。

她把镜头又对准了水果刀，似乎是想把割腕的过程拍给陶源看，但发现没办法单手操作，只能在地上坐下，一手拿着手机，一手拿着刀，抵在了自己的腿上。

"害你受伤，是我不对。你哪里受了伤，我还给你，好不好？"

"你有毛病吗！谁要你还！给我住手！开门！"陶源觉得自己要疯了。

楼道里已经聚满了邻居，纷纷开始议论和劝阻。不知是不是幻听，警车的警笛声似乎也远远地传过来了。

"你想要什么？你说！我答应你。你先过来开门行不行？"陶源努力压着胸膛里的火气。一瞬间，他感觉到身上的几处刀伤好像又痛了起来。

"哎哟！小姑娘怎么这么想不开！听话啊，快点儿把门打开。"

"谁报个警啊？打110了没有？"

"应该打120吧？"

"谁有她家里人电话？有别人有钥匙吗？"

听到这句，陶源猛地反应过来，啪地按掉了视频通话。他翻了一下通信录，找到罗芳茗办公室的电话拨了过去。

很快就接通了。

"喂？中心医院……"

"我是陶源，赶快给罗院长打电话，让他回洛城路的家，现在！"

"啊？"

"我说现在！带着钥匙！罗芳茗要自杀！"

说完，他马上把电话挂了，又拨了个120叫救护车。挂机的间隙，朱越的电话拨了进来。

"怎么样？我在过来的路上了。不会真出事了吧？"

"快点儿来！能多快就多快！8栋2单元4楼，别跑错了！"

联络完，陶源深呼吸了几次，努力稳定自己的情绪。邻居们还在帮他叫门，隔壁的还打开大门让大家进自己家，看看能不能从窗户爬过去。

人声一乱，屋里的哭声不太听得到了。陶源考虑要不要再拨个视频过去，但隐隐又觉得，若自己能看见，罗芳茗说不定会更加疯狂。

怎么会搞成这样呢？

她怎么会觉得，闹到这个地步，他们还能在一起？

五分钟之后，穿着制服的朱越终于赶到了。

见到警察来，邻居们都退到一旁，把大门让给了警察。

"罗芳茗，开门，我是城东派出所朱警官，之前我们见过的。"朱越一边拍门一边喊，"你有什么要求，先打开门，我们好好说。"

一句过后，屋里还是没什么动静。

陶源紧皱着眉，叹了口气，对朱越道："你试试打电话给她，说我要走了。"

"好。"朱越拿出手机来。

而这时，罗芳茗的视频请求又发到了陶源手机上。

"接吧。"朱越和他对望了一眼。

陶源深呼吸了一下，点了通话键。

"芳茗。"这次，他先开了口，也改了称呼，"你快来开门，我们都很担心你。"

罗芳茗还是呜呜地哭，镜头里黑黢黢的，不知道对着哪儿。

"罗芳茗，你冷静一点儿。你想想，你家就你一个闺女，有什么三长两短的话，你爸妈怎么活？"朱越凑了过来，伸手把陶源手机镜头扳向自己，"你看，我们都过来了，很多人关心你的。你有什么要求，也可以说，现在就说，我们尽量满足。"

罗芳茗还是没出声。过了一会儿，视频里突然传来"刺啦"一声窗帘拉开的声音，紧接着镜头就亮了。

罗芳茗调整角度，把镜头对准了自己。这一次，她却是拿了个手机支架，把手机放在了桌上。

几人同时看到，她身上已经有了许多道血迹，手里拿的水果刀还在滴血。

看着镜头里陶源的半张脸，她脸上露出了些许诡异的笑意，然后慢慢拿起那把小刀，架在了自己左手的手腕上。

"我要他求婚。"她一字一字，慢慢地说。

二十天之后，杨溪觉得自己再上一天班，怕是就要从办公室二十楼的窗口跳下去了。

整个公司都在起义。

208

原业务单元的其他四个大区经理联合起来反她，每天都有无数的投诉发到任意和人事总监那儿；新业务的生意一摊烂泥，投进去开路的费用一个水花声都没听到，至今业绩为0。

她真的不知道该怎么处理这个烂摊子了。

本来，她处理不了的事，报到上级去处理是理所应当的。她的上级有责任协助她和辅导她，确保工作的正常进行。

可荒诞的是，这二十天里，任意竟然一次都没在公司里露过脸，有时候连她的邮件都不回，电话也不接。找他秘书问，也问不出什么所以然来。

杨溪觉得，这次，安蒂科这块七十年的老牌子，可能真的要砸在她手里了。

所幸的是，江酌那里还比较稳定，之前谈好的合作都在有条不紊地进行。两个人在工作之余的关系也没什么变化，偶然有时间吃个饭，杨溪也不太跟他提工作上的困境，以免又把话题引到让她辞职上去。

不过，晚上一个人在家的时候，杨溪真的开始考虑辞职的事了。

虽然去法国培训之前，公司跟她又签了三年的服务期，但如果真要毁约，八万的赔款她也不是赔不起。

已经在口腔医疗行业待了八年了，其实，该学的东西，她也学得差不多了。假如跳槽到另外几家对手公司，只要有位置给她，相信薪酬也不会低。

只是，她不太确定，这样能不能解决她的问题。

毕业八年了，她还是在原地，一个人独居。

房子和房贷，似乎就是她拥有的全部了。所幸她买得早，赶上了几年前的一波大涨。几天前她路过小区门口的中介看了一眼，似乎已经可以卖到五百万了。补上还没还清的贷款，应该也能有四百万的资产是她自己的。

要是回楚安，拿着这四百万，也可以舒舒服服地过上很久很久的好日子了。

这个念头在脑海里闪过的时候，杨溪没有预料到，竟会在她心里越扎越深。

后来的好多天，她都不停在想着，要是回去的话，她怎么跟父母说呢？找个什么工作呢？在哪里买个房子呢？跟陶源……

跟陶源，能不能在一起呢？

陶源欠她的钱，已经都还清了。母亲过世之后，虽然伤心，但生活上，肯定比以前要轻松多了。

他应该慢慢在好起来了。生活给他的折磨，已经停下了。

他们俩，可以长长地舒一口气，坐下来好好谈谈了。

所以，为什么不呢？

还有比这个时候，更好的机会吗？她可以不告诉他，先回去，悄悄地看看他现在过得怎么样了。

如果一切都好，那她愿意放弃在上海的一切，回楚安去，跟他重新开始。

毕竟，那才是她这些年来，心中最渴望的事。

想到这儿，杨溪一骨碌从床上爬起来，打开电脑查了一下日历里下周的日程，然后立刻提交了休假申请。

不等任意批复，她就上 12306 订好了周二晚上回楚安的火车。

不管怎么样，这次她一定要回去。

再没有比这更重要的事。

周一，雨下得有点儿大，但也凉快。

陶源从中心医院的病房出来，拎着空的保温桶，撑着伞慢慢往洛城路的家中走去。积水很快浸湿了他的鞋面，但他却毫无知觉，脑子里回想的都是罗芳茗刚刚说的那句——她明天就可以出院回家了。

他终于还是搬到了罗芳茗的房子里住。

那天，打开房门之后，陶源就知道，那是另一个地狱在召唤他了。

罗芳茗伤得很重——虽然她力气小，刀割得并不太深，但架不住她身子单薄，又划了起码有七八道长伤口，搞得家里遍地都是血。

陶源马上跟着120救护车把她送到了医院，垫付了医疗费，把卡里最后的几千块钱也划得干干净净，再也没钱租房子了。

幸好有朱越和邻居做证，罗芳茗的伤都是自己造成的，跟陶源没有直接关系。再加上陶源救人态度积极，也没有造成其他的严重后果，罗院长一家总算没有把陶源摁在墙上当靶子打死，还勉强同意了他暂住到自己家，把罗芳茗砸的烂摊子收拾好。

那真是一个触目惊心的烂摊子。陶源至今回想起来，还觉得眼睛里好像有点儿玻璃碴子在跳来跳去。

罗芳茗是真的精神有点儿问题了。也许是那次事故后的应激反应，一直没有得到有效的治疗。

她的父母，特别是罗院长，表面看着很宠她，实际太过专横，并不肯好好了解自己的女儿。在自己生死未卜的那段时间里，他竟然将女儿禁足，不让她和喜欢的人见面，直接导致了罗芳茗病情的加重。

她也是挺可怜的一个人。

而且，细究起来，她也的确没有犯什么错——砍伤他的是那些混混，找她碴儿的也是那些混混。她只不过是堵了一次气而已，老天爷就给她开了这么大的一个玩笑，眼看着要把她的一生都毁了。

能怪谁呢？老天爷吗？

要是怪老天爷有用，他也不会一次又一次堕入这无尽的泥潭，把所有的力气和尊严全部耗尽。

所以，走到现在这一步，他这辈子，可能就是这样了吧。

像个翅膀被拔掉的蝴蝶，只剩个跟虫子无异的丑陋躯干，被困在小小玻璃罩子里爬来爬去。

雨真的下得有点儿大，打起的水雾让路面都看不清了。他看了看表，十二点半，离下午上班还有一个半小时。

上班。上班也如以往一样，没什么意义。

唯一有的，可能就是每抓到一个嫌疑犯，他都会找机会盘问一下当年杨溪的案子，看看有没有可能用一根筷子在海里捞到一条鱼。

已经过去快十三年了，不知道杨溪对那件事还介不介意。但他知道，他是介意的，每天都在提醒自己不要忘记，伤害过杨溪的人还没有得到惩罚。而他出事前那次，他酒后给她打电话，竟还向她提起了，估计徒增了她许多痛苦和希冀。

可惜，短暂的一生，很快就要过去了。很多事情，都不会有美好的结局。

就像现在——他本以为送走了父母之后，终于能自由地离开楚安去过敞亮的日子。也许可以去上海，跟杨溪在同一个城市，哪怕没有在一起，也算实现了当初去同一个城市的约定。可稀里糊涂地，他偏偏又被另一层灰色的大网罩住，连扑棱都找不到方向，几乎就要窒息。

想到这里，陶源忽然发现，自己还从来没去过上海。

曾经买过的车票早已失效，翻烂的地图也和旧房子一起处理掉了。

上海、上海。他不知道，杨溪生活的上海，到底是个什么样子。

要不，请几天假，去看一看？

看看那个他们曾经一起憧憬过的城市，一起计划过上大学之后逛遍每个地标的城市，究竟和他想象中的一不一样？

这个念头起来之后，陶源发现，自己一刻都不能等了。

他把伞的边缘抬起几寸，四周环视了一下，看到前面一个小区门口的保安台下有个可以避雨的屋檐。他赶快冲过去，收起伞，放下保温桶，把手机掏出来开始买票。

明天晚上去，后天早上到。可以省一晚住宿。

白天杨溪要上班，他可以在她公司周边逛一逛。等到她下班，一起吃个晚饭，散一散步。

第二天，他可以去交大看一看，看看他没去成的那个地方，是不是还留有杨溪的影子。到晚上，再坐直达的卧铺回来。

这样，两天假，也就够了。跟领导说说，送包烟，应该会批的。

至于罗芳茗那里——

他就说，要出差吧。

等他这次回来，他们，应该就真的要结婚了。

结了也好，让杨溪死心，不要再执拗地等他了。

上火车之前，杨溪找崔雪盈在火车站旁边的虹桥天地吃了个晚饭。

看到杨溪带着比出国还要多的大包小包，崔雪盈抖了好半天的眉毛，说了句："你怎么跟逃难似的？不会不回来吧？"

杨溪被她逗得一乐，也就顺着话说："还真不一定。"

杨溪这次请了一个半礼拜的假，连上周末，总共可以在家待上个十二天。她也终于跟妈妈提前说好了，不会一回家就被骂。

休假，回家，见陶源。生活终于把绑在她喉咙上的绳子松了一截，让她可以呼吸一口救命的空气了。

"那江酌呢？"崔雪盈却不依不饶。

"我回老家，关江酌什么事儿？"杨溪嘴上不在意，心里却没来由地有些心虚。

她又没告诉江酌。虽然，她知道他肯定很快就会知晓。

"你们不是恋爱谈得正浓情蜜意吗？欸？你戒指呢？不会吧？这就吹了？这才几天啊？"

"行了行了你！"杨溪抬手把崔雪盈伸过来的脑门按回去，"什么跟什么啊？我们根本没在一起。"

"喂！又演戏？你怎么不去当演员呢？"崔雪盈猛翻白眼。

"得了！跟你说点儿正事。"杨溪把筷子放下，开始翻手提包。

崔雪盈有些意外，表情也变得严肃。

杨溪从包里拿出了一串钥匙。

"我真的考虑过回老家去。"她把钥匙推到了崔雪盈面前，"这次回去，我会跟家里人谈谈这事。"

"啊？"崔雪盈惊得睁大了眼，看了一下眼前的钥匙，又看了看杨溪。

"这是我家的钥匙，先放你那儿一套。"杨溪继续道，"我已经在小区附近找了个中介，谈好了挂牌的事。如果我确定了要回楚安，麻烦你帮我跑一趟中介，把钥匙交过去。"

"什么？"崔雪盈还是不肯相信，"杨溪，你不是脑子被虫蛀了吧？"

杨溪耸了耸肩，没继续解释。

"你，你再好好想想啊！你都在上海这么多年了，工作那么好，房子也有了，户口也有了，这时候回老家？为什么啊！"崔雪盈的嘴机关炮一样地不停，"你前几年还说，要回早回了，应届毕业回去还能进个机关单位，这时候回只能街边开个店卖内衣了。怎么，真打算去卖内衣了？还是要自己站橱窗里当模特那种？"

"你胡扯八道些什么啊……"杨溪扶额。

"不是，杨溪，你真忘了，你为什么要来上海吗？"崔雪盈身子前倾，把一双大眼睛直怼到了杨溪面前。

杨溪大脑中忽然闪现一瞬的迷茫。

她记得她为什么要来上海——因为跟陶源说好了，一起考过来。因为陶源特别想来，有事没事就在给她洗脑。

但毕业之后，她留在上海的理由，似乎就成了一团复杂的毛线球，很难用一句话来拆解。

因为上海的环境好，工作机会多，相对公平，规则清晰；

因为上海城市干净、治安好，繁华，有趣，要什么有什么；

因为上海医疗资源好，教育资源多，长久来看，是个优势；

因为上海工资高，资产增值快，能赚钱；

因为上海离家远，不用受家里人的琐事缠绕，可以尽情享受自由和独立……

仔细想想，这些理由，全都很重要，并且很现实。可是，她现在的处境，却让她明白了，以上那些她曾经以为的真实，全都是虚幻的表象而已。

"雪盈，我不怕跟你说。"杨溪端起茶杯，喝了一口，润了润喉，"因为，我真的想通了。"

"想通什么？"崔雪盈眉头皱得更紧。

"不论我去哪儿，现在，我都得重新开始。"杨溪道，"安蒂科是个泥潭，江酌也是。他们表面上给我带来了无上的荣光，实际上却专横地用我不需要的东西，把我的内心挤裂，然后一片片碾碎，碾成粉末。"

"还挺形象的。"崔雪盈无话了。

杨溪挑挑眉，也不再往下说。不管崔雪盈懂了还是没懂，这句话她说出来了，自己也就多少得到了一点儿救赎。

"那，你知道自己——到底要什么吗？"过了半天，崔雪盈用汤匙挖了一勺甜品，再一次问道。

杨溪吸了口气，摇了摇头。

"人多半不知道自己要什么，但起码，我知道自己不要什么。"她勾勾嘴角，抬起手腕看了看表，离发车只有五十分钟了。

"正因为不知道，我才要回家去找一找。"她站起身来，抱住崔雪盈的脑门亲了一口，又拍了一下桌面上的钥匙提醒她别忘了带，"我走了，祝我好运吧！"

晚上八点，陶源背着轻便的行李到了火车站。

楚安火车站很小，一共只有两个站台。来往行人也不多，检票口外面有几个人靠着栏杆，聚在一起抽烟。

昨天下过雨，凉爽的空气还暂时留着没走，到了夜里更加令人感到舒适。陶源抬起头，看见车站顶上"楚安"两个大字背后的天幕上，恰好嵌了一轮圆圆的明月，轻薄的云彩在周围轻飘飘地绕着，心头恍然拂过些不知今夕何夕的感觉。

似乎，过不多久，就要到中秋了。

过了中秋就是国庆，一晃眼，离他跟杨溪重逢，竟有一年了。

这一年发生了好多的事，大多时候都让他觉得漫长而难耐，一分一秒都是数着过的。但此时，他回头想起，又觉得时间过得好快，仿佛桑田变迁，什么都回不去了。

进站之前，他绕到广场对面的街边小卖部买了瓶水和泡面，又考虑了一下是不是应该跟杨溪说一声他要来。

自从跟罗芳茗复合，他已经好一阵子没跟杨溪联系了。

这件事太难说清了。除了见面慢慢聊，他也不知道自己能怎么向她解释清楚。

现在，他发现自己虽然打定了主意去见她，却连怎么主动找她说话都不知道。这么多年，他们之间的联系，好像都是由她发起的。他连应答一下，都会纠结无措，耗尽力气。

想了好半天，陶源终于决定——还是先去了再说吧。

他想看看，当杨溪意外地见到他时，到底会有怎样的反应。

会惊喜吗？还是，会生气？

他突然记起，杨溪曾说过，她最讨厌意外。

不过这次不一样了，她应该会高兴吧？

如果她很高兴，开口叫他留下来，他会不会……

陶源突然被自己这个念头吓了一跳，感觉到自己的心跳一分一分快了起来，像要从嗓子里蹦出来。

如果他这一走，就再不回来了呢？

本来，他也没有牵挂了。只不过剩下一点儿债，一个不痛不痒的公职而已。

跟罗芳茗的婚约，也只是个口头的约定罢了。只要他豁出去不要脸，死活就不回来，他们应该也拿他没有什么办法。

他还是可以自由的。

那么，要不要任性一次呢？

他已经循规蹈矩十几年了，被绑在这里十几年了。

他应该开启一场出格的逃亡吧？

他应该在彻底的心死之前，为自己努力拼杀一次吧？

"乘坐Z8920次前往上海的旅客请注意，您乘坐的列车即将进站，停靠在2站台……"

站里的广播响起，陶源恍然反应过来，加快了步伐向检票口冲去。

而就在这时，一件他意料不到的事情发生了。

"陶源！给我站住！"

就在他冲过检票口排队的栏杆处时，旁边抽烟的几人突然动了，一个人翻过栏杆把他堵住，另一人伸手一把揪住了他的衣服和背包。

"你们谁啊？"陶源停下步，一把甩脱了那人的手。

看样子是几个混混，戴着链子，胳膊上有刺青，个个膀大腰圆。

"你要去哪儿？啥时候回来？"堵在前面那人冲他扬了扬下巴。

"关你屁事？"陶源皱着眉，身上肌肉都绷了起来。

"当然关我屁事！你借了我们公司的钱，又没抵押。要是跑了，我们上哪儿找去？杨溪家？"

"你说什么？"陶源陡然一惊，拳头捏得咯的一响。

"哎，我们也不是不让你走，就是来提醒你一声。"侧边抓他的那人嘿嘿地笑了一下，"知道你最近又遇到些事儿，所以打个招呼，心里有底。五万块钱虽然不多，但是也没白扔的道理。你说是不是？"

"我当然会还！"陶源抬高了声调，感觉有些不可思议，"但这关杨溪什么事？我跟她又没关系！"

"呵呵，知道。"侧边那人又笑了笑，"只要你老实回来，把钱还清，我们不会去春明小区找她父母的。"

"喂！你们敢！"陶源脑袋里一炸，觉得眼前竟有点儿发黑。

这些人……怎么会知道他今天订了票要走？又怎么会知道他放不下杨溪？

"行了行了，走吧走吧！车快开了！"堵在前面的人竟"好心"地拍了拍他的肩，给他让开了通道。

"乘坐 Z8920 的乘客……"广播又开始播报了。

陶源一咬牙，赶紧撇开他们，冲了进去。

奔跑间，他心里只剩下了一个念头——

这妖孽横行的楚安，真令人恶心。

16

情敌相见，人间修罗场

"你确定要考去上海？听说上海房价一平方一万多哎！日子咋过啊？"邹武问。

"买不起就租呗，怎么不是过。"陶源不以为然，"现在想这么多干吗？到时再看嘛！"

"得了吧！那万一到时候杨溪被家里有房的上海男人追跑了，你怎么办？"邹武故意戳他。

陶源突然紧张了下："怎、怎么会？杨溪哪有那么肤浅？"

想了两秒，他终于下了结论："反正，谁追她谁倒霉！"

上午八点半，杨溪一下火车，就在出站口见到了等着接她的老爸。

老爸高兴得不得了，从她手里抢过了大部分的行李，还想分出手来挎着女儿的肩。奈何包实在太大，只能先拥抱了一下，然后快快回家。

他们家离新修的城铁站不远，走路十几分钟就能到，因此也不用麻烦打车。城铁站过一条马路就是临河公园，也是新修的，还没有完全竣工。

杨溪记得她小时候那里是条臭水沟，还有老大一片荒地。没想到这几年政府突然加了把力，一下就把河道治理好了，公园也规划得有模有样。可以预计到，等明年春天，这一带的环境就会很漂亮了。

到了家，杨溪惊喜地发现老妈竟然准备好了早饭，满满地摆在桌子上。

蛋饼，粥，韭菜盒子，米酒汤圆，凉拌皮蛋，炒青菜，生煎饺子，好些都是杨溪小时候喜欢吃又很难吃到的。这下凑在一起，倒是吃不完了。

老妈今天心情也不错，难得地夸了杨溪两句。

这次杨溪带了不少礼物回来，一大家子人人都有份。看样子，是真的开窍懂事了，准备好好孝敬父母，跟家里人修复关系。

杨溪也确实是这么打算的——如果真要回来，想在楚安的人情社会快点儿站住脚，家里人绝对是自己最坚强的后盾。

吃完早饭，杨溪在家里洗了个澡，休息了一会儿，刚准备开电视跟老爸唠唠嗑，放在卧室充电的手机就一阵一阵报警似的响起来了。

刚开始是湛露，说任总才看到她的休假申请，在公司大发脾气，叫她赶紧回来。杨溪默默腹诽，任意这是真瞎还是演着玩儿呢？她系统里提了申请；发了邮件交代了前因后果和工作清单，待决事项列得一清二楚；怕他邮件多看不见，还又发了微信提醒他——所有都没回音。现在时间过了她走了，怪谁呢？

接着是沈一伦，汇报了几个重要客户被竞争对手用不正当手段挖墙脚的消息，希望杨溪能批点儿特殊权限给他去想辙反制。

后来又是人事，说刚招的候选人不来了，嫌薪酬低，是给他涨一点儿还是另招？法务，说了几个华中区的活动预审资料明显有问题，资金用途和专家行程一看就是编的，叫杨溪类似这种以后好好把把关，别什么都闭眼睛批，把锅往法务扔……

一堆电话接完，老爸橘子都吃了一筐了，还没能跟女儿聊上几句。

再转眼，就到了午饭时间，准备出门去接奶奶聚餐了。

午饭杨溪请客，在楚安人家，定了个最大的三十人包间。

全家都来了，爸爸这边三个姑姑一个小叔，妈妈那边三个姨两个舅舅，再加奶奶和外公外婆，一大堆弟妹，结婚早的已经有了半大小子，满屋子热热闹闹，十分和谐。

爸妈负责点菜，杨溪在一边儿分礼物，指挥俩小侄子背靠背看谁高，问最小的妹妹学习成绩，跟几个还没退休的小叔小舅聊工作，也还挺开心，没觉得有多生分。也是这次，杨溪才真的有意去记了一下哪个亲戚在哪个单位工作，任什么职位。

小叔在民宗局，今年还当上了政协委员；二姑在卫生局，医政科，监管各个医院医疗服务质量；三舅跟老爸原来在同一个单位，在楚安最大的国企里做技术工人，今年刚升了车间主任；小舅在法院，不过是在安保科，没什么权力。

小姑家的姐姐结婚最早，丈夫是中学老师，最近在想办法走关系，调职到楚高去；三舅家的弟弟职高毕业两年了，还在找工作，目前在市中心的一家网咖做兼职，过渡一下。

饭桌上，家里人的事聊完了，话题又不可避免地转到了杨溪的婚姻问题上。

小地方的人结婚都早，大学毕业二十二岁，工作一两年，二十四岁怎么也结婚生子。杨溪转过年就二十九岁了，连男朋友都没谈过，实在太不正常了，谁说起都要笑话。

"小溪啊就是眼光太高了，女孩子家挣那么多钱，哪还有男孩子敢要你？"

"就是啊，工作差不多就得了，嫁人嫁好点儿什么都结了。搞得太优秀了，一是人家男孩子心理压力大，二是你工作一忙起来，哪还有时间顾家带孩子？"

"找个上海人倒也还好，家底厚一点儿，不用发愁买房子。上海男人还顾家，疼老婆干家务的。小溪怎么没找个上海人呢？你这条件又不差。"

"得了吧，上海人都排外！还是别往上贴，找个老家的挺好的。你要不要，三舅给你介绍一个？男孩子可好了，我徒弟！人老实，也听话，就是稍微矮了点儿。"

杨溪听着，嗯嗯啊啊地混过去，手在桌面底下掐着腿让自己别多事回嘴。好容易绕过了这个话题，讲到了买房子上。

"你们听说没？滨河区有个别墅开盘了。我有哥们儿去看了下，临河的，背靠背双联，带花园带地下室，一套差不多八十七万。"

"滨河也太远了吧？离市中心十公里呢。西城好像刚开了个中建的高层，开盘价六千，比之前富成花园的好。"

杨溪一边吃菜，一边把这些信息都默默记着，说不准过阵子就要用到。

一顿饭吃到两点，大家该上班的去上班，该上学的上学，终于散了。

杨溪去结账，连上包间费，这么一大桌子三十个人，才一千五百块钱不到，不禁暗暗惊叹了一下楚安的消费果然还是便宜。

跟着爸妈送老人回家，又在奶奶家待着磕了会儿瓜子聊天，磨到快五点半，杨溪终于辞了家人，一个人出来，走去城东派出所找陶源。

她还没跟他说她回来了，想着还跟上次一样，在门口等着逮他，给他一个惊喜或惊吓。

七月的楚安真的很热，她打着伞站在树下面，看着马路对面从派出所里下班的人一波波往外走，始终没有陶源。

"杨溪？"突然，一个穿着便服的胖子走了出来，一眼就看见了她。

杨溪惊了一下，是朱越。

"你怎么回来了？陶源不是去上海找你了吗？"他奔了过来，劈头第一句话就是这个。

"啊？"杨溪睁大了眼睛。

"他没跟你说？昨天晚上走的啊！"

"我……我服了……"

"你们真可以啊！你啥时候回来的？不会也是昨天吧？"

"还真是……"

"服了服了。你吃晚饭了没？走，一起吃个晚饭？我跟你说点儿陶源的事儿。"朱越做手势喊杨溪跟他走，去停车场开车，"我看你俩这样子啊，肯定也没好好沟通过。走走，我跟你说说！"

朱越带杨溪去了楚高旁边一家有名的米酒馆。

正是下班和放学时间，馆子里人不少，幸好还有座位，没等太久。

点好吃的坐下，朱越就把手机掏了出来，点开相册，使劲翻了一通。

"陶源跟罗芳茗复合了，你知道吗？"

"啊？"杨溪吃了一惊，心却被狠狠锥了一下，"这也行？"

"这小子。"朱越又啐了一句，然后把手机转过来，推到杨溪面前，"你自己看。"

是个视频，画面很昏暗，人影幢幢的。

杨溪心里突然生出极其不好的预感，伸手去点播放键，指尖都在抖。

视频里人声嘈杂，像是在什么通道里录的，回声十分明显。杨溪看了半天，才发现那应该是在楼道里，而画面里单膝跪在地上的人，是陶源。

"罗芳茗！请……请你……嫁给我吧……"

画面是从上往下拍的，照进来的多半是陶源的头顶，面孔被头发遮了一半。他面对的地方黑漆漆的一片，不像是对着罗芳茗本人。声音很激烈，但显然情绪并非欣喜。

"我愿意照顾你！爱护你！一辈子，绝对不分开！"他继续喊，嗓子都哑了，"你听见了吗？听见了就过来开门！"

杨溪一下子捂住了嘴。她猜到发生什么了。

旁边有许多人，哄哄闹闹的。有人在拍门说"好了小姑娘开开门吧"，有的拿着手机在拍，一边解释说"闹自杀逼婚哟，小伙子以后要苦咯"。

看见杨溪崩溃地扶住额头，挡住眼睛，朱越伸手把手机拿了回来，关掉了视频。

"没办法，他是个警察。"朱越叹了口气说，"总不能看着人家死。"

杨溪没动，眼泪却控制不住地往外冲，不知道该怎么办。

朱越也就不说话了，默默吃东西，等杨溪自己平复。

过了好半天，杨溪才伸手抽了张餐巾纸，把眼泪和鼻涕擦干净，露出来的眼睛已经红成了兔子。

"罗芳茗现在在哪儿？"她哑着嗓子问。

"在医院咯。"朱越道，"已经好了，在上班。"

"陶源去上海，也没跟她说吗？"

"肯定没。不然还走得了？"

"嗯。"

杨溪也开始吃饭，用勺子搅着玉雪一样的酒酿圆子，却半点儿没有往嘴里送的欲望。

"对了，还有一件事，不知道你知道不。"朱越又道，"陶源借了点儿钱。"

"什么钱？"

"嗯，高利贷吧，不过借的不多。"

"什么？"杨溪一下子睁大眼。

"没事的，我们黄所介绍的，也是朋友，没那么严重，你别乱想。"

"什么高利贷？多少钱？你说清楚。"杨溪扔下勺子，看朱越的眼神像要把他给吃了。

"听说……五万块吧就……"朱越嗓音有点儿颤。

"问谁借的？联系人有没有？"杨溪继续逼问。

"这个……我要问一下。"

"快问！"

杨溪彻底不吃饭了，监督朱越打电话去问，自己也掏出手机来打电话。

"喂？邹武。"她一接通就劈头盖脸地说，"我还有十万在你那儿是吧？快点儿转回来给我，立刻马上！"

在一楼的电梯口等到快七点，陶源有点儿等不住了，终于还是拿出身份证登记了访客，坐电梯上了安蒂科中国所在的20楼。

景观电梯的速度很快，这座城市在他眼前一下子就变得立体了。

通亮的摩天大楼一块接着一块，干净得像琉璃似的，到处都飘着昂贵的气息。

陶源感觉心里微微有些紧张。

今天早上一下火车，想在火车站附近找个餐馆吃碗面，随便进了一家看，一碗牛肉面三十八元。

也不是吃不起，只是未免太贵了。一碗面成本不过一两块钱，同样的东西在楚安，最多卖到八九块。他心里估算着，更多的成本是在店租和人力上吧。

而此时到了杨溪的公司附近，高端的写字楼一个比一个崭新漂亮，门厅的玻璃明澈透亮，旋转门呼呼生风，门前门后都有穿着制服的保安，进出的男男女女都衣饰高级，步履稳健——跟楚安对比，真像是两个世界。

陶源隐隐觉得，这地方，可能真的不太适合自己。

一个月三千块的工资，在上海的话，就算能活下去，也绝不可能体面而舒适。

正想着，电梯已经在20楼停下，"叮"的一声开了门。

前台小姑娘正在收拾包准备下班。看到这时候有陌生人来，她皱起眉头，口气有些生硬地问道："您找哪位？"

我和你的大城小镇

"呃……请问，杨溪在吗？"陶源又紧张了一下。

办公室装修得很高档，雾霾蓝的背景板上嵌着立体的安蒂科白色品牌标——Antikel。光从下方打上来，A字的阴影放得很大，形状像是法国的标志性建筑埃菲尔铁塔。

前台小姑娘一听他找杨溪，脸色又往下沉了沉："找杨总？约过的吗？她今天不在啊！"

恰在这时，一个戴眼镜的直发女孩挎着包从里面走出来，路过看了两人一眼。

"哎！湛露！"前台一下叫住了她，"这人找杨总。"她转向陶源，飞快地说，"喏，她是杨总助理，有事你们直接说吧，我赶时间，先走了啊！拜拜！"话音未落，已经抢先跑出了门去。

陶源一下子没反应过来，转头看向也还愣着的"湛露"，有些尴尬地挠了下头，笑着说了声"你好"。

"呃……对，我是杨总的助理湛露，您是？"湛露却很专业，马上走几步把手提包塞到了前台后面放起来，回头对着陶源露出温和的微笑。

"杨总？"陶源有些惊讶地挑了一下眉毛，"噢，我是她……同学。我姓陶。以为她在公司呢，就直接来了。"

"姓……陶？"湛露稍想了一下，然后表情瞬间变了，像是想起来什么了不得的事情。

"哎哟，杨总、杨总休假回老家去了呀！"湛露控制不住地尖叫起来，"你们没联系吗！"

陶源脑子一下蒙了。

这也行？

自己是蠢么？为什么不提前跟她说呢？

现在可怎么办？直接回去吗？

"要么……你跟她……"湛露也失去了表情管理能力，不知道该说点儿什么。而就在她努力组织语言的时候，陶源突然看见她眼神转向大门外，脸上表情又是一震。

"江老师？您怎么也来了？"

皮鞋声音响起，越来越近，也走进了前台门厅。

"为什么说也？"一个年轻的男声在右边响起。

陶源猛地转头去看，眼睛刚好跟那人对上了。

是个瘦高的西装男，三十几岁的样子，戴眼镜，五官长得很清俊。看见他脸的瞬间，西装男明显皱了下眉，很惊讶的样子。

"呃……不是。"湛露发现自己说错了话，显得很慌乱，脸一下子就红了，"那个，江总，溪姐不在啊，您过来是？"

"我找任总。"江酌偏了下头，指向右边通道尽头的总经理室。

"噢噢！任总在的。"湛露道，"您进去吧。"

"嗯。"西装男点了下头，走了两步，却又转身回来，面对陶源，深吸了口气，"你是陶源？"

陶源惊得差点儿向后退了一步。

"你认识我？"他反问道，"你是哪位？"

江酌抬起手，欲言又止，脸色有些发青，强压着气急败坏。

酝酿了约有五秒，他终于叹了口气，对陶源道："我是杨溪的朋友，你在这儿等我一下，我跟任总说几句话就出来。"

他说完，不等陶源回答，转身就往里面去了。

陶源满头的莫名其妙，看着那带着风似的背影，老半天才回头问了湛露一句："这人是……跟杨溪啥关系啊？"

湛露低头扯着衣角，脸色涨得比刚才更红了，感觉下一秒就要爆发出绝望的土拨鼠狂喊。

半响，她才憋出来一句："唉，你就在这儿等他吧！等会儿你自己问……"

"哦，行吧。"陶源点点头，左右看了一下，发现门口有几个休息用的沙发，就走过去坐下。

"你……不下班？"坐下之后，他才发现湛露还愣在原地，眼神放空，不知道在想啥。

"我先给你倒杯水吧！"湛露如梦初醒，说完就把手往兜里一揣，跑走了。

湛露这杯水一倒倒了十分钟。

这十分钟里，陶源听到不远处的总经理室传来一波又一波挺激烈的争吵声。那个不知道什么来头的"江总"，把安蒂科的大老板训得一愣一愣的，好几次都像在拍桌子。

"我们怎么说的？一个月之内让她走！现在呢？二十五天了，你就让她去休假？"

"哎哟，她自己不提，我怎么好直接把她撤下来？多难看啊？以后还让不让她在这行混了？"

"我不需要她继续在这行混！"

"唉，不是这么说。我们也培养她这么多年了，她也确实是个好苗子。怎么能说掐就掐了呢？江总不心疼，我任意还心疼呢！"

"我自然会给她安排好其他的路。那些你不用管！"

"唉……"

"我们当时谈好的合作，我可是一点儿都没给你拖。你去看看，新产品我江海口腔已经买了多少了？研讨会的宣传一场都没缺！你呢？这个月你让她加了多少班？哭了多少次？你知道吗？"

"这个……"

"让她走，立刻！"

陶源听得一头雾水，也不知道他们说的是谁，于是听到一半就开始看手机，琢磨自己的事了。

他想，现在他是不是应该给杨溪发条消息，告诉她自己傻乎乎地跑来找她，却扑了个空。然后，问问她准备在楚安待几天，看看他是马上买票赶回去，还是在这儿等她回来。

十分钟后，湛露终于端着纸杯出现，把水放到了他面前的圆几上。

陶源赶紧道谢，然后问道："你知道杨溪什么时候回来吗？"

"估计要一个礼拜。"湛露说，然后咬了咬嘴唇，神秘兮兮地凑到了他耳边，"那个，跟你说一声。这个江总，是溪姐的大客户。我跟溪姐说了，你们在公司碰上了。她这会儿估计在忙，一直都没回我。"

陶源若有所思地点点头。

"我看江总今天情绪不太好，一会儿你当心点儿。我们加个微信吧，你有事的话，先跟我说。千万、千万别跟他起冲突！"

"找到了没有？到底多少钱？"

昏暗破旧的"办公室"里，杨溪跷着二郎腿坐在办公桌前，手里攥着个长条的纸卷，敲着桌面叫满头大汗找文件的文身光头男动作快一点儿。在她旁边，朱越换了一身警服，身上挂着执法记录仪，拿着几张破文件纸对着自己扇风散热。

一个小时之前，他们问到了陶源贷款的联系人信息，收到了邹武的转账，就从米酒馆出发了。杨溪先让朱越回派出所去换了衣服，然后开了警车出来。

这"小额贷款公司"开在个居民楼里，有间破旧的办公室，里面摆满了保险箱，放着各类合同借据。杨溪并不知道陶源的合同编号和准确的借款日期，只说了个大概，写下名字，让"工作人员"一份份去翻。

"别着急啊姐，就这几份了。"这工作人员正是昨晚拦截陶源的三个人之一，自称姓张，是黄所长朋友的亲戚。

"我记得是五万块钱，一年期的，利息已经付讫了，回头还五万本金就成。"他一边翻一边说，"其实也不急，才俩月呢。只要陶源不走……"

"行了行了，搞快点儿。"杨溪分外烦躁。这地方信号不好，手机连不上网，特别没有安全感。

"找到了，在这儿在这儿！"小张终于翻到了写着"陶源"的那个文件袋，封面上还贴着他身份证的复印件。

杨溪伸手要拿，小张却十分警觉，嘿嘿一笑，说："我来拆。"

杨溪做了个手势，让他快拆。

袋子里是一份合同，一份借据原件，一份陶源的身份证复印件，还有一本他的护照原件。借据上写着借款五万元整，2020年5月30日前归还，签了名，按了手印。

小张不肯把借据给她，只给她看合同。是个高息的砍头贷，借五万，按月息三分算，直接先扣掉一万八的利息，实际只借到手三万二。换算成年化，利率高达56%。

杨溪看得气不打一处来，恨不得现在就把陶源揪过来暴打一顿。

她明明给他留了钱，他却不肯用，非要去做这种后患无穷的蠢事。

"行了，我现在就还款，就按合同上这账号。"杨溪站了起来，"钱一到账，你马上把借据和抵押物给我。朱警官在这儿，执法记录仪也开着，别耍花头。"

"姐……"小张挠了挠头，也站了起来，"按合同规定，我们得本人亲自来办，当面……"

"本人个屁本人！你以为你政府机关？"杨溪劈头骂了过去，"还合同，你这合同有个屁的法律效益？还你钱不错了！给我坐回去！"

小张吓得咚地就坐回了椅子上。

杨溪横了他一眼，拿着手机和合同往外走找信号去了。到了外面，信号一跳，就有一连串的微信挤进来。

杨溪扫了一下预览，有几条来自湛露，一晃眼似乎提到了陶源的名字。不过这会儿没时间看，她还是要先把高利贷的事解决干净。

回到办公室之后，杨溪发现小张和朱越聊天聊得还挺开心。朱越老婆快要生了，B超查过是个男孩。小张说他当初也以为是个男孩，买了好多男孩衣服，结果生出来是女娃，放家里都浪费了，回头可以拿给朱越。

"查账。"杨溪却没什么好脸色给他们，把合同往桌上一摔，就抄起了借据和护照，塞进包里。

小张在电脑网银上查了，没问题，也就两厢付讫，全部结清。

"等下。"杨溪忽然又坐下，把刚才手里拿的纸卷展开来，拍到小张面前，"这个收条，你信息填一下，签字，盖章，按手印。还有，身份证给我，拍个照。"

小张咧了咧嘴，一脸的不情愿。

"快点儿！"杨溪又发了火。

"行了行了你搞快点儿！"朱越也帮了个腔。

小张没办法，只能照做。嘴里还有些嘟囔，杨溪这女人怎么这么凶悍。

杨溪咬着牙关，看着那人把收条规规矩矩地写好，又当即拍了个照留存，心里终于默默舒了口气。

这第一关，算是过了。

而后面的，怕就没那么简单了。

西装男从办公室出来后，喊陶源跟着他，一起去了附近的一个啤酒屋吃晚餐。

介绍了一下之后，陶源知道他名叫江酌，是个海归的牙医，现在在开诊所，还小有点儿名气。而他之所以认出陶源，是因为他在杨溪的手机里见过这张脸——在陶源住院康复期间，有好几次，杨溪收到陶源最新的照片时他恰好在侧，她就高兴地拿给他看。

陶源无从判断江酌说话的真伪，但能看出来，杨溪应该跟他走得

我和你的大城小镇　　231

很近。

"杨溪工作特别认真，也特别辛苦。有时候我有大手术，她不放心别人跟，会亲自过来给我配台。"

陶源喝着啤酒，不搭腔。他不太明白"配台"是什么意思，也不想问。

"我跟她挺聊得来的，经常一起吃饭看电影，或者约着出去旅游。她比较喜欢海边，说躺着不动最舒服。"

陶源没反对，但是心里默默想，杨溪个书虫，明明一直念叨要去欧洲之类有历史文化底蕴的城市暴走。她当年也没少逼他补世界史，一堆堆弯弯绕绕的名字背得他都快疯了。

"她也跟我说过不少你的事。"江酌喝完一杯酒，终于进入了正题，"不过，恕我直言，现在的你们，不太合适在一起。"

"你喜欢她？"陶源抬起眼，直视他的眼睛。

江酌似乎没有料到他会这么直接，沉默了一会儿，才郑重地说："我爱她。"

陶源脸上没反应，下颌侧面的线条却硬了。

"我追她挺久的了。"江酌又说，"不过，最近才确定的关系。"

陶源皱了皱眉，目光往下沉，落在了江酌左手的中指上——确实戴着戒指。

"这个，我会去问她的。"陶源也抬手，把第一杯啤酒干掉。

听到这句，江酌突然勾着嘴角笑了笑。

"你连她回去都不知道，过来也不提前说，白白扑了个空——"他顿了下，"你们之间基本的沟通都成问题，还想怎么互相了解？"

这句出，陶源放下酒杯，感觉心里被刺痛了。

是的，他连有江酌这么一个人存在都不知道，又该怎么问？

"你们以前的事，我也基本都知道了。"江酌又叫来了两杯酒，继续道，"说实话，我很羡慕你，也很感谢你。"他顿了顿，认真看向陶源的眼睛，"若没有你，绝不会有现在的杨溪——我敬你。"

232

江酌举起酒杯，悬在半空等着碰杯。而陶源却没动，咬着牙关看着旁处，没有理会。

过了一会儿，江酌觉得尴尬，只能摇摇头，长叹了口气，自己喝了。

"杨溪现在在公司里，是做什么职位？"半晌，陶源想了句最想问的，问了出来。

江酌又笑了笑，眼睛里满是骄傲："安蒂科中国区销售总监。"

"很高的职位？"

"一人之下。"

陶源点了点头，又不说话了。

"不过，对她来说，其实并不是好事。"江酌又叹了口气，"她快二十九岁了，应该结婚，生孩子了。"

陶源耸了下肩，不以为然："这有什么应该不应该？结不结婚，生不生孩子，都看她自己意愿。她现在想拼事业，就好好拼呗。"

"一个女孩子，这么拼事业，有必要吗？"江酌更加不以为然，"那不是显得她的男人——太没用？"

这句话含羞带刺，陶源敏锐地感觉到了，抬头快速地瞥了他一眼。

"反正，她跟我在一起，经济上是不用愁的。"江酌笑了笑，喝了口啤酒，继续道，"我是上海人，家里累积三代，还是有点儿底子的。我父亲是交大博导，母亲三十几年前就创业从商，叔叔舅舅之类就不说了，政府里医疗上都有门路。总而言之，你放心，我不会亏待杨溪。"

陶源猛然觉得心里有点儿不适，一下子攥住了拳头。

江酌眼神马上动了一下，发现了他这个动作。但他也没显示出任何退却或慌乱，还是淡定地握着啤酒杯的把手，等他说话。

江酌很高傲，因为他确实有资本和胆气。

陶源心里有些生气，可他也知道，自己没什么资格生气。

"但是呢，我却还是——比不上你。"忽然，江酌的话音一变，染上了浓浓的伤感，"杨溪虽然没说，但我很清楚，她心里惦记的，

我和你的大城小镇 233

还是你。"

陶源一下皱起了眉头，没有说话。

"她说——你是她的'生命之光'。"江酌凄苦地笑了笑，端起酒杯又喝了一大口。

陶源忽然怔住。

"我也想过，要不就算了，把她让给你。"江酌放下酒杯，眸子里应着灯光，灼灼地盯着陶源，"但是，你却一直在耗着她，伤害她，冷落她——让我真的，忍，无，可，忍。"

陶源惊了一下，刚刚松开的拳头又蜷了起来。

"今天，终于见到了你。"江酌把身子稍稍前倾，摆出了压迫的姿势，"我倒想问问，你到底是什么意思？"

酒吧里的灯很暗，但有一盏正挂在江酌的头顶上，照得他脸庞泛白，眼中光芒锋锐。此时正值两首歌交替的空白，气氛一静，竟显得他这一问尤其气势逼人。

陶源原本没有把这个斯文清瘦的男人放在眼里，但此时，他却发现血液里的荷尔蒙浓度迅速飙升起来，让他的手心里发了一点儿汗。

有那么一瞬间，他真的想起了自己少年时代面对那些喜欢杨溪的"情敌"时的激动与紧张。

"他比不过你，他们全都比不过你！只有你配得上杨溪！"心里的小人可劲儿地喊着，疯狂摇动着写着他名字的旗子。

可心念电转之后，他又意识到——现在早已不是过去。

还有谁比不过他呢？

除了他，所有人，都更配杨溪。

"我没什么意思。"他咬住牙关，也上身前倾，逼了回去，"我配不上杨溪，是早已既定的事实。来上海找她，也不是为了跟她在一起。"

"那你来干什么？"江酌皱起眉，有些意外。

"我只是来确认一下，她过得好不好。"陶源道。他说着，也端起了那第二杯酒。

"我陶源，现在无父无母，无钱无势，一人吃饱，全家不饿。"他直直看着江酽，"但是，我可以向你保证——假如让我知道，你做了对不起她的事……"他嘴角微微一勾，露出个无所畏惧的笑，"你，一定会有很大的麻烦。"

晚上八点，杨溪一个人在医院大厅的等候位坐着，等罗芳茗下晚班。

她已经知道了，陶源去了上海，好巧不巧地跟江酽碰上了，两人此时多半是在吃饭。但她谁也没联系，而是打了个电话给崔雪盈，让她赶紧抽个空去给中介送钥匙。

帮陶源还完钱后，杨溪决定了，她要回楚安。

这不是一个凭陶源自己一个人，可以好好存活下来的地方。如果她想让他好起来，那就必须——回到他身边。

八点半，罗芳茗终于换了衣服，拎着包从护士站走出来。看到杨溪，她眼中突然闪过极致的惊恐，整个人像是下一秒就要碎掉了。

眼前这个小护士早已瘦得失去了初见的元气十足，杨溪心里闪过一丝不忍。但是她没料到的是，罗芳茗竟然没有掉头就走，而是在原地深呼吸了几次，慢慢地向她走了过来。

"你在等我？"她轻轻地开口，嗓音细如蚊蚋。

杨溪皱着眉，点了点头。

走近了才发现，罗芳茗比她预想得还要瘦，简直有点儿像陶源刚从 ICU 里出来时的样子。

"我也觉得，应该跟你聊一聊。"罗芳茗说，"去吃个夜宵吧。"

"行。"杨溪说，"地方你定。"

罗芳茗皱起眉，想了一会儿。

"有个地方，我一直想再去一次，但又不敢。"她说完，叹了口气。

杨溪愣了一下，然后马上猜到了："湖阳街？"

罗芳茗点了点头。

杨溪扯了下嘴角，苦笑着摇摇头："其实我也是。"她顿了一下，"走吧，正好一起。"

出租车开到寰球商贸城的门口停下，杨溪付了钱。

罗芳茗没跟她抢。她想好了，今天这顿夜宵，由她来请。

这个季节，在户外吃烧烤的人很多，湖阳街尤其热闹。几个月前的事件丝毫没有影响这条街的生意，陶源在这儿流过的血，也已经被尘土和油烟盖去了痕迹。

罗芳茗走了几步，看到当时她和严娟两人坐的位置，突然就觉得后脑一阵锐痛，像有根钉子一下子砸了进来。

"怎么了？"杨溪看她突然浑身颤抖着要跌倒，抢了一步一把将她扶住。

"我……我得吃颗药。"她稍稍镇定了一下，然后挣开她的手，赶快翻包。

幸好，还有。但过了这周，她又得央求着爸爸带她去武汉了。

杨溪很靠谱，看出她状况不好，马上就近找了一家馆子带她坐下，要了杯水给她吃药。趁她休息平复时，又干脆利落地把菜点好，一切都安排妥当。

等到开始上菜，罗芳茗终于觉得头痛有些缓解，稍微可以说说话了。

"陶源……不是去上海找你了吗？"说出这句后，她忽然有点儿忍不住想哭。

杨溪叹了口气，摇头："不说他。先说你。"

"我有什么好说的呢……"罗芳茗苦笑。

"你的病在看吗？有没有在好转？"杨溪神色很凝重，眼睛里流露出切实的关心，不像是作伪或者敷衍。

"在看。"她叹口气，"但不是该看的科室。"

杨溪点点头，明白了她的意思。

小地方的人很害怕看精神科，甚至连神经内科，有时都会被人误会得了精神病才去看的。要是谁家被传出来去看过心理咨询，那"疯子""神经病"的标签就在门框上贴牢了，一辈子都会成为别家饭桌上的谈资。

"我跟陶源又订婚了。"她坦白说了出来，"但这次，我依然不高兴。"

杨溪没说话，但她看到，她抿着嘴，把牙关咬了起来。

"所有人都不理解我——我爸爸妈妈、亲戚朋友，更不要说陶源。"她把胳膊支在桌子上，用手挡住了酸涩的鼻子，"我觉得，在这世上，唯一可能理解我的，就是你了。"她顿了顿，"可是，我却没法找你。"

"为什么这么说？"杨溪问道，顺手给她递了张纸巾。

"因为——"她使劲压了一下涌上来的眼泪，"因为我知道，你也爱陶源。而你跟我一样，也对他无能为力。"

这句话说出来之后，杨溪的表情明显变化了一下，然后也用手挡住脸，微微偏过了头。

"他救过我，我爱上他。水到渠成。"她继续说，"很长时间以来，我都以为是我在帮他，我在回报他，帮他照顾父母，救他脱离苦难。

"可是，事实上，并不是这样的啊。"她实在忍不住，眼泪掉了下来，"我对他的爱，从开始到现在，一直是对他的拖累。"

"他根本就不爱我。"她下了结论，"跟我在一起的时候，他从来都没有发自内心地笑过。"

听到这儿，杨溪也抽噎了一下，伸手扯了一张纸巾。

"但是……我离不开他啊。离开他的话，我就……"她几乎说不下去，"我就什么都没有了。一败涂地。"

"陶源真的是个很善良的人。他不喜欢我，但也会可怜我。

"看到我犯病，他也不忍心让我伤害自己，轻声细语地来安慰，向我保证他不会走。

我和你的大城小镇　237

"可是，这些又有什么意义呢？我时常想，这样痛苦的爱，还能叫爱吗？"

服务员上了一瓶啤酒。杨溪叹了口气，翻开杯子，给她们一人倒了一杯。

"我不知道该怎么办了。"她继续说，"所以，当我知道他去上海找你了，反而松了口气。"

杨溪苦笑了下："他那叫去找我吗？一条消息都不肯主动发给我。"

罗芳茗皱起眉，心中涌起些复杂的味道。原来是这样吗？她还以为，他们常常联系呢。

"为什么会觉得轻松呢？"杨溪问，"明明是你逼他求的婚。"

"是。"罗芳茗点了点头，"那时我情绪崩溃了。但是等我醒来，很快，我就后悔了。"

"你后悔？"杨溪抬起眼，眸子里仿佛闪过一丝锋锐的嘲笑，"后悔了还不简单？他又不会反过来逼你结婚。"

罗芳茗心头被狠狠锥了一下，咬住了嘴唇，没有马上接话。

杨溪说得对——只要有一点儿可能，陶源也不会跟她结婚。

可是，订婚这件事，哪里有嘴上说说那么简单。

"我爸不同意。"她又叹了口气。

"嗯？"杨溪没明白。

"我爸，要我们尽快结婚，越快越好。"罗芳茗解释道。

"啊？"杨溪瞪大了眼，"为什么？你不是说他一直反对你和陶源谈恋爱？"

"是。"罗芳茗用双手抵住额头，"但那时，我没这毛病。"

杨溪看着她，震惊得说不出话来。

"那时他的女儿健康快乐，漂漂亮亮。年纪又轻，什么忧愁都没有。"她一开口，又觉得鼻子酸了，"但现在，所有人都知道他女儿跟人同居过，发了疯，自杀逼婚，骨瘦如柴，每天都会多少犯病，半夜也不消停，

238

总会做着梦大声叫着醒来。"

"芳茗……"杨溪皱起眉，看她的眼神里只剩下不忍。

"他的女儿已经不值钱了，要是陶源不娶，以后也没可能嫁出去了。不如就这样凑合着算了，及时止损。"她冷静地说完，看见杨溪的眼睛里泪水大颗大颗地掉下来，而她自己，却连鼻子里的酸胀都退去了。

终于说出来了啊……

终于，跟这个她长期以来的"敌人"，把自己最深处的伤痂露出来，当面撬开给她看。

也还好，没有想象中那么难堪。

承认自己的人生已经被这场爱情毁掉了，承认自己永远是输得最惨的那一个，一切的痛苦，也就不再隐秘而可耻。

"芳茗。"过了一会儿，杨溪定住了神，擦掉眼泪，再次开了口，"你想不想好好治病？"

罗芳茗愣了一下，苦笑道："能不想吗？但是，心理咨询很贵，说服我爸妈很难。而且，只能去武汉，楚安没有。"

"为什么一定要说服他们？"杨溪皱起眉，"你自己工作挣的钱，难道还要受他们支配？"

这句话一出，罗芳茗忽然觉得有些窘迫。

"我……"她红了脸，"我工资很低。之前的积蓄，装修房子时也都用光了。"

杨溪沉默了。过了一会儿，她终于下定了决心似的，长长吸了一口气。

"你知道吗？其实，我也在这儿出过事。"她抬起头来，看向她的眼睛，"跟你同病相怜。"

"什么？"罗芳茗皱起眉。

"高二的时候，我有一天晚上放学，在这里，被一个醉汉性侵了。"杨溪话说得很轻，但很清楚，"所以后来陶源做了警察，不停地巡查整治这个片区，跟这儿的不少商户都结了梁子。"

"什么！"罗芳茗大吃了一惊，不知该如何用语言形容。

"所以，出这个事，其实并不怪你。"杨溪伸手过来，拍了拍她的肩，"那些人，并不是冲你来的。真要细说，我也有责任。"

"我……"罗芳茗实在不知道该说什么好了。

"不要担心，很多的伤痛，最终都会被时间解决。但你首先，得放过自己。"杨溪看着她，认真地说，"相信我，我是过来人。"

这一句落地，罗芳茗忽然感觉到，心里的那一块厚重的坚冰，被震裂了一道口子。

"我会帮你的。"杨溪抬起手，揉了一下她的头发，"别怕。"

"你……怎么帮我？"罗芳茗皱着眉，将信将疑。

"我可以想办法，说服你爸爸，让你去看病。"杨溪道。

"怎么说服？他很执拗的。"罗芳茗有些失望。

"我给他钱。"杨溪道。

罗芳茗怔住了。

"明天上午，我跟你一起去找他，把这个事谈一谈。"杨溪道，然后一口把一次性塑料杯里的啤酒喝干，"你要相信，很多事情，都是能用钱解决的。而刚好，姐姐不差钱。"

17

我在上海买了房，但我现在想卖了它

"怎么办，我妈还是想要我考武大。"早自习结束，杨溪转过头来，神情恢恢的。

"别呀！你上次月考不是考挺好的吗？复旦、交大都没问题吧！干吗上武大啊？"陶源有点儿着急。

"不想我离家太远呗。"杨溪说，"我家在上海一个亲戚都没有，也没有认识的人。"

"那怕啥？不是有我嘛！"陶源伸手拍了一下她的头，"跟你妈说，还是去上海。到时候我们带她去看世博会！"

八点半，江酌和陶源从啤酒屋出来，握了个手，就此告别。

晚风挺热，江酌把西装外套搭在胳膊上，从裤兜里摸出烟盒，拈了一根点上。

本来已经戒烟挺久的了，但最近心里烦乱，不知不觉又抽了起来。还好抽得不多，一天最多不过半包。每次抽的时候他都会想——这段时间见杨溪比较少，也不知道她介不介意，还是尽快戒了的好。

一支烟还没抽完，手机突然响起来。他赶快去看，来电的竟是崔雪盈。

"喂？"他不由得心里一阵紧张，直觉跟杨溪有关。

"喂？江总啊——"崔雪盈声音一向很娇柔，这次却明显带着点儿异样的忧虑，"你跟杨溪，最近是怎么了？闹分手了吗？"

江酌皱起眉，苦笑出来："追都还没追上，谈什么分手？怎么了？"

崔雪盈迟疑了一下，顿了半天，才说了出来："杨溪要卖房子。"

"什么？"江酌不敢相信自己的耳朵，"什么时候的事？"

"刚跟我说的，我这会儿正去她家门口的中介送钥匙。"

"送什么钥匙？"江酌没反应过来。

"当然是送她家的钥匙。"崔雪盈道，"她休假回家之前，已经把房子都收拾好，到中介谈好挂牌价了。"

江酌心里狠狠一震，一下子说不出话来。

这是怎么了？

她这是……不准备回来了吗？

他向右边转过头，陶源孤独的背影才刚刚在街角消失。而此刻，江酌觉得可能自己才是那个傻瓜，要这么孑然一身地走下去。

"你去哪个中介？发个地址给我。"江酌一边对崔雪盈道，一边灭掉了烟，开始挥手拦车。

"好，店里碰面再说，就在她家小区门口。"崔雪盈道。

杨溪家的小区在世博板块，离中国馆很近，这个时间，还有不少居民摇着扇子在外面散步。

江酌从出租车上下来，跟着崔雪盈发来的定位往中介走。刚看到中介的招牌，正想把手机揣进兜里时，突然来了一条微信，发件人是湛露。

"江总，我刚刚听说……溪姐提出辞职了。"

看见这行字的瞬间，江酊觉得头皮一炸，险些脱口而出一句脏话。

这绝不是他想要的结果。他想要的是杨溪离开安蒂科，在心情最低落、最无助的时候，有他在她身边，给她足够的温柔和保护。

可现在，他连她的面都见不到。

一定是有什么他不知道的事情发生了。

"欸！帅哥，这里这里！"崔雪盈在店里看见了他，推开玻璃门出来喊他。

江酊深吸了口气，收起手机，快步走了过去。

崔雪盈正和一个穿着白衬衫、挂着胸牌的女房产经纪谈着事情。看见江酊进来，胖胖的女中介马上迎上来自我介绍："您好！我是这边的门店主管张秋红。您怎么称呼？"

"房子什么情况？"江酊没接茬儿，只皱着眉头问。

"噢！这套房是个顶楼小复式，产证面积 70.44 平方米，满五唯一税费少，总价也开得不高，五百五十万。如果付款方式好，价格还可以再谈。"小张一面说，眼睛一面上下打量着江酊，有些摸不透他的角色，"您是杨小姐的朋友？是准备帮她卖吗？还是……"

江酊转头看了崔雪盈一眼，后者耸了下肩，做出个无奈的表情。

"杨小姐托这位崔小姐来把钥匙给我们，之前就已经谈好了独家委托的。"小张看江酊一身西装，不知怎么着又想歪了，"如果您是别家中介……"

"啊？"江酊震惊了一下。

"哈哈哈哈……"崔雪盈突然爆发出疯狂的笑声，捂着肚子弯下了腰。

"对不起对不起……"小张急得满头汗，不知道说什么好。

"行了。"江酊不耐烦了，转身就往外走，"去看下房子。"

中介小张从业七年应该是从来没见过这样的客户——在前面走得

比她还快，完全不用指引直抵楼下，一直到了房子门口才反应过来要退开，让她拿钥匙来开门。

这套房子是她七年前卖给杨溪的，是她入这行后卖掉的第一套，印象十分深刻。

那时候的杨溪才刚刚毕业一年，外表青涩，脸上还有些婴儿肥，穿着打扮十分简朴。那时限购政策还没现在这么紧，价格也还没起来。不过对那时的杨溪来说，首付还是相当吃力的。

不过，那女孩也真是脑子清楚，眼光够好。才买没两年，这一带的房价就翻了倍。到现在，已经有了三倍的增值，十分可观。

从中介过来的路上，小张终于隐约有点儿明白了，那位江先生可能是打着买房的名义，想来杨溪家里看看。

他应该跟杨溪是认识的，也来过，其间除了问了她一次这房子什么时候来谈的挂牌，其他任何问题都没有，对房子本身根本没有什么兴趣。

小张觉得也无所谓，反正她也要再去一次，把细节再检查一下。

进户之后，三人就分开，各看各的了。

崔雪盈对房子没什么兴趣，直奔客厅沙发旁边的零食箱捞了包薯片，一屁股坐下开吃。

小张拿着卷尺，左边量一下，右边量一下，仔细记录数据，准备回去后再确认一下户型图的尺寸画没画对。

江酌在各个房间转悠了一下，就从客厅背后的扶手楼梯上楼，去了卧室。

楼上只有一间房和一个卫生间，层高很低，对着床的斜顶上开了一个很小的窗户。

床上只有一个枕头，淡青色的四件套，毯子叠得很随意，旁边放了只戴着圣诞帽的白色小熊玩偶，帽子已经有点儿褪色，看着旧旧的。

江酌盯着看了一会儿，忽然心中一动，把手里的西装外套扔在一边，跷着脚在床上仰面躺了下去。

原来，杨溪的世界是这样的。

她每天早上醒来，就会看见那扇小小的窗户，透进来一点儿白色的阳光。

那窗户的边缘有一点儿生锈，应该打不开吧。不知道台风天的时候，会不会有点儿漏水，把她淡青色的床单染成深青。

胡思乱想间，江酽发现，自己的内心好像被一层悲伤的雾气笼住了。

这样的生活，杨溪竟然要放弃了——那么快，那么决绝。

七年了，这应该是一个人在上海打拼的她，唯一不变的避风港吧。她把它布置得这么温馨，收拾得这样干净。每一个角落，都仿佛留下了她的身影，开心的，安静的，愉悦的，寂寞的。

她怎么狠得下心，说不要就不要了呢？

是不是她的家里，也出现了什么剧变，急需用钱？

想到这儿，江酽重重叹了口气，从床上起来，弯腰下楼。

"这房子，我要了。"他一边扶着楼梯走下，一边对在厨房里折腾的小张说。

"啊？"小张吃了一惊，卷尺差点儿没拿住，缩回来夹着手。

崔雪盈吃薯片的声音也戛然而止，扭过头来，看他的眼神像是看怪物。

"我现在就付定金，房东卡号给我。"江酽把西装扔在沙发上，掏出手机来，准备转账。

"这个……我都还没准备好呢，得先回中介看一下资料……"小张脸都涨红了。

"卡号？我有我有！"崔雪盈突然跳起来，把薯片扔到一边，拍了拍手开始狂翻手机，"上次她在法国给我代购，我给她转过账来着。"

"您……价格也不用谈吗？"小张真没见过这种阵仗，"定金准备付多少呢？"

我和你的大城小镇 　245

江酌稍稍想了一下。

"先付五十万吧。"他顿了一下，在手机上操作完，然后抬头看向小张，"房价，就按六百万好了——现金全款，你喊房东明天回来签合同。"

拿着定金合同从中介出来，江酌看了下时间，九点五十分。

这时间，老妈大概还没睡。

"喂？妈，还没休息吧？"打上车之后，江酌拨了个电话过去。

"当然没，啥事体？"对面先前隐隐有电视的声音，然后啪地停了。

"之前看的奉贤的别墅，还没定吧？"

"没啊，准备明天去的，我跟小孙已经约好了。"

"噢。"江酌迟疑了下，还是叹了口气，"要么，就算了吧。别定了。"

"怎么了？那套给你当婚房不是挺好的？"老妈的声音一下紧张了起来。

"我看上一套别的，在市区。一个小复式，房型挺好的，就是要全款，我还差点儿。"

"啊？哦，总价多少？在哪里？地段好不好啊？"

"六百万。"

"才六百万？很小的吧？够不够住啊？"老妈声音高了起来，"是学区房？"

"不是。"江酌应着，渐渐感觉有些不耐烦。

"那有什么好买的？我跟你说，以后生了孩子，家里人很多的，小了住得很难受的！"

"好啦，我都知道的。"江酌一半哄，一半坚持，"我还差三百万，先借我吧。"

"干吗又要全款啦？真是，搞不懂了……"老妈还在念叨，但口气已经软了。

"就听我的吧。"江酌又叹了口气，"这房子要是不买，新娘都要跑咯。"

"你干吗买我房子？"

十点四十分，洗完澡出来，江酌发现手机上有一个杨溪的未接来电，还有这么一条仿佛有声音的微信。

他忍不住，勾着唇角笑了笑。

看看时间，似乎打电话有点儿晚了。于是他回了消息过去："爱'乌'及'屋'呗。"

杨溪马上发过来了一个"崩溃"的表情。

"别闹啊，我那房子那么破。你钱又不是大风刮来的。"她一条一条追过来。

江酌又忍不住笑，倒了杯水，拿着手机缩到床上去靠坐着。

"真的啊！定金还你，我让小张再重新挂牌卖吧。"

江酌仿佛能看见杨溪纠结的表情，突然想捉弄捉弄她。

"你敢。"他回了过去。

"你找小张看看合同。两倍违约金，你付得起吗？"他加了个得意的表情。

杨溪果然无语了。

"好啦，知道你急用钱。定金你就留好吧。"江酌说。

杨溪回了个纠结的表情，鼓着嘴的小人儿不停眨眼睛。

"明天就回来，跟我签合同。"江酌说，"我去机场接你。"

这条过去后，杨溪没有马上回。

江酌等了一会儿没等到，就打开手机去查明天武汉到上海的机票。

票还很多，从早到晚都有，最后一班晚上十二点十分到浦东。

"明天还有事，不一定赶得回。"过了约有十分钟，杨溪终于回复了。

"要是能回的话，我提前跟你说。"她又补了一句。

我和你的大城小镇 247

"好。"江酌马上答应。

说完之后，他又想问问，她这几天怎么样，在老家是遇到什么事了。再或者，是不是该跟她说一声，今天他见到了陶源，一起喝了点儿酒，聊了很多。

可就在他组织着语言，不停编辑和删改消息文字的时候，杨溪却发过来了两个字："晚安。"

他僵了一下，然后叹了口气，把之前写的全部删了。

"晚安。"他回了过去。

紧接着，又补了一句："快点儿回来，我很想你。"

这会儿，杨溪却还抱着手机，在床上翻来覆去地睡不着。

陶源已经在回楚安的火车上了。他没赶上那趟直达，只买到了深夜发车的那趟十四个小时的快车，到楚安大概要到明天下午。

最晚最晚，明天的晚饭，他和杨溪就可以在一起吃了。

火车上的信号不太好，他们每发一条消息，都不知道要等多久才有回音。有时候消息先后顺序还会乱掉，几句天儿聊得十分痛苦。

"在你公司看见了你的助理和客户，都夸你来着。感觉他们人都挺好。"

"你去上海都不跟我说啊？不怕我刚好出差了吗？"

"这次回来，家里人都还好吧？"

"人好有啥用，工作上还不是互相虐待的情况比较多。"

"我也不知道怎么就脑残了。但话说回来你还不是脑残了？也没提前跟我说啊……"

"我那不是想给你个惊喜嘛！"

杨溪一边发着微信，一边忍不住嘴角上扬。

真正的惊喜，她还没告诉陶源。

她还没告诉他，她已经帮他还清了欠债，安抚了罗芳茗，就差明天上午再去跟罗院长谈一谈，他和罗家的关系就可以有个彻底的了断。

她也还没告诉他，她已经辞掉了工作，卖掉了房子，做好了回楚安的准备。

他就要自由了，她也是。

他们等了这么多年，终于可以甩掉那些沉重的负担，开始自由无拘的新生活了。

"早点儿睡吧，明天见面再说。"陶源发来了最后一条消息。

"好。晚安。"杨溪打出"晚安"两个字，发现输入法自动联想出了一个闭眼吹桃心的表情，一激动就点上，发了过去。

但不知是不是信号原因，陶源没再回了。

夜越来越深，已经过了十二点。

杨溪深吸了一口气，按灭手机，准备睡觉。

关掉夜灯之前，她想了想，又打开手机，点开江酌的对话框看了一眼。

江酌还是那么温柔，对她那么好。

也不知道他今天跟陶源见面，聊了些什么。她也还没告诉他，她准备离开上海了。

房子的事，回去了还得跟他好好解释解释。肯定是不能卖给他的，更加不能高价卖，哪有还多给五十万的。

但今天他给她转的定金，确实解了她的燃眉之急。

明天要找罗芳茗父亲谈判，本来还在发愁找谁先借几十万周转，通信录还没翻到底，五十万到账的短信已经蹦了出来，吓得她差点儿没拿稳手机。

实在是太对不起他，辜负了他的一颗金子般的心。

但其实，杨溪坚信，像他那样的人，值得更好的——也一定会有更好的，将他的心妥善保管，一直幸福地走下去。

晚安吧，爱情。

周四上午十点半，杨溪没有料到，在楚安中心医院院长办公室里，谈判这么快就陷入了僵局。

杨溪今天一个人来的，但是带了个DV放在包里。罗芳茗小脸惨白，和罗院长坐在办公桌的同一侧，怯怯地不敢说话。罗院长也没给杨溪倒水，只是沉着脸，听她把提案从头至尾讲了两遍。

杨溪的要求很简单——罗家解除跟陶源的婚约，归还陶源给罗芳茗垫付的医药费，公开表示两家感情破裂，此后不相往来，不提旧事；而杨溪作为罗芳茗的学姐，且拥有不错的医疗资源，自愿赞助二十万，帮助罗芳茗进行心理治疗。当然，后面的这些，仅限罗杨两方知道，对外会严格保密，连陶源都不会告知。

而听完这些，罗院长觉得杨溪才是心理有病。

二十万？罗家根本不缺这点儿钱。资源？他们自己就在医疗体系里，又哪里用得着杨溪的资源？

更何况，罗芳茗现在好好的，跟陶源的关系也一切正常，马上就准备正式领证结婚。虽然罗院长夫妇二人还是看不上陶源，心里对过去的事也不是毫无芥蒂，但架不住宝贝女儿喜欢啊！也想满足了她的心愿，就算做个善事。

鸡同鸭讲了半个小时，杨溪终于开始有些愤怒了。

罗阳生看起来脑子也没什么问题，但就偏偏钻进"陶源遇上他们是三生有幸"这么个牛角尖里出不来了，也不知道是从哪里来的自信。

杨溪一直压着脾气，不想把话说得太难听。但这么聊下去，陶源就快要回来了。他要是也来掺和，这拿钱消灾的办法肯定就又行不通了。

"那么，罗院长您想怎么办呢？"杨溪把身子前倾，两臂交错在胸前。

"有什么好办的？我就搞不懂了，这事跟你杨溪有什么关系？要谈也是陶源过来跟我谈！你算什么东西啊？有几个钱，就想来插足我女儿的婚姻？"

听到这句，杨溪耳朵一炸，差点儿想站起来把桌子给掀了。

但冷静了一下想了想，这句话却给她带来了一个全新的思路。

不就是看谁更不要脸？

光脚的不怕穿鞋的。罗家在楚安混到这个地位，脸面应当比金钱重要得多，不然也不会女儿生病也不敢去看。而她杨溪，才刚刚回来，什么根基也没有，也没什么东西可失去。

"哦？跟我有什么关系，原来你女儿没跟您说啊？"杨溪上身往椅背上一靠，斜斜瞥了罗芳茗一眼，跷起了二郎腿，"陶源是我初恋男友啊！我俩高中就睡过了，后来也没断。他前两天还跑上海去找我来着，你们不知道吗？"

罗芳茗的脸色一下子变了，像是有些不解的愠怒，又像有些不自觉的着急。

"也行啊，你们爱结婚，就结婚吧！反正你也不可能一直把他绑在家里。"杨溪勾着嘴角笑了笑，故意看向罗芳茗，"但只要他出来……说不定哪天就跟我睡出个小孩儿来。那时候再折腾，热闹可就大咯。"

"杨溪！你说什么呢！"罗芳茗终于猛地从座位上站起来。

"反正呢，你们罗家逼婚的前因后果，我那素材都留着呢。实在不行，到时候我整理整理，咱们头条上见呗。"杨溪并不理她。

"你敢！"

罗芳茗尖叫了起来，想冲过来抓杨溪，被她爸一把拉住了，按回了椅子上。

"你给我冷静点儿，别说话，坐好！"罗院长把罗芳茗训斥了一通，回头又骂杨溪，满脸怒容，"你这丫头怎么说话呢？有没有点儿教养啊？"

"人话听不懂，我就只有说鬼话咯！"杨溪不以为然地瞥了他一眼，轻飘飘地回了一句，然后把手提包从旁边的椅子上拿过来，打开开始掏。

先是五沓人民币，每沓一万块，一沓一沓摆在罗院长面前的办公桌上。

"这是我最后一次、好好跟你们说。"她手指点在人民币上，转过头对罗芳茗微微一笑，"五万块，赶上你一年工资了吧？实在不想看病，就出去玩玩。这钱你自己拿着，该用到哪儿，你自己清楚。"

罗芳茗皱眉看着她，眼神有些复杂，没说出话。

杨溪接着从包里掏出了几张纸和笔，纸上已经打印好了许多文字。然后是那部 DV。

"你什么意思？"看到录像设备出现，罗院长一下子紧张起来。

"没什么，按刚才我说的解决方法，同意的话，签个承诺书。"杨溪把纸笔推过去，嘀的一声打开了 DV，"过程我拍一下，留个证据。不然回头说我伪造，可讲不清。"她挑了挑眉，"签完读一遍，剩下十五万我马上就转罗芳茗账上。"

罗院长拿起那张纸，皱起眉看了一遍，然后交给罗芳茗。

罗芳茗一看，马上就捂着嘴哭了。上面清楚地写着，"承诺永远不再跟陶源见面和联络"。

"我不答应又怎么样？你还能找人来闹事？来打我？"看到女儿哭了，罗院长更加愤怒，对着杨溪把桌子拍得砰砰响。

"那不至于。您冷静，注意身体。"杨溪又笑了笑，脸上露出遗憾的神情，"真到那一步，我也只能，另找个人来跟您谈了。"

"嗯？谁？"罗院长眉头一锁，敏锐地嗅到了什么气息。

"找个跟罗院长关系近的，来说说情呗。"杨溪耸了耸肩，"我二姑，在卫生局。"

"啊？"罗院长一下子睁大了眼，脸上闪过了一丝慌乱，"哪位？叫什么？"

"卫生局那么小，姓杨的有几个啊？"杨溪反问了一句，拿着 DV 笑着看着他。

罗院长的神情一分分沉了下去。过了一会儿，又从桌上拿起了那张纸，继续看。

看到这个动作，杨溪心里终于松弛了一下。

应该成了。

"放心吧，罗院长。"杨溪按下录制键，把镜头对向了罗阳生和罗芳茗，"签吧！你们不会吃亏的。从头到尾，吃亏的，只有一个叫杨溪的傻子。"

18

总说为我好，可到底什么是好的？

虽然经常梦见你

还是毫无头绪

外面正在下着雨

今天是星期几

But I don't know（但是我不知道）

你去哪里

虽然不曾怀疑你

还是忐忑不定

谁是你的那个唯一

原谅我怀疑自己……

下午五点二十分，楚安高中校园里放起了晚间音乐广播。

这是下午课程结束的标志，从五点二十分到六点半，学生可以去食堂或者回家吃晚饭，六点半回来接着上晚自习。

杨溪和陶源约在了楚安高中的侧门见面。

侧门边有他们当年常常一起吃饭的米酒馆，还有许多流动的摊头，卖炸酱面热干面炒米粉炸鸡柳之类可以带着走的餐点。

随便一望，到处都是回忆。

这会儿其实是暑假，学校里只有高二升高三的二十四个班在补课，校园里十分空旷。杨溪想，他们可以趁这个时间去里面逛一逛，怀个旧，也不会太引人注目。

"我明白 / 我要的爱 / 会把我宠坏……像一个小孩 / 只懂在你怀里坏……你要的爱 不只是依赖 / 要像个大男孩 风吹又日晒 / 生活自由自在……"

杨溪站在门口，忍不住跟着广播的音乐轻轻哼着，想着不知道今天这广播是谁安排的，怎么会放这首有些年头的流行歌《你要的爱》——估计是个跟他们年纪相仿的老师放的吧。

"司机把我放到正门这里了。直接进去吧，操场见。"这时，陶源发来了微信。

杨溪马上回了个"好"，然后转身快步跑进学校里。

操场在教学楼的西面，这时正盛满了落日的余晖。

一首歌结束的时候，杨溪看见了那个穿着黑色 T 恤蓝色牛仔裤的瘦高的男孩。

其实早已不是男孩了——毕业已十二年，还在这个校园里读书的学生，都可以喊他们叔叔阿姨了。

但偏偏，在这个当口，在温柔又灿烂的夕阳下，一首《喜欢你》又从广播里飘了出来。

喜欢你

那双眼动人

笑声更迷人

愿再可轻抚你

那可爱面容

挽手说梦话

像昨天你共我……

杨溪觉得一股热泪从眼睛里冲上来，让她毫不犹豫、也毫不能等地向他狂奔了过去。

"杨……"

陶源没来得及出声，就被杨溪张臂抱住了脖子，"砰"地撞在了胸膛上。

一阵疼。

杨溪感觉陶源整个人都僵住了，过了两秒，才也展开双臂，紧紧抱住了她的肩膀。

好暖。

他的手在背后覆着她的肩，脸颊贴在她颈畔，急促的气息有些湿热，心跳快得像是擂鼓。

但是，只过了几十秒钟，他就拍了拍她的后背，向后退了一步，把怀抱松开了。

杨溪也松开了手。抬头看，陶源的眼睛也红了，脸上表情有些扭曲，像在强忍着不让自己哭。

"等好久了吗？抱歉啊。"他吸了一下鼻子，哑着声音说。

杨溪也平复了一下，擦掉脸上的泪，笑着摇了摇头。

"那，走走吧。"陶源偏偏头，指了一下操场旁边的跑道。这时学生都在吃饭，一个人都没有。

杨溪点点头，跟他并肩走了过去。转身的时候，她看见陶源背过身去快速地擦了一下眼睛。

"挺抱歉的，你妈妈去世的时候，我没能回来一趟。"杨溪沉着嗓子，"实在请不出假，快被老板逼死了。"

"没事。"陶源轻轻吸了一下鼻子，"已经很感谢你了。"

"哪里。你妈妈对我这么好，我本来就应该回来送她最后一程的。"杨溪停了停，"其实，以前她身体还好时，也会直接给我发消息，说说你的近况。"

陶源仿佛没有料到，脚步明显顿了一下。

"她最担心的，就是她走以后，你会突然没了精神寄托，一下子垮下去。"杨溪说。

陶源皱了皱眉，沉默了一会儿，然后摇摇头，释然道："都过去了。"

杨溪忽觉没有合适的话接下去了。

"你呢？"陶源突然主动起了话题，"工作压力这么大，一切都还好吗？"

"我……"杨溪稍有些意外，也不知从何答起，"还好啊。"

陶源又沉默了。

"你干吗突然去上海？"杨溪觉得气氛沉重得受不了，故意把语调拉得轻松，笑他，"想我了？"

然而，陶源却没接话，还是沉默地往前走，也没看她。

"你不知道我经常出差吗？不说一声就去，大概率会跑空的。"杨溪噘起嘴续道。

陶源点了点头，然后叹了口气，微笑道："不过，倒是见到了你男朋友。"

杨溪微微惊了一下，然后翻了个白眼："他不是我男朋友……"

陶源这次回头看了她一眼，然后把目光垂下来，伸手指向她的左手。杨溪低头一看，中指上的戒痕比之前还要明显……那个手寸不合适的钻戒，真是害得她好苦。

"你不是……连那件事情都告诉他了吗？"陶源眼睛里的光有些暗淡。

杨溪吃了一惊，一时间，不知道该怎么解释。

我和你的大城小镇　　**257**

"我很抱歉。自始至终，都没能为你做什么。"陶源又转回了脸去，语气说不出的颓丧，"那个人，很可能是抓不到了。"

杨溪感到心头被锥了一下，眼底有股酸涩冒了起来。

过了半天，她才平复下来，摇了摇头说："你也做得很好了。这件事，也过去了。"

陶源没有说话，咬紧了牙关，仿佛并不相信。

"我们都是凡人。"杨溪又说，"要原谅自己很多事情做不到。我想通了，我已经长大了，也足够坚强了。不再需要用秘密来保护自己，也已经可以承受暴露伤口带来的后果了。"她顿了顿，"陶源，是你让我知道，我这些年，并不是一个人在挺。"

这话说完，陶源又愣了一下，然后侧过身去，又用袖子擦了一下眼睛。

"其实，你见到的江酌，跟我真的没有什么关系。我……准备离开上海了。"杨溪接着说。

"什么？"陶源一下子转过头，皱着眉看她。

"我已经辞职了，房子……也快卖掉了。"杨溪看着他，脸上渐渐绽起笑容来，"我准备回楚安啦！高不高兴啊？"

这话说完，陶源脸上的神情已经从惊讶变成了忧沉，甚至，还似乎有一点儿生气。

"干吗要回来？"他声音有些高，"这破地方，你受得了吗？"

杨溪有点儿意外。

她料到了陶源会有点儿讶异和担忧，但是没料到，他连一丝一毫的欣喜都没有。

"江酌都在准备买婚房别墅了。"陶源跟着又说，"他不是对你很好吗？人也不错，长得也帅，收入又高，家里条件也好……"

"你干吗？吃错药啦？"杨溪皱眉打断了他，伸手摸了一下他的额头。陶源条件反射地向后一躲。

"我就要回来，跟你在一起，行不行？"杨溪直接把话甩了出来，直挺挺地看着他。

陶源又僵住了，坚持看了她一秒，然后转过了脸。

"每晚夜里自我独行／随处荡多冰冷／以往为了自我挣扎／从不知她的痛苦……"

广播里唱到了这一句。

"你到底……唉……"陶源叹了口气，摇了摇头，"我还没告诉你——我已经，跟别人订婚了。"

杨溪耸了下肩，故意逗他："那就悔婚咯！"

"跟罗芳茗。"陶源冷冷地道。

杨溪没有说话。

等了一会儿，陶源以为她被惊坏，回头来看她，她才扑哧一下笑了出来。

"我也有事还没告诉你。"她低头打开手提包一阵翻，拿出来一个小信封，笑着递给陶源，"看看。"

陶源诧异地接了，打开来，抽出了几张纸，还掉出来一本护照。

杨溪不想盯着他尴尬，自己转身又往前走，蹦蹦跳跳地挪了几步。

而她没发现的是，陶源一张一张地看完那几份文件之后，整个人的神情已经从惊讶变成了极度的痛苦。

"杨，溪！"他突然大声吼了起来，"你凭什么这么干！"

杨溪吓了一跳，转身去看，发现陶源整个人都在颤抖，眼睛红得像野兽。

"你以为你这么做很了不起吗？你有点儿钱，就可以随意插手我的事？你凭什么？"他极力控制着情绪，但还是没有办法冷静。

"我……"杨溪一下子吓着了。

"你以为这样，我就欠你了？我就得一辈子被拷在你身边还你的恩德了是吧？"陶源死死盯着她，嘴里的话带着杨溪从没见过的怒火，

我和你的大城小镇　259

"你以为你是谁啊？我的救命恩人？我的再生父母？我的爱人？你知道什么是爱吗？你跟罗芳茗有什么不一样？"

"我……陶源……"杨溪哭了出来。

"爱是平等、是自由，是互不亏欠！"陶源崩溃般地吼道，然后再忍不住眼泪的决堤，扶住自己的额头，慢慢蹲了下来，捂住了脸。

"陶源……"杨溪走过去，弯下腰，伸手想去扶他颤抖的肩膀。

"别碰我！"陶源一躲，大声吼出来，"滚！"

杨溪感觉到脑袋里响起了一颗雷子，炸得她完全蒙了。

她万没想到，自己为他拼尽全力、受尽折辱，换来的却是这个结果。

"陶源。"她退开两步，压住声音里的颤抖，"你、你又凭什么这么对我？"

她仰起头，深呼吸了一下，让眼泪不要再往下流："你自己消化不了情绪，平衡不了自卑，解决不了困局，就来对着我发泄？你像个男人吗？你就是个屁也不懂的小孩！"

"我是不懂！但也不需要你来可怜我！"陶源抬起头，扭曲的脸上满是泪水，"我愿意跟谁结婚，就跟谁结婚。"他顿了一下，看着杨溪一字一字清楚地道，"反正，不会是你杨溪。"

后来，他们再也没有拥抱，也没有再好好地看对方一眼。

太阳落下去了，操场上只剩一层非常轻的、淡红色的辉光，像是哭多了的眼睛底下，那层血的颜色。

陶源说，欠你的钱，我会还到你卡上。我们之间，以后就不要再见面了。

还说，那位江先生是真的爱你，可以给你平静的生活。他很好，也不应该被辜负。

最后，他说，你还是回上海去吧，楚安不适合你。好好工作，好好生活，争取把父母也接过去，彻底离开这里，做个新上海人。

杨溪一句也没回答，只是坐在地上哭够，然后站起来，轻轻说了声再见。

走出校门的时候，广播里响起了另一首歌《彩虹天堂》。

我不闻不问 也许好过一点
被遗憾关在房间 挣扎只是拖延
无望的空谈 一声声的轻叹
回忆扯不断 怎么摆脱纠缠
找不到方向 往彩虹天堂
有你说的爱在用幸福触摸忧伤
两个人相守 直到白发苍苍
自由地飞翔在灿烂的星光……

也不知道是谁那么该死，专门放他们在这里读书的时候流行的歌。

那时候下午放学，他们吃完了晚饭还有时间，就会来操场上散步绕圈。不好意思并排走，就一前一后，差上两步。

陶源很会唱歌，总是跟着广播扯着嗓子喊，引来好多同学侧目。杨溪总觉得很害羞，但心里是甜的，因为知道他就是故意想让别人看见他俩在一块儿，形影不离，是一对儿准情侣。

可当时，只有十七岁的他们，哪里知道歌里唱的"两个人相守直到白发苍苍"，是多么难以企及的事呢？

他们又怎么知道，命运竟会随随便便就在他们中间砍了一刀——就在他们前后座的那一条窄窄的缝隙里，轻飘飘的，天崩地裂。

回不去了，无忧无虑的少年时代。

他们挣扎了十二年，终于让自己相信，也让对方相信，那些遗憾，永远、永远，都没法弥补了。

爱情，有什么用呢？

我和你的大城小镇 261

这些年经历的一切，已经一点儿一点儿地在他们之间堆起了一座跨不过去的高山，让他们哪怕依然相爱，也无法在一起了。

上了出租车回家，杨溪接到了江酌的电话。

"回来吗？我给你订票。"

杨溪经不住，又哭了出来。

却连眼泪都没了。

她知道，她接下去的这个回答，就是她人生的转折点了。

只要说一个"好"字，从此以后，她的名字就会跟"陶源"永远分开，而跟"江酌"放在一起。

杨溪陶源，陶源杨溪。

江酌杨溪，杨溪江酌。

一刀两断，翻天覆地。

"你要是不回来，我就要飞过去找你了。"江酌说，"我已经，一刻都等不下去。"

杨溪觉得自己的心上裂了道口子，有什么东西蜕皮一样钻了出来，扑棱了一下翅膀，飞走了。

"好吧。"最后，她听到自己说了出来，"我回。"

凌晨十二点四十分，杨溪在浦东机场的接机口见到了江酌。

这次江酌没有带花，只是冲上来，旁若无人地拥住了她的肩，紧紧地抱了她好久好久。

外面下雨了，夏天的晚上，竟有些冷。

江酌开着车，走得慢而稳当，轻声细语地问杨溪这次回去那么急，是不是家里出了什么事。

杨溪说，没什么，也是陶源的事，但现在已经结束了。

江酌没有细问，也没主动提起他跟陶源在上海见了一面的事。沉默了好一会儿，最后叹了口气打开了音乐。

轻缓抒情的爵士乐，配着雨声，十分悠远闲适。有那么一瞬，杨溪觉得要是时间永远停留在这一刻，也是很好很好的了。

　　"听说你辞职了？以后有什么打算？"江酌问，像是漫不经心。

　　杨溪叹口气："先缓几天，睡够了，再找呗。"

　　"一定要工作？"江酌皱眉。

　　杨溪觉得有些好笑，扯了扯嘴角："不然呢？吃什么？"

　　江酌张了张嘴，但欲言又止。

　　想了好半天，他才叹了口气，说："那，找个轻松的吧。我见不得你那么累。"

　　杨溪没说什么，但"嗯"了一声，点了点头。

　　"估计，我要你来我这儿，你也不会愿意。"江酌道，又叹了口气，"但随你，如果需要帮忙，随时开口。"

　　这次杨溪没应，闭上眼睛靠在车窗边，像要入睡。

　　雨声淅淅沥沥，敲在耳边，仿佛永远不会停。

　　一个小时之后，车开进了杨溪家的小区。

　　这次回来的时间太晚，楼下已经没有了停车的位置。江酌小心翼翼地绕了好几圈，才在很远的拐角找到一个空位，勉强停了进去。

　　雨还在下，而且不小。他忘了带伞，只能把西装外套给杨溪披在头上，然后淋着雨下车拿行李，两个人快步跑着冲进楼道里。

　　这么一动一淋雨，杨溪忽然觉得心情没那么重了，好像从噩梦里醒了过来。

　　江酌也有了笑容，嘲笑了她几句行李重得像装了石头。

　　进门之后，杨溪先去阳台找了个衣架把江酌的湿外套挂了起来，然后去厨房烧了一壶水。出来时看见江酌坐在沙发上，满头满身都是雨水，才想起应该去拿个毛巾给他擦擦。

　　已经快两点半了，雨还这么大，江酌今晚，应该就在这里不走了。她的房子不大，但客房还是有的——何况，这房子如今，有一部分已经是他的了。

杨溪从柜子里找出干净的毛巾，走到沙发边，伸手递给江酌。

可他却不接，只静静看着她，似笑非笑，眼底尽是温柔。

杨溪看着他湿漉漉的样子，忽然心里软了一下。

都是为了她啊。

这个男人，已经为她做得足够多了。在从楚安到上海的这段长长的路途上，她不是已经决定了，从今天起，要重新开始吗？

"过来。"江酌看她发愣，笑着向她伸出手。

杨溪也勉强扯动嘴角笑了笑，展开毛巾，向他走了过去，在他身前站定，轻柔地用毛巾包住了他湿湿的头发。

揉了几下，杨溪感觉到江酌的呼吸急促了起来，头离她的胸口越来越近。

"杨溪……"他慢慢展开手臂，把她后腰揽住，压进了他怀里。

体温相接，湿漉漉的衣服显得难受起来。拿开毛巾，杨溪低头，看见江酌的眼底泛着微微的红潮，呼吸里的战栗随着她胸口的起伏越发明显，揽着她腰肢的手臂越箍越紧。

终于，他忍不了了，扯掉了她手里的毛巾，把她抱起来翻身压在沙发上，开始吻她的唇。

杨溪惊惶了一下，继而了然——这一天，终于还是来了。

江酌的吻很有侵略性，就像他对她的爱和欲，直白得不容反驳。

杨溪的手腕被他按着，感觉自己像只被捉住的猎物，每寸身体都被捆绑着不能动，只能承受着他带着威压的施与和爱怜。

"杨溪……我想要你。"片刻后，江酌放开了她的唇，喘息着在她耳边低喃。炽热的呼吸落在她的颈上，像要烧起来。

"嫁给我吧。"他松开了她的手腕，用鼻尖轻轻蹭着她锁骨处裸露的皮肤，手抚着她的腰，轻轻地道。

杨溪感觉到鼻尖酸了一下，一股泪涌了上来，从眼角滑下去。

就是这样了吗？

旧的结束，新的开始。

或是——旧的不得不结束，新的，不得不开始。

她能怎样呢？命定如此，她反抗不了。

真的，反抗不了了。

"我会对你好的。"江酽在她耳边又轻轻说了一句，用无限的温柔将她包裹。

"别怕。"他抬头，用指尖抹掉了她眼角的泪。

"相信我。"

后半夜了。陶源还一个人坐在操场上，没有回家。

他也没有家了。

这星空下空荡荡的操场，倒有点儿像他此刻的心——黑暗，寒冷，寂静，空无一物。

曾经有一个人一直在这里，蹦着跳着，欢叫着，陶源陶源，陶源陶源，高高的马尾辫甩来甩去。可今天，他把她推出去了。

恶狠狠地。毫不犹豫地。

推得她重重地跌倒，跌落到悬崖下。

这一点儿都不像他。连对罗芳茗，他都不曾这样残忍。

可今天，当他听到杨溪说她要回来楚安，跟他在一起时，他真的彻底失控了。

怎么可以让她回来呢？她已经在上海生活了那么多年，生活得那么好，还有那样唾手可及的幸福在等着她。怎么能让她这样不理智地把自己多年的积累全部放弃，放弃那样一个开阔而自由的世界，回到难以容身的龟壳里？

她不会幸福的。

有些东西，你没见过，也就罢了。可当你知道了它的存在，却又无法得到时，痛苦就难以消弭了。

这都怪他。他又要把她拖下泥潭了！无能的他，失败的他，软弱的他，可耻的他！

这么多年了，他所做的，就是一再地把飞得高高的她往下拽着，拽得她筋疲力尽，却还放不了手。

何必呢？她放不了手，他可以放。

互不亏欠的爱，他们早在很多年前，就已经失去了获得的可能性。

杨溪走的时候，没说什么话，只轻轻说了声再见。

很轻，但是他听见了。

那时候广播里在放《彩虹天堂》，杨溪的背影很瘦，笼着一层彩虹似的霞光。

她没回头，所以不知道他在看她。

他一直在看她，直到暮色将她的身影吞没。

她就是他的彩虹天堂。可是，他只能用这种方式，送她离开他的世界。

尽管残忍，但他会珍藏在心底，然后，再也不会提及。

她会过得很好的。跟那个比他好上太多的江酌在一起，平静、安稳、富足地，好好生活下去。

一定会的。

夜晚越来越冷，操场的地面冷得像冰，让他受过伤的腿和背又开始隐隐作痛。

杨溪走了之后，他曾从地上爬起来，开始围着操场一圈一圈地跑。

慢慢开始有吃完晚饭的学生三三两两地过来散步，看到一个颓丧的中年男人一边痛哭，一边瘸着腿拼命跑着，纷纷露出惊奇的目光和无邪的嘲笑。

是的，他们没有恶意——只是嘲笑而已。

嘲笑一个被生活毒打的中年人，竟会落得这样狼狈和伤心。

什么幸福，什么爱情。

都是他不会拥有的奢侈品。

再后来，他实在跑不动了，就停下来，仰面躺在了操场上。

夜一分分变冷，所有人都离开了，广播停止，虫声四起。他觉得黑色的天空完全压在了他身上，让他想干脆连呼吸都放弃。

不知道过了多久，他才醒了过来，感觉到后脑和肩背针扎一样疼，只能挣扎着坐了起来。

看了下手机，已经快四点。再不多久，天就要亮了。

不知道杨溪这时在哪儿，今夜有没有睡着觉。

念头刚起，就被他压了下来——不管怎样，那都和他无关了。

可这时，手机却毫无征兆地震了一下，进来了一条微信。

他皱起眉，打开看，发现竟是来自江酌。

"谢谢。"他发了两个字。

陶源心里被刺了一下。

果然，杨溪回去了，去了江酌的身边。

但是……她怎么样呢？他想了想，回了个问号过去。

过了一会儿，手机又震了。江酌发过来了一张照片。

打开的那一瞬间，陶源觉得，一直藏在他心底的那一把手枪，"砰"的一声打响了。

那是杨溪——睡着了，露在被子外面的肩背裸着，和江酌躺在一起，被他搂在怀里。

可她虽然跟他一起睡着，怀里却还抱着个东西。

——是个戴着圣诞帽的白色小熊玩偶。

——那是十二年前，他送给她的，最后一件生日礼物。

我和你的大城小镇　　267

19

还是跟以前一样，肉丝都是你的

"你为什么这么想去上海？北京不好吗？武汉不好吗？"杨溪站在篮球场边，手里拎着他的水壶甩着转圈。

"上海大呀！"他一边投篮，一边拿眼角看她，"北京太冷，武汉太热。你又怕冷又怕热的，待得住吗？"

"也是。"杨溪若有所思地点头，"但是，在那么大的城市，不会觉得自己渺小得像根草似的，风一吹就走了？"

"人生本来就很脆弱，在哪儿不都一样？"他潇洒地笑笑，然后运着球往后退，退到边线的角落里，"你觉得自己是没用的草芥，也就是了。跟你是谁、在哪里，没什么关系。"

他跳起来，投篮。

三分，命中。

早上八点，一到单位，朱越就被吓了一跳。

陶源竟然在加班，红着眼睛对着电脑不说话，头发乱糟糟的，旁边放着一大杯浓茶，像是昨夜都没睡。

"你干什么呢？"他绕过去，到陶源背后，扶着他椅背，看着他的屏幕。

其实他什么也没干，屏幕上显示的是内部的全国户籍查询系统，但并没有登录，也没输入什么信息。

"干吗？查谁啊？"朱越觉得有些意外。这两天也没什么案子。

陶源的手指焦虑地拿着鼠标点来点去，一会儿拿起手机看一下有没有微信，咬着牙不说话，显然是有什么隐情。

"喂！你冷静点儿，别瞎搞啊！"朱越察觉到不对劲，把他手机抢过来，划了一下，屏幕上是陶源和一个叫"湛露"的女孩的对话：

"江酌的身份证号你有吗？"

"公司电脑里可能有。但是不能给你啊！"

"我是警察。"

紧接着是陶源发过去的证件照片。

"那……我问问江老师能不能给？或者问溪姐要？"

"不能问。"

"陶源，你疯了啊？你知不知道你在干吗？"朱越一下子叫起来，用手重重削了一下陶源脑袋，"这是能查的？"

陶源咬着牙关，脸上的神情像是要吃人。

"这人谁啊？"朱越扔下手机，点了下江酌的名字，"干啥了？"

"我怀疑他……强迫杨溪。"陶源终于吐出几个字。

"强迫？"朱越一下子睁大眼，有些失笑，"杨溪能被强迫？她不强迫别人就不错了吧！"

"谁跟你开玩笑。"陶源发怒了，口气剑拔弩张。

"我的天啊……不是吧。"朱越这才反应过来事情的严重性，"怎么搞的？"

他这么一问，陶源的情绪反倒一下子崩溃了，别过头去，两手插进自己的头发里使劲撕扯。

我和你的大城小镇　269

"我……我是个傻子！"他声音有些哽咽，"是我把她推走的。她根本不愿意！她愿意的话……怎么会还抱着我送她的熊？我……说什么保护她……说什么为她好？"

"唉唉，等等，你说什么？你把杨溪……赶回上海去了？"朱越难以置信地问道。

陶源背对着他，点了点头。

"你……"朱越简直找不出词来骂了，"你脑袋被门挤了吧？傻子都看得出来，杨溪这辈子就认定你了，不可能跟别人了啊！你把她赶走，跟毁了她有什么区别？"

陶源撕扯着头发，肩膀不停颤抖着。

"我跟你说陶源！"朱越拉了把椅子过来，"我也听说了，有个条件不错的小子在追杨溪。但条件不错又怎么样呢？条件不错就能高兴了吗？幸福不是让出来的，幸福是抢出来的！哪怕只有一点点一点点的可能，也得去抢啊！你要是个男人，就别窝在这里暗戳戳查什么情敌。直接去！把她给抢回来！"

"说得轻巧。"陶源哑着声音回了句，"那以后呢？"

"以后？我管你什么以后？"朱越道，"现在都没有，以后就只剩后悔！"

"后悔又怎样？"陶源的泪腺一下子崩溃了，几乎是在嘶吼，"我不是一直在后悔吗？我这辈子，做的哪一个决定不是错的？"

"错了你就改啊！"朱越的嗓门也高了起来，"又不是来不及！"

陶源捂着脸，哭声难以抑制地从指缝间往外泄，眼泪滴滴答答地落在桌面上。

"你听我说兄弟。"朱越也有些不忍，按着他肩，又把语气压着放缓，"我以前是跟你说过，觉得你跟杨溪可能不合适了。但那是以前，现在这事情又变化了不是？"他叹了口气，"我跟杨溪也聊过了，她告诉我你一天到晚在查什么了。她也明确跟我说，她这辈子，除了你，绝不会爱上第二个人了。"

这句说完，陶源的肩膀猛地耸动了一下。

"但是，这话说回来，还是你的不对。你干吗要这样对她呢？"朱越继续道，"你以为你在这儿查查那人有没有前科，跟他见过一面聊了一会儿，就能确认他是不是好人了？咱俩出过多少次家暴的报警？哪个男的不是体体面面的衣冠禽兽？"

听到这句，陶源背后的肌肉一下子绷紧了，手腕上的青筋都鼓了起来。

"你啊，要是不能确认他是好人，不能确认他能一辈子对杨溪好，那就简单点儿。"朱越伸手在他肩头重重地一拍，"你就努把力，亲自去给杨溪幸福！"

十一点，湛露看了下手机，陶源还没有追过来要江酌的身份证号，不由得悄悄松了一口气。

她看过了，以前她给江酌订过研讨会的差旅，电脑里确实有他的信息。但陶源整的这一出怎么看怎么不对劲，绝对是有什么不好的事要发生。她真的拿不准，是不是应该告诉杨溪。

"咦？湛露你在啊！"突然，熟悉的皮鞋嗒嗒声在过道上响起，向她走了过来。

"江老师？"湛露惊了一下，做贼心虚地一下子把手机翻过来扣在桌上，从位子上弹了起来。

江酌今天难得地没穿西装，一身商务休闲风，脸上神情十分舒畅，好像有什么很开心的事。

"周六在不在？请吃晚饭。"他手里拿着一叠信封，抽出来一张，挥动了两下递给她，满脸都是笑容。

"这么好啊！有喜事？"湛露一眼就看到了信封角落思南公馆晶浦会的标识。

我和你的大城小镇 271

"一定要来哦。"他笑着挑了下眉，转身继续往里走，回过头又补了句，"别告诉杨溪。"

湛露"噢"了一声，见他已经快步走远了，赶紧拆开信封来看。

是个请柬，弄得好正式。

湛露一下子就明白了——江酌要向杨溪求婚了。她感到心里一阵雀跃，他们终于要成了。

可紧接着，她又不知怎么地感觉到一点点不安。

杨溪什么都没跟她说，消失的这几天，一点儿动静都没有。

她辞职的消息任总还没有公布，对外只是说她休假，一切事务暂时直接汇报到总经理那里。湛露也直接跟任总对接了，俨然成了半个秘书，随时帮他招待客户。

江酌进去，应该是给任意送请柬去了。湛露心里一动，想了想，把手机点了一下放进兜里，然后去茶水间倒了杯茶，送去了总经理办公室。

"哎，江总，说实话，我真不太舍得放杨溪走。"

正要敲门，湛露听到任意说了这么一句话，于是停了下来，想多听几句。

"她今天早上还跟我打电话来着，问我能不能让她回来，继续做大区。"任意口气里透着股遗憾劲儿。

"别啦。"江酌声音懒懒道，"我给你打工还不够吗？一年之内把安蒂科品牌在国内推上一线，这保证，还不够你增长啊？至于江太太嘛，休息休息，快生个孩子，才是正事儿。"

听到江酌这么说，湛露心里突然咯噔了一下。

原来让杨溪辞职，是他跟任意说好的吗？看起来，这事儿杨溪一点儿都不知道啊。

"咚咚。"她叩了叩门，把茶水送了进去。

江酌和任意没有起疑，还笑着夸了她两句，江酌顺便又跟她强调了一次求婚宴的事不要告诉杨溪，要给她一个惊喜。

湛露答应了，但出来之后，脸上的笑容很快就消失了。

明明是"好事"，可是，怎么就这么别扭呢？

原来她觉得江酌和杨溪很配，一对金童玉女，站在一起就好养眼，真该啥都别说原地结婚。可现在，她发现，杨溪长期以来对江酌的躲躲闪闪，背后可能真的有些原因，难以解决。

那个用警察身份"威胁"她的陶源，肯定是原因之一。

但是，就算陶源这个人不存在，杨溪就会爱上一个不支持她拼事业的男人吗？

这么多年，杨溪在事业上投入的心血，获得的成功，就那么不值一提？还比不过回家生个孩子吗？

想到这儿，湛露觉得自己必须做些什么了。

她跑回自己的桌边，把那封请柬抽出来，拿手机拍了张照。想了想，又把时间地点放大拍了张特写，连同刚才的手机录音，一起发给了陶源。

下午三点，杨溪正瘫在沙发上刷剧，突然听到门响，是江酌回来了。

"怎么样？在家休息爽不爽？"他拿了一箱东西回来，在门口换鞋。

"嗯——"杨溪点点头，伸了个懒腰，把吃完的薯片包装袋扔进垃圾桶里，回头看他，"今天这么早下班？"

江酌换好鞋，端着那箱东西走过来，手在侧面拍了拍："去了趟安蒂科，顺便把你的东西带回来了。"

"哦。"杨溪看见箱子里她的笔记本和花瓶，眼睛陡然黯了黯。

江酌把东西放在茶几上，坐在她身边，伸手撩了一下她的头发，温柔地在她额角一吻："任意告诉我了，你说想回去。"

"嗯。"杨溪两手在沙发上一撑，坐了起来，"但他没答应。"她顿了顿，"我也理解，现在再回去做大区，怪尴尬的，全公司都要对我指指点点。"

"那就干脆休息一段时间，好好玩一玩，再去趟欧洲怎么样？"江酌挑挑眉，"我也可以请假，陪你出去散散心。反正我们新的医生也招进来了好几个，不用愁手术没人做。"

杨溪没说话，低头想了半天，才轻叹了口气："可是，我算了算，真没钱了啊。"她抬头看他，"房子总不能真卖给你。五十万的定金，我用了快一半儿了。要还你，还得过上一年。"

江酌看着她，又挑挑眉，扯着嘴角笑："慢慢还咯，我又不急。你人都是我的了，还怕你跑了不成？"

杨溪赶忙转开脸，想起昨夜的事，心里有些烦躁。但江酌却靠了过来，把手臂伸到她背后，又把她硬搂在了怀里。

"我今天也请了假不去诊所了。想不想出去逛逛街？"他语气很轻快，高兴得让杨溪有点儿不忍拒绝。

"可我这剧还没刷完呢……"她找起理由来，实在没什么出门的兴致。

"那在家的话，我可又要……"江酌箍在她腰上的手臂倏然收紧。

"啊，别……"杨溪一下子受了惊，使劲推开他胸膛，却又被捉住了手腕。

江酌笑了出来，恶作剧似的在她唇上吻了一下，然后放开了。

"走吧，出去逛逛。"他从沙发上站了起来，虽然表情没变，眼睛里却分明有些失落，"买几件衣服，还有礼物，晚上带你去吃饭。"

"嗯？去哪儿？"杨溪皱起眉，抬头看他。

"去我家。"江酌伸手揉了下杨溪的头顶，"结婚之前，总得见见我父母吧。"

杨溪愣住了。

她继而感觉到，那由不得她选的新生活，是真的暴风雨般地来了。

江酌父母家住在碧云，是上海数得着的富人区，周遭大片都是别墅。

杨溪以前从没来过，他们行业说到底还是大众化的刚需消费，不会因为工作接触多少顶端阶层。她自己也没有这么有钱的朋友，可以带她来开开眼界。

　　这时，杨溪坐在车里，路过修建得精美又幽静的别墅群，心里紧张得很。

　　小说里和电视上，嫁入豪门的平民姑娘第一次见公婆总要惹出些笑话来的。尤其是婆婆，不好好刁难一下女主，简直没有看点，编不下去。

　　当然，英俊帅气的男主角，总会很霸气地维护好女主的尊严，不惜与家里闹翻，一刀两断。

　　但是，眼下她要面对的，可不是那么短短一两集的戏剧冲突——而是从此之后，她跟江酌绑在一起的整个人生。

　　江酌把车停在了一楼车库，下来之后，一眼就看出了杨溪的紧张。

　　"好啦，我家不是什么豪门，只不过房子买得早而已。回头我俩买婚房，也是要一起贷款按揭的。"他从杨溪手里接过一部分从后备厢拿出来的东西，"我妈以前做生意，是挣过几笔大钱。但现在也就只是个普通的退休老太太而已，不会甩你五百万，让你离开她儿子的。"

　　杨溪被他逗得扑哧一笑，想开个玩笑说"求甩"，但突然又觉得可能会刺到江酌痛处，赶紧闭了口。

　　他父母家是座独栋的别墅，三层的小楼，顶上有露台，下面有花园，白色的外墙保养得很好，门廊下还养了几只叽叽喳喳的鹦鹉。

　　一进门，江酌的父母就一起迎了上来，打招呼递拖鞋接东西，确实跟寻常人家没有什么不同。

　　江酌的妈妈看起来很年轻，跟江酌一样，身材清瘦挺拔，很有气质。爸爸面相和善，微胖，但谈吐文雅，是个典型的大学教授。

　　见到杨溪，两位老人都很高兴，不停地夸奖她长得漂亮，人也温柔。杨溪听着，渐渐觉得有些走神——这一切，似乎都好得有些不真实了。

　　吃完晚饭，江酌妈妈带他们上楼去看给他们安排的今晚住的房间，

我和你的大城小镇　275

杨溪终于知道自己心里的不安来自哪里了。

那间房在二楼，朝南，有独立的卫浴，里面有一个很大的双人浴缸。房间里也装修精美，超大的双人床铺着颜色暧昧的床品，预示着今晚她又要和江酌云雨共度。

丰厚物质的华表之下，终究有她不情愿付出的代价。

可偏偏这里又没有人做错，不应该轻易为她的任性而承受苦果。

快到八点，杨溪觉得有些累了，就提出一个人去房间里泡个澡。江酌送她上去，帮她调好了水温，拿好了浴衣，就关上门，下去了。

杨溪踏进浴缸里，温柔的水把她包裹住，一点儿一点儿没过她的腰际、膝盖和胸口。

她呆呆地想着，这一切，是怎样走到这一步的呢？

她这余下的一生，就要在这样谁都挑不出毛病，却只有她自己知道肉下面有根刺的境况下度过？

她知道，周六晚上，江酌就要向她求婚了。

崔雪盈拿到了请柬，拍了给她看，说江酌强调了好几次不让她说，但她偏不。

她说，恋爱可以极致浪漫，但婚姻，一定要条理分明，推心置腹。

那些突然暴露在大庭广众下的求婚最为可恶，用外人的目光逼迫对方答应和许诺，是什么狗屁流氓思路。

而杨溪不知道，就算她现在已经得到了预警，她又能有什么理由和勇气去拒绝这可能会来的幸福。

毕竟，现在她除了这"幸福"，已经什么都没有了。

咕噜噜、咕噜噜。龙头里的水还在往下坠落，热气氤氲，像要把她淹没。

肺里的空气越来越少，超过一个临界值的时候，杨溪突然打了一个战，觉得自己应该最后试一试呼救。

她扶着浴缸壁，在水中挺身跪起来，伸手去够旁边洗手台上的手机。

没人找过她。

她叹了口气，关掉水龙头，然后打开通信录翻到了一个号码，拨了过去。

一出户外，江酽就忙不迭地掏了根烟点上，顾不得老妈在身后叨叨数落。

送杨溪上去之后，老妈切了西瓜，拿到花园里的茶几上，喊他出来乘凉聊天。

"小酽，别怪妈说得直接。"老太太坐在躺椅上看月亮，"你们真的要结婚？"

江酽笑了一下："怎么了？别告诉我你不喜欢她哦。"

"喊！我喜不喜欢有什么关系？又不是我娶。"老太太嘲笑了一声，"但是啊，我看到她第一眼，就知道你为什么喜欢她。"

江酽有些意外："哦？为什么？"

"长得倒不像，但眼神，太像郦云帆了。"

江酽一下子抿紧了嘴，半天没有出声。

"你啊，啥时候才能走出来？"老太太问完，知道没答案，又叹了口气，"要是娶了她，你是不是就一辈子都走不出来了？"

江酽皱起了眉："不。"他顿了一下，坚定地道，"开始我也觉得像，但现在不觉得了。云帆已经走了。而杨溪，就是杨溪。"

老太太苦笑了一下，摇了摇头。

"但是，你没有发现吗？你可别说你没发现！"她从躺椅上坐起来，看向江酽，"她和你坐在一起，一点儿都不快乐。"

江酽陡然被刺了一下，指间的烟灰落下来，烫到了手。

"她……只是最近……心情不好。"他忙不迭地找理由，"她刚刚从一段阴影里走出来，还需要些时间康复。"

"阴影？什么阴影？"老妈追问，"刚分手？还是求不得？"

江酌咬住牙关，半天才吐出几字："求不得。"

"那你是完蛋了。"老太太感叹道，竟像有些幸灾乐祸，"你可想清楚，倘若有一天她求不得的那人回来找她，你有多少赢面儿。"而不等江酌回答，她马上又接，"我告诉你，你必输！"

"老妈！"江酌感觉自己要疯了，"你是魔鬼吗？你——"

"你就想想，如果云帆回来，你还会不会娶杨溪。"老太太抢白道。

江酌一下子语塞。

过了好一会儿，老妈终觉不忍心，又叹了口气，回来安慰他。

"好啦，也未必会有事。云帆已经是过去时了，以后就不提了。你这么大年纪了，还能找到一个喜欢的人，也是很好的了。"她伸手拍了拍儿子的肩，"只是提醒你，做好心理准备，别到时措手不及。"

江酌咽了咽嗓，觉得喉咙一阵疼。

"不会的。"他说，"那个人，也挺善良。是因为自己什么都没有，不想杨溪跟着他受委屈才放弃的。他没资本跟我争，也不会来跟我争。"

老太太听了，挑了挑眉，又躺回了躺椅上。

"也行。"她说，"儿子喜欢，老娘奉陪。要多少彩礼，你自己算，算好了跟我说。"

打到第五次时，电话终于接通了。

对面环境声很嘈杂，陆凌峰显然是被未接来电的数量吓着了，一接起来就大声问："怎么了杨溪？出事了？"

"没有，没有。"杨溪清了清嗓子，"就是……好久没联系了，想问问你怎么样。"

"噢……吓我一跳！"陆凌峰有些气喘吁吁的，"刚才没听见，正搬家呢。"

"搬哪儿？"杨溪靠着浴缸壁，缩进水里。

"我上北京了。"陆凌峰的声音有点儿开心，"带着我家妞儿，还有老妈，一起过来了。"

"噢？挺好啊。"杨溪说，"那……嫂子呢？"

"也在一起，我们和好了。"陆凌峰呵呵笑了一声，"都挺好的！就是还得苦一阵儿，房子还是租的，有点儿小，有点儿破。"

"嗯……"

"你怎么样啊？"陆凌峰似乎听出点儿什么，"也好久没见你发朋友圈。前几天我还在想呢，得空了要问问你在忙啥。你是不是有什么事儿？这会儿在哪儿呢？"

"在……在上海呀。"杨溪突然觉得，有些难以开口。

她本来是想，如果陆凌峰也还在泥潭里，他们两个失意的人聊一聊，或许能从彼此身上找到些勇气。

可现在看来，陆凌峰已经不需要了。

"你行了，有话就直说！这么突然打电话给我，肯定是有事儿对不对？"陆凌峰又催她。

"我……"杨溪咬了咬牙，"我可能……要结婚了。"

"可能？"陆凌峰惊讶地笑了。然后"咔"的一声，杨溪感觉到对面的环境杂音消失了，他找了个安静的地方专心讲电话。

"杨溪，你跟谁结婚啊？"他语意很严肃，"不是陶源？"

"不是。"

"你想好了吗？婚姻可不是开玩笑。"

"我知道。"

"那你到底什么情况？"陆凌峰有些发急，"你这一听就有问题！我跟你说，你可千万要慎重。婚姻不是两个人的事，是两个家庭。"

"你是怎么摆平的？"杨溪突然问道。

"哪摆得平？"陆凌峰苦笑，"还不是我妥协的！"他顿了顿，"后来我终于想通了，丈母娘看不上我又怎么样？我就算屁颠儿屁颠儿跑去入赘又怎么样？什么男人的面子尊严，根本没那么重要。一切的一切，

我和你的大城小镇　279

都比不过我老婆开心，比不过我们一家人在一起！"

听了这句，杨溪笑了，却捂住嘴，落下泪来。

"再说了，以后的日子还长着呢！谁笃定我在北京就混不好了？"陆凌峰的语气很昂扬，"男人嘛，连为自己爱的女人拼一把的勇气都没有，还算什么男人呢？"

这句话出来，杨溪忽然觉得心脏狠狠痛了一下，再也忍不住爆哭出声。

而这时她手一抖，手机竟然从指间滑落，扑通一声坠入浴缸中。

她条件反射地想马上去捞，半当中忽又停下，看着手机在翻腾的水花中缓缓下沉，刚沉到底屏幕就熄灭了。

——无所谓啊……反正他也不会来找她。

她等到现在，一整天了，应该可以确认了吧？

就像陆凌峰说的，有哪个男人，会没有勇气为自己爱的女人拼一把呢？

所以，陶源，真的不爱她。

关于他的一切，都可以结束了。

周六下午五点半，杨溪在家梳妆打扮，准备去赴宴。

在镜子前换到第三条礼服裙时，她的情绪终于有点儿崩溃了——那些脖子和胸口上的吻痕，没有一条裙子能遮住。

江酌这几天一直黏着她，像有什么预感似的，一有机会就折腾她，有时甚至还有些粗鲁。看到她忍不住哭了，又轻言软语地道歉和安慰，向她保证以后一定会好好的，他们一定会很幸福。

杨溪只能沉默地点头，说服自己，这已经是她能够拥有的最好结局了。

没能和陶源在一起，那跟其他随便谁，都一样。除非，她连被爱的机会都拒绝，一个人孤独终老，彻底为这场爱情献祭。

孤独终老吗？她有点儿不敢想。

倒不是害怕——她早已习得了一个人在这个世界生存的技能，也未必会过得很惨。只是，她想到父母的焦虑，亲戚的闲言，还有对全心全意爱她的人的亏欠，就觉得无比麻烦。

跟江酌结婚，是最容易解决这些麻烦的方法了。也许，等个几年，等她习惯了，再生个孩子，早教班学区房幼儿园课外班练琴打球跳舞辅导作业考试升学，很快就会把她的注意力全部占满，再没什么时间去考虑一个叫"爱情"的怪物死没死。

到那时，可能她都会怀疑，那个撕扯住她整个青春的名字，到底有没有存在过。

"喂！杨小姐，你穿好了没有啊？司机都到楼下了！"崔雪盈在外面拍门，懒洋洋地叫着。

杨溪应了一声，然后叹了口气，打开衣柜，换上了平时上班穿的衬衫和长裤。

"你就穿这个？"开卧室门把崔雪盈放进来，果然第一句就是这个。

她今天可谓盛装打扮，一身剪裁得体的一字肩礼服裙，超华丽的香奈儿耳坠，手包珠光闪闪。要是这样跟杨溪一起出现，现场的人多半会觉得江酌是不是求婚求错了人。

杨溪也知道这样不太合适，但时间已经被她拖到了极点。再不出发，江酌估计就要被认为是在求婚宴上被放了鸽子，以后可还怎么做人。

"哎，算了，服了你。"崔雪盈当机立断，把自己身上闪亮的耳坠和头饰统统摘掉，从衣架上拿了个杨溪的单肩小包换上，一边指挥杨溪，"你给我去涂个大红唇！"

一个小时之后，专车开进了思南公馆。

这片独具上海特色的花园洋房，隐在浦西市中心的核心地带。北面是淮海路，东面是新天地。而思南路上夹道的梧桐，洋房古老的砖石，齐整的石板地面，却把这块地方的气氛渲染得静谧优雅，饱含生机。

杨溪从上车开始就一直在走神，崔雪盈负责任地当起奶妈，还兼职了一下导游，不停地说话，想方设法让杨溪的情绪嗨起来，省得一会儿到了现场还呆呆傻傻的，让江酌哭给她看。

好容易才到了门口，坐电梯上到二楼。

一开门，杨溪看见二楼靠边整排的景观位上都布置了起来，花团锦簇的，嘉宾们掌声热烈。

江酌今天穿了一身蓝色的西装，身形清瘦修长，手里拿着花，遥遥看着她，目光分外柔软。

杨溪还是觉得很想哭。而且，不知道是不是幻觉，她总觉得手机在震，耳朵里好像有微微的嗡鸣声，敲得她脑后的神经一阵一阵疼。

可手机明明不在身边——浸水之后，江酌就帮她送去修了，到现在还没拿回来。

"杨溪。"江酌向她慢慢走了过来，伸手，从兜里掏出了一个戒指盒。

"你愿意，嫁给我吗？"他单膝跪下，把戒指盒打开。里面是一枚崭新的钻戒，黄钻的，跟她以前那个假的莫桑石道具几乎一模一样。

一瞬间，杨溪觉得，好像有一个巨大的讽刺，向她兜头罩了下来。

江酌大概觉得，选这样的一枚钻戒，隐喻着从开始到现在，他一直在她身边。

而杨溪想到的却是——这命运般的一切，其实都是假的。

他们之间，这种错位的感觉，从来都没办法消弭。而从现在开始，这种感觉将贯穿他们的一生，成为怎么都填不满的遗憾。

"你愿意，嫁给我吗？"江酌的声音在抖，迟迟得不到回答，又追问了一遍。

杨溪张开了嘴，嘴唇也在轻颤。

"杨溪！"

而就在这时，楼梯口出现了一阵骚动。

"杨溪！杨溪！"一个男人的声音吊着嗓子喊，有些嘶哑，叮叮咣咣的，快速逼近。

杨溪愕然回头，所有人都惊讶了，踮脚往声音的来处看。

下一刻，杨溪看见了一丛蓬乱的头发。

她那穿着 T 恤衫的大男孩，背着包，拖着全部家当，从饭店服务员和保安的拦截中杀出了重围。

"杨溪……"他挤到前面，气喘吁吁的，撑着膝盖半天说不出话来。

看着杨溪，看着半跪在地上的江酌，看着满堂瞠目结舌的宾客，他平静了一下，慢慢直起腰来。

"我……我一直打不通你的电话。"陶源说，看向杨溪的眼睛，"跟我走吧。我们去吃炒河粉。"

杨溪怔怔地看着他，眼睛里的泪水越蓄越高。

原来，她想得也没错。

一个爱她的男人，确实终究会有勇气，向她奔来。

哪怕在最后一秒。

"别哭啊。"陶源说，"还是跟以前一样，肉丝都是你的。"

尾声

卡地亚的钻戒、卖房定金解约合同、五十万的转账凭证、斗牛犬香氛。

杨溪把东西放在了江酌的办公桌上，带上门，跟江海口腔里所有认识的人打了招呼，然后一个人离开了诊所。

这应该是她最后一次来了。

江酌不在，又去国外出差了。她跟他提前沟通过，按照说好的方式把东西都送还给他，不必再见面。

半个月之后，求婚宴上的风波给他们生活带来的影响终于慢慢平息了。

事情刚刚发生的时候，杨溪也真的有点儿不能接受，自己竟然会落到那么绝望的境地，成为一个在众目睽睽之下把爱她的人推下悬崖的刽子手。

但是，她总得对自己的人生负责——也不光是她自己的，还有江酌的。她很清楚，跟一个自己不爱的人步入婚姻，用实际行动伤害他一生一世，才是更更更坏的选择。

两害相权，只能选择短痛。

不过，也幸好，那个人是江酌。

当时，他情绪控制得很好，慢慢从地上站了起来。虽然眼睛里的泪快要绷不住了，却还是对她笑了笑，说，没关系，由你决定。

杨溪看着他，好半天都没有说出话来。

然后他又说，别怕。怕什么呢？你不管选谁，都会幸福的。

杨溪的泪腺一下子就崩溃了，走过来拥抱了一下他，在他耳边郑重地说了声对不起。

在众人的注目下，江酌也紧紧回抱了她。但只过了一会儿，就放她走了。

杨溪不太能形容当时拉着陶源一起离开时的心情。极致的快乐和痛苦交融在一起，让她几乎看不清前方的路，跌跌跄跄的，好几次都差一点儿要摔倒。陶源陪着她，一起走到一个鲜少有人经过的街角，坐在马路牙子上狠狠地哭了一场。

后来，杨溪取回了手机，看到了崔雪盈发来的消息。

她说江酌还好，镇定地叫餐厅撤掉了装饰，取消了后续的流程。还是坐下来跟宾客们一起吃了一会儿东西，喝了两杯酒道了一圈歉，收了一笼筐的安慰，然后独自离开了。他请来的人也都算是他的密友，应该不会有谁无聊到故意去拿这事做文章，戳他的痛处。

可杨溪知道，这个伤口，哪怕藏得再好，也大概不会恢复如初了——不光是江酌的，她自己也是。

今天，在走出江海口腔的那一刻，杨溪才突然间彻底理解了陶源的感受。

即便她努力地还清了江酌借给她的钱，可那份沉重的爱和恩情，还有狠狠伤害了他的愧疚，只怕她穷尽此生，也终究是还不清了。

——正像此前，陶源对她的感受。

无怪乎他一直要躲。

桂花又开了，走在街上，满袖都是香味。天空蓝得透亮，不知不觉，竟又到了一年的仲秋。

国庆回来，杨溪就要去新公司报到了。

离开安蒂科之后，她没接其他竞争对手的聘任，而是换去了新的行业，重新开始。薪水自然是降了些，但好在公司氛围不错，老板很有担当。工作内容也新鲜有趣，让她又再次燃起了激情和斗志。

上海，又向她打开了另外一扇门，召唤她进入一个截然不同的新世界。

回首过去这一年，杨溪分外感慨，也分外感恩。

去年十一，她鼓足了勇气，回楚安与陶源重逢。

一年后，他们终于兑现了当年的约定，在上海一起生活了。

回到家时，陶源在厨房炒菜，满屋都是鸡蛋的香味。

杨溪没想到，陶源竟然很会做饭，家务做起来也利落得很，再不用请钟点工来苦苦维持生存质量。

陶源之前的经验跟上海企业的需求不太匹配，不像杨溪那么容易找到合适的工作。于是他在家闲暇挺多，每天都能去趟菜场，给杨溪换着花样做好吃的。

家常菜自不必说，有些高难度的大菜，他稍微网上查一下，竟也能做。有一次，杨溪面试回来，发现桌上竟然摆着一整盘金黄焦脆的烤羊腿，惊得下巴都快要掉下来，完全不敢相信这是她的生活。

还真是捡到宝了。

客厅里蓝牙音箱里放着老歌《我只在乎你》，音调甜美而熟悉。杨溪换鞋进去，把包往沙发上一扔，不由得跟着哼起来。

如果没有遇见你

我将会是在哪里

日子过得怎么样

人生是否要珍惜

也许认识某一人

过着平凡的日子

不知道会不会

也有爱情甜如蜜……

唱着唱着，眼眶不由得就湿了。

若是没有遇见陶源，她也不会是现在的杨溪。

人生的际遇，就在和一个人相遇的瞬间，被全部写定。连高考那年，命运在他们之间斩下了那么大的一个鸿沟，都没能割裂开他们的缘分，和爱情。

"回来啦，吃饭吃饭！"陶源拉开厨房的玻璃门，对她喊了一句。

杨溪回头，忽然忍不住扑哧笑出声来。可能是因为厨房有点儿热，陶源只穿了家居长裤，光着上身挂着围裙，端着锅忙得不亦乐乎。

"喂！你又要流氓！小心对面的阿姨投诉你啊！"她走过去，伸手在他后腰上拧了一把。

"哎哎别闹！"陶源错身一躲，"信不信我让你跟我一起要！"

"滚蛋！"杨溪顿时红了脸，端了两盘菜赶紧逃出去。

再回头，只见陶源摘掉了围裙，两手端着一大碗排骨莲藕汤小心翼翼地从厨房走出来，一路被烫得龇牙咧嘴。

"快快快！餐垫！"他一把汤在餐桌上放下，赶紧摸耳垂降温。

杨溪站在对面，看着他裸露的上身线条分明的肌肉，脸不由得又烧红了几度。

陶源又变好看了。病痛和压力卸去后，他恢复了锻炼，气色明显好了很多，白发也不见了。

杨溪把以前自己买来做道具的男士衣裤都拿了出来。神奇的是，

我和你的大城小镇　287

所有尺寸竟然都刚刚好，仿佛就是照着陶源买的。

"你看啥？没见过我这么帅的？"陶源挑挑眉，把手从自己耳朵上放下来，去捉杨溪的耳朵。

"啊！走开走开！"杨溪笑成一团，口是心非地抬手去挡，却被他抓住，揽进怀里。

> 任时光匆匆流去
>
> 我只在乎你
>
> 心甘情愿感染你的气息
>
> 人生几何能够得到知己
>
> 失去生命的力量也不可惜
>
> 所以我求求你
>
> 别让我离开你
>
> 除了你 我不能感到
>
> 一丝丝情意……

歌还在慢悠悠地唱着。

秋天来了。呼吸的每一口空气，都是桂花味儿的。

真好。

后记

写下这两个字的时候，我正在首都机场候机。十一点半的飞机去往下一个出差地，到的时间太早，登机口还未确定，于是坐立不安地一会儿看一下手机上电子登机牌的变化，不停盘算着还剩多少时间可以让我写完这篇后记。

这种感觉和状态，真像是人生的缩影。

你有些计划，知道下一步要做什么，要去什么地方。但计划中又总有不确定部分，让你担心和焦虑。而同时你又知道担心和焦虑没什么用，因为哪怕是坐到了登机口等着，也有可能在最后一刻听到登机口变更的广播，于是拖着行李一顿狂奔。

就像杨溪，拼命努力走好通向美好生活的每一步，拼命努力顾及周围所有人的感受和真心，却在最后一刻才匆匆登上属于自己的幸福航班。而登上之后，回头看，才发现——其实也没什么好急的，一切都已安排好，你本来就注定要去那里。就算真的没赶上，买下一班，换高铁，想去一样去。

决定结果的一切，其实都是决心问题。

你决心要在大城市留下来，决心要过上平静富余的生活，决心要和最爱的人在一起，决心要做喜欢的事业，决心要实现小时候的梦想，决心要出一本书，创造一个世界……那么，你就可以——不论过程有多少曲折和不确定。

其实，我不是杨溪。

我并没有考上交大，毕业那年恰逢金融海啸，第一份工作税前月薪三千块，十二薪，没有年终奖。

这样的处境，即便在当年，也是相当惨的了。而我不想工作了还要家里补贴，甚至也不太想常常回家，因为一回去就会被全家游说"赶紧回来""一个女孩何必在大城市过得那么累""何况工资也不高"。

直到四年后，我才算在上海站稳了脚跟，家里对我的担心才渐渐平息，相信我可以在这里好好生活下去，而且会越来越好。

我没有杨溪那么优秀，也没有她那么惨。我从小生活在非常温暖和谐的家庭，亲戚们都很宠我，一大家子又热闹又开心。在这样的环境下，也许我回到小城，也可以过得挺不错——除了可能找不到喜欢的工作。

但工作太重要了啊，它占据了每一天的二分之一。我无法想象，如果这辈子的二分之一都要用来对付自己不喜欢的人，做自己认为没有意义的事，那该有多么难过呢？

人生这么短，我不敢浪费。

说到底，对于普通人来说，你选择的工作，就是你选择的人生。工作锚定了你的身份，你周围的人，你生活的场所，你吃饭和消费的地方，和你未来能看到的世界。

所以，虽然我不像杨溪那样没有退路，却还是咬住牙关没有回去。

我早早想通——在上海，最坏的是你只能靠自己；而最好的是，你可以靠自己。

我下定了决心，找到了一条路，并且不犹豫地走了下去。最后证明，我真的可以。

这些年，我自认为没有任何一年虚度和浪费。收入随着年龄在增长，见识和经验也持续在累积，一切都在稳步前进。

十多年了，简单和平静的生活，也许就是作为一个普通人，幸福的最高级。

我已经拥有了，这真令人高兴。

但是——我要讲但是了——在这之外呢？

很多时候，在早高峰拥挤的地铁上，在飞机起飞阶段无所事事的二十分钟里，我都在想：眼下的人生，足够了吗？

我真的就只能做个普通的外企白领吗？做我身边许许多多同事的翻版，走一条大多数人都这么走的路？

是不是，还有其他的可能性呢？我小时候的理想，还能实现吗？

我小时候……想做什么来着？

好像……每一篇写理想的作文，写的都不一样：科学家，老师，外交官，书店老板，美食家，演员，导演，作家……

嘿，作家。好像只有这个还有戏。

其实我的写作生涯很长——从初三开始在本子上写武侠小说，但是，意料之中，第一个故事没有写完，第二个也没有，第三个当然也没有……

到大学之后，有了时间，开始创办文学社，也断断续续地写着。

直到毕业，过上捉襟见肘的生活，我才下定了决心，要把另一条路也走出来——我要同时走两条。

于是，我的双面人生，从此开启。

白天，我很早到公司，努力工作，正常加班；晚上和周末，我打开电脑，开始写小说。

写作其实是件很慢的事，从成长的速度上看，比工作要难得多。

我和你的大城小镇　291

在整整八年里，我写了接近二百万字的废稿，六十六元万字的成稿。前面的四年里没挣到任何稿费，后面四年稿费加起来不过万把块。直到我的中短篇开始出现在杂志上，直到在豆瓣阅读的长篇拉力赛里拿了个奖。

然后，突然，我出了一本书。

现在，我正在飞往下一个出差地的飞机上，开着公司电脑写后记，把 word 字体调得小小的，偷偷地想也许不久以后，我会在人群中发现旁边的陌生人在看我的故事……

想得真美。

不过，这好有趣呀！

写小说，在工作之余写小说，在生活的缝隙里写小说，让我真得像开了挂一样，用柔软的指甲尖儿生生撬开了另一个世界。

我慢慢开始尝试所有的类型，写各种各样的人物，编织越来越大的世界。各有各的痛苦和精彩，但每一个字都是奇妙的体验。

与此同时，我又有了另一个"职业"身份，有了好多志同道合的作者和读者在身边，所以，真的挺高兴的。

感谢大家来读我的故事，来认识作者踏歌。

这是我的第一本书，但，绝不会是最后一本。

我们下个故事再见！

2019 年 12 月 14 日

踏歌

编辑的话

《我和你的大城小镇》特约编辑：朱若愚

交稿后不久，原本打算躺平休养的踏歌突然对我说，她还想把这个故事写下去，因为杨溪和陶源，都拥有太强大的生命力，故事不能在这里结束。

"陶源要从零开始在上海打拼，他能行吗？"

"杨溪能适应两个人的同居生活吗？"

"会结婚吗，会要孩子吗？"

"他们会打起来吗？"

"还是要一起老去的吧……"

我也深知她的天赋——在故事中构建一个世界的天赋。

我说，快动笔。她说，嗯，已经偷偷写了八万字了。

写《我和你的大城小镇》的过程中，踏歌总说自己还是喜欢写武侠，写没有现实羁绊的江湖，写杨溪和陶源的故事太虐自己，虐到流泪。可我感觉，只有在这个"大城小镇"的故事中，她才投入了自己百分百细腻又强烈的情感，那里包含着一个少女从柔软到坚强的所有岁月。

让我们继续期待踏歌，继续期待杨溪和陶源。

《我和你的大城小镇2》，即将出版。